Dirk M. Staats
Auf dem Totenberg

Dirk M. Staats, Jahrgang 1958, geboren und aufgewachsen in Hannover. Nach der Ausbildung zum Bankkaufmann studierte er in Paderborn und Hannover Wirtschaftswissenschaften mit Abschluss als Diplom-Ökonom. Danach arbeitete er als Projektleiter für Organisation und Bankbetriebswirtschaft. Seit 1991 selbstständig als Unternehmensberater und Seminarleiter. Neben dem Orgel- und Klavierspielen liebt er gemütliche Abende im Freundeskreis und nicht zuletzt: Krimis schreiben.

Dirk M. Staats

Auf dem Totenberg

KBV

Originalausgabe

www.kbv-verlag.de
E-Mail: info@kbv-verlag.de
Telefon: 0 65 93 - 998 96-0
Fax: 0 65 93 - 998 96-20
Umschlaggestaltung: Ralf Kramp
unter Verwendung von: © alekosa - www.fotolia.de
Lektorat: Nicola Härms, Rheinbach
Druck: CPI books, Ebner & Spiegel GmbH, Ulm
Printed in Germany
ISBN 978-3-95441-390-4

Für Ria und Manfred

Prolog

2003

Es war kurz vor 13.00 Uhr. Sein Handy schrillte. Rocco Rune wälzte sich aus seinem Ledersessel und drückte auf das grüne Symbol. »Ja?« Er stutzte. Was war das denn? Eine nahezu tonlose, verstellte Stimme gab ihm die Anweisung, schnellstens zu verschwinden.

»Was soll ...?« Er verschluckte sich. »Wer spricht da?«

»Scheißegal«, hauchte die Stimme.

»Was willst du? Wieso soll ich abhauen, was habe ich denn getan? Wer bist du?«, schrie Rocco ins Telefon.

»Ey, noch mal: Wer hier is, spielt keine Geige, du verduftest, ohne Karre und sofort, klar? Der macht Kleinholz aus dir.«

»Wer?«

»Weißte selber, nachdenken. Pack deine Klamotten und ...« Die hohle Stimme stockte. »Muss abbrechen.« Ein Knacken verriet ihm, dass das Gespräch beendet war.

Rocco hetzte durch die Wohnung. Ein anonymer Anruf. Sollte man das ernst nehmen? Wer verbarg sich hinter dieser Stimme?

Wieder schrillte es. »Hallo Tonne. Seit wann rufst du so früh an?«

»Stör ich dich gerade, Rocco?«

»Nein, ich bin heute nicht zur Uni hin.« Er hatte Tonne bei ihrem ersten Treffen von einem Mathematikstudium berichtet. Was er wirklich tat, brauchte dieser komische Kauz nicht zu erfahren.

Sie sprachen weiter, Tonne erzählte irgendeinen Kram vom Pokern. Rocco tat interessiert, hörte aber nicht wirklich zu. Er musste abhauen, denn plötzlich plagte ihn eine schreckliche Vermutung.

Tonne wollte ihn wegen irgendwelcher Gewinne einladen. Schnell würgte Rocco die Unterhaltung ab, packte hastig ein paar Sachen zusammen, rannte zu seinem Kleinwagen und fuhr von Göttingen aus auf die Autobahn A 7 Richtung Süden.

Immer wieder schaute er in den Rückspiegel, ob ihm jemand folgte. Dutzende Fahrzeuge waren bereits an ihm vorbeigezogen, niemand blieb lange hinter ihm.

Das war es dann wohl in Sachen Göttingen. Kein Problem, genug Geld hatte er zusammengerafft. Es sollte für mindestens zwei Jahre reichen, um endlich auszuspannen. Danach konnte er irgendwo wieder neu beginnen.

Er wähnte sich schon in Sicherheit, da fiel ihm ein schwarzer Ford Mustang mit dunkel getönten Scheiben auf. Rocco fuhr schneller, wieder langsam, dann eine Strecke mit Vollgas, aber der Wagen folgte ihm im immer gleichen Abstand. Was war das für ein Spinner?

Irgendwo zwischen Kassel und Frankfurt riss er im letzten Moment das Lenkrad herum. Er jagte die Ausfahrt hinunter, raste kreuz und quer durch die Ortschaft zurück zur Autobahn.

Alles klar. Nichts mehr von dem Typ zu sehen.

Zwei, sieben, fünfzehn Autos überholten ihn.

Das breite Grinsen verging ihm augenblicklich, als er das schwarze Ungetüm wieder hinter sich bemerkte. Jetzt war sich Rocco sicher: Er wurde verfolgt. Und es musste der Kerl sein, den er nach seinem Schulrauswurf mit siebzehn Jahren kennengelernt hatte. Wie konnte er nur so blöd sein zu glauben, dass dieser mit allen Wassern gewaschene Typ nicht hinter seine Machenschaften kommen würde? Der schreckte vor nichts zurück, kannte keine Gnade. Er war ein Killer, das war Rocco vom ersten Tag an klar gewesen.

Er trat das Gaspedal durch, fegte wie ein Irrer über Frankfurt weiter nach Darmstadt. Er hoffte, dass ihn die Polizei stoppen würde, sein Verfolger hätte dann sicher von ihm abgelassen.

Der Verkehr nahm zu. Begleitet durch ohrenbetäubende Hupkonzerte raste er auf dem Mittelstreifen zwischen einigen Wagen hindurch, überholte Lkw-Kolonnen auf der Standspur. Trotz seiner riskanten Manöver gelang es ihm nicht, das schwarze Monster loszuwerden. Mal war es minutenlang nicht zu sehen, dann wieder hinter ihm.

Was hatte diese hohle Stimme noch gesagt? Du verduftest ohne Karre? Hatte man ihm etwa einen Peilsender …?

Er wischte sich den Schweiß von der Stirn, als sein Blick auf die Tanknadel fiel. So ging es nicht weiter, eine Idee musste her, schnellstens. Tanken? Polizei rufen?

Dafür war es zu spät. Aber auf offener Straße liegen bleiben war das Letzte, was passieren durfte.

Endlich kam ihm ein verwegener Gedanke: Hinter Darmstadt, in den nördlichen Ausläufern des Odenwaldes, entdeckte er einen frei zugänglichen Feldweg, schoss hinein und raste mitten in das Waldgebiet. Seine wilde Fahrt wurde jäh unterbrochen, als er einen Baum rammte, der Wagen weder vor noch zurück wollte und die Reifen tief im schlammigen Boden versanken.

Schnell jetzt, was musste mit?

Klamotten? Konnte er neu kaufen.

Schlüssel? Ein Zurück gab es sowieso nicht.

Bis auf Brieftasche und Handy ließ er alles stehen und liegen und rannte in den Wald. Zu Fuß war er gut. Er erreichte bereits eine kleine Anhöhe, da hörte er das dunkle, bissige Dröhnen des Mustangs. Die Bäume versperrten ihm die Sicht, aber das doppelte Türenklappen verriet ihm, dass nicht einer, sondern sogar zwei Leute hinter ihm her waren.

Nur sein Stapfen auf dem glitschigen Untergrund übertönte den Regen, der ein monotones Rauschen erzeugte. Sonst war es still.

Rocco schrie auf. Ein unerträglicher Schmerz durchzog seinen Körper. Er hatte die unscheinbare Baumwurzel übersehen und war in einen Busch gestürzt, wobei sich ein Dorn tief in seine rechte Hand bohrte. Wie benommen sprang er auf, riss den Dorn heraus, wischte sich das Blut an seiner Hose ab und rannte weiter. Hinter einer riesigen Tanne stoppte er, rang nach Luft, rieb sich den kalten Schweiß aus dem Gesicht. Seine verletzte Hand zitterte und brannte höllisch. Instinktiv riss er ein Stofftaschentuch aus seiner Hose und versuchte, die Wunde zu verbinden. Er probierte es einige Male, fummelte nervös herum, nahm die Zähne zu Hilfe, es half nichts, die Schmerzen ließen ihn fast ohnmächtig werden.

»Ach, Scheiße«, fluchte er wütend und warf das Taschentuch zu Boden. Dabei fiel sein Blick kurz auf die RR-Initialen, die seine Mutter damals in nahezu jedes seiner Wäschestücke hatte einsticken lassen. Eine lieblose Mutter, die immer nur auf Äußerlichkeiten bedacht gewesen war und die ihn und seinen reichen Alten verlassen hatte, als er zur Schule kam.

Rocco lehnte sich an die Tanne, sein Atem raste. Er war vielleicht eine halbe Stunde lang ununterbrochen bergauf gelaufen und musste pausieren. Die Schmerzen in der Hand nahmen zu, dehnten sich auf den gesamten Unterarm aus. Es pochte im Kopf, es pochte überall.

Rocco horchte angestrengt zurück. Es war windstill, kein Vogel zwitscherte, nur der Regen rauschte, überall tropfte das Wasser zu Boden.

Vorsichtig schaute er sich um.

So sehr er sich auch konzentrierte, hinter ihm konnte er nichts Ungewöhnliches wahrnehmen, obwohl die Bäume hier nicht so dicht standen.

Ich muss weiter, weiter, hämmerte es in ihm. Bloß nicht noch mal stürzen, das könnte ihm den Rest geben.

Nachdem er auf einem lehmigen Waldabschnitt ein paarmal weggerutscht war, verlangsamte er sein Tempo und stolperte mit kleineren Schritten weiter. Der Schmerz donnerte, er spürte wieder seinen schweren Atem, die Feuchtigkeit am ganzen Körper.

Dann erreichte er endlich eine Anhöhe; vor ihm lag ein dicht bewaldeter, weitläufiger Talkessel.

»Das ist die Chance«, keuchte er atemlos vor sich hin, schaute unwillkürlich auf seine feuchte Armbanduhr. Unter größten Mühen schleppte er sich weiter.

Wieder lehnte er sich an einen Baum, versuchte, seinen Atem zu kontrollieren und die alles beherrschenden Schmerzen in seinem Körper zu unterdrücken. Mit letzter Kraft horchte er zurück. Hatte er sie abgehängt? Es schien so.

Plötzlich hörte er Äste knacken. War das ein Tier?

Es musste ein Tier sein.

Er lauschte weiter.

Dann vernahm er ein lautes Fluchen.

Er hatte sie nicht abgehängt, sie waren sogar ganz in seiner Nähe. Zitternd vor Angst und Qual rannte er weiter. Er wollte noch nicht sterben.

Kapitel 1

2015
Göttingen, etwa 12 Jahre später

Die Tür flog auf, Max Leitner zuckte zusammen. »Mensch, hast du mich erschreckt«, grollte er wütend und warf die Akte, in der er gerade gelesen hatte, auf den Schreibtisch.

»Guten Morgen, Max«, erwiderte Tobias Heuward kleinlaut.

»Morgen.«

»Hast du schlechte Laune?«

»Nein, ich bin eben nur von einem ein Meter neunzig großen Wuschelkopf fast zu Tode erschreckt worden. Reiß die Tür beim nächsten Mal nicht so auf.« Leitner beruhigte sich und versuchte, das Lächeln seines jungen Kollegen zu erwidern.

»Sorry.« Tobias schloss die Tür bewusst leise und zappelte unentschlossen herum.

»Setz dich.« Leitner zeigte auf den Bürosessel vor seinem Schreibtisch.

Heuward flegelte sich in seiner ganzen Länge hinein und strich durch sein lockiges Haar. »Was liegt denn heute so an, Herr Hauptkommissar?«

»Du machst die Befragung weiter.«

»Ich? … Alleine?«

Leitner versuchte zu lächeln. »Hab heute keine Zeit.« Ohne auf eine Antwort zu warten, schleuderte er die Akte über den Tisch.

Widerspenstig klemmte sich Tobias den Vorgang unter die Arme. »Laut Dienstvorschrift sind Befragungen zu zweit durchzuführen.«

Leitner grinste. »Willst du mal gut werden?«

»Ja klar.«

»Dann fahr jetzt. Du weißt, wie das geht. Außerdem bist du dort nicht alleine, zwei Kriminaltechniker sind noch vor Ort. Improvisation gehört bei uns dazu.«

»Kann ich nicht morgen …?«

»Nein, jetzt.«

»Ihr Wort sei mir Befehl«, feixte Tobias, wälzte sich aus dem Stuhl heraus, salutierte und stürmte zur Tür.

»Lass den Quatsch. Ach, übrigens …«

Blitzschnell drehte sich der Lange herum. »Was noch?«

»Vergiss nicht wieder deinen Dienstausweis.«

»Oh Mann.« Tobias verdrehte die Augen, lächelte und verschwand.

Eine halbe Stunde später surrte Leitners Telefon. Ohne auf das Display zu achten, griff er nach dem Hörer. »Leitner.«

»Guten Morgen, Herr Leitner, ich wünsche Ihnen einen schönen Tag.« Es war sein Chef, Jochen Torheim.

»Morgen.«

»Sagen Sie: Ist Herr Heuward in Ihrer Nähe?«

»Nein, ist unterwegs.«

»Richten Sie ihm bitte aus: Ich erwarte ihn morgen um Punkt 9.00 Uhr in meinem Büro.« Das war es, was Leitner an Torheim als unangenehm und aufgesetzt empfand: kompromisslos klare Linie, Führungsnatur, kein Duzen.

»Richte ich ihm aus. Sonst noch was?«

Torheim verneinte und legte auf.

Ein weiterer Anruf kam von seinem Freund Hans Wespers, der in der Polizeidirektion seit fünfzehn Jahren Hauptkommissar im Bereich *Organisierte Kriminalität* war. Sie tauschten ein paar Neuigkeiten aus, dann kam Wespers schnell zur Sache. »Der eigentliche Grund meines Anrufes ist heute mal überhaupt nicht dienstlich.«

»Schieß los«, erwiderte Leitner.

»Du erinnerst dich doch sicher an unseren alten Kriminalpsychologen?«

»Klar, Doktor Wagenrodt. Wegen seiner piepsigen Stimme nannten wir ihn *Spürnase*, bis er es eines Tages gewagt hatte, zum Unterricht mit Ringelsocken zu erscheinen. Wie hatten wir ihn dann genannt?«

»Tote Socke«, lachte Wespers.

»Genau. Was ist mit ihm?«

»Er ist seit Jahren im Ruhestand, wie du weißt. Meine Frau und ich haben ihn gestern getroffen und ganz spontan zu einer Weinprobe eingeladen. Diesen Samstag, gegen 19.00 Uhr. Willst du nicht auch kommen? Dann können wir mal wieder ausgiebig plaudern. Oder hast du Bereitschaftsdienst?«

»Das würde mich schon reizen.«

»Heißt das, du kommst?«
»Das lasse ich mir nicht entgehen.«
»Toll. Also, wir sehen uns Samstag.«
»Bis dann, Grüße an deine Frau.«

Leitner schaute auf die Uhr. Der Termin bei Staatsanwältin Trentov drängte. Obwohl er spät dran war, entschied er sich gegen den Fahrstuhl und eilte die Treppen hoch.

Frau Trentov begrüßte ihn schon an der Tür und bat ihn, an ihrem überfüllten Schreibtisch Platz zu nehmen. »Möchten Sie Kaffee, Tee oder ein Wasser?«

»Nichts«, schnaufte Leitner.

»Sie sollten etwas Sport treiben«, gab sie zu bedenken.

Sport? Er war froh, seine tägliche Arbeit zu schaffen, antwortete nicht, zog stattdessen sein Notizbuch aus der Jacke und platzierte es zwischen zwei Aktenstapeln.

Das Gespräch der beiden zog sich in die Länge. Gegen 13.00 Uhr brummte sein Diensthandy in der Hosentasche. Das musste wichtig sein, denn diese Nummern wählte man nur an, wenn es unumgänglich war.

»Augenblick mal, Frau Trentov.«

Die Staatsanwältin nickte ihm verständnisvoll zu. »Kein Problem, Herr Leitner.«

»Leitner.«

Am anderen Ende vernahm er die aufgeregte Stimme von Jochen Torheim: »Herr Leitner, die Zentrale meldet einen neuen Fall. Sie müssen das übernehmen, möglichst gleich. Nehmen Sie Herrn Heuward mit, der braucht Praxis. Wo sind Sie gerade?«

»Ich melde mich gleich zurück.« Ohne eine Reaktion abzuwarten, beendete er das Gespräch. Achselzuckend schaute er Frau Trentov an. »Ich muss weg.«

»Haben Sie einen Einsatz?«

»Ja.«

»Das geht vor. Sie melden sich bei mir noch mal wegen eines neuen Termins?«

»Mach ich.«

Die beiden verabschiedeten sich. Vor der Tür wählte er die Nummer seines jungen Kollegen. »Tobias, du musst abbrechen und ins Präsidium kommen.«

»Nichts lieber als das, Max. Es ist stinklangweilig hier, ich treffe kaum jemand an. Was gibt's denn?«

»Ich warte unten vor der Tür.«

»Geil, ich fliege.«

»Fahr vernünftig.« Er wählte die Nummer von Jochen Torheim und ließ sich die Koordinaten des Einsatzortes geben, der westlich von Göttingen mitten im Bramwald lag, einem der großen Waldgebiete im Naturpark Münden.

Mit einer Spezialkarte vom Großraum Göttingen lief er nach unten und zeigte Tobias, der schon mit laufendem Motor vor dem Gebäude wartete, die Stelle. »Hier ungefähr. Ich kenne die Örtlichkeiten nicht. Du vielleicht?«

»Nö. Mit Blaulicht fahren?«

»Mit. Aber nicht so rasen wie beim letzten Einsatz. Zweihundert auf einer viel befahrenen Bundesstraße ist nicht drin«, brummte Leitner.

»Für mich schon. Hast ja doch schlechte Laune.«

»Nein. Bin müde.«

»Warst du auf einer Party?«, grinste Tobias.

»Party, ich? Schlecht geschlafen! Und nun fahr schon.«

»Okay. Maximal hundertfünfzig, dir zuliebe.«

Nachdem sie Göttingen hinter sich gelassen hatten, brauchten sie zwanzig Minuten, verließen die Bundesstraße, fuhren durch kleinere Ortschaften und bogen dann in ein Waldstück ab.

Der Weg wurde holprig. Vereiste Schneereste verwandelten große Flächen in Rutschbahnen, an anderen Stellen hatte der Regen den Boden zu einem weiß-braunen, matschigen Brei aufgeweicht.

Der Himmel verdunkelte sich, es sah nach weiterem Niederschlag aus. Während sie bergauf fuhren, ärgerte sich Leitner, seine Stiefel im Büro vergessen zu haben. »Hast du anständiges Schuhwerk mit?«

»Äh … warum?«

»Könnte da oben ziemlich unangenehm werden.«

»Ach so, nö.« Tobias vollführte eine heftige Lenkbewegung, um einem größeren Ast auszuweichen. »Vielleicht sind welche im Kofferraum.«

Sie schwiegen wieder. Plötzlich musste Tobias scharf bremsen, schlingerte und kam gerade noch rechtzeitig vor einem Wagen zum Stehen, direkt hinter einer Kurve an einem dicht bewaldeten Abschnitt. Eine ganze Kolonne von Fahrzeugen versperrte die Weiterfahrt. Leitner warf ihm einen bösen Blick zu, erkannte dann zwei ältere Kollegen aus dem Polizeidienst. »Hier muss es sein.«

Er stieg aus und grüßte in die Gruppe. »Wo geht's denn lang?«

Einer der Polizisten zeigte bergauf. »Ist noch ein ganzes Stück da hoch. Kannst du die Markierung sehen? Da oben, Max.«

Nach angestrengtem Augenblinzeln sah er den Anfang eines rot-weißen Flatterbandes, das sich weiter aufwärts im schneebedeckten Wald verlor.

Tobias gesellte sich freudestrahlend dazu, mit Gummistiefeln in den Händen. »Ist nur ein Paar da. Willst du die haben, Max?«

»Nein.« Leitner bemerkte, dass Tobias am ganzen Körper zitterte. Vor Aufregung oder vor Kälte? Der junge Mann wechselte jedenfalls sofort das Schuhwerk und warf sein eigenes Paar auf den Vordersitz, was Leitner nur kopfschüttelnd registrierte.

Sie verließen die Fahrzeuge und stapften durch den klebrigen und nassen Schnee. Das Flatterband wollte nicht enden, sie rutschten und stolperten immer weiter aufwärts durch das teils weiße, teils aufgeweichte modrige Unterholz. Nebelschwaden zogen an ihnen vorbei, und ein leichter Regen verhüllte die Sicht. Aus der Ferne hörten sie endlich Stimmen. Und dann tauchten sie am dunklen Horizont auf – die weiß gekleideten Mitarbeiter der Spurensicherung.

Leitner bekam Magendrücken und Sodbrennen, als sie eine kleine Waldlichtung erreichten.

»Halt, stehen bleiben«, brüllte eine Stimme. Ein aufgeregter Mann mit hochrotem Gesicht kam mit vorsichtigen Schritten auf sie zu und schob seine Kapuze vom Kopf. »Was wollen Sie hier, nicht weitergehen!«

Leitner kannte ihn nicht, zückte instinktiv seinen Ausweis und streckte ihn dem Sprecher entgegen.

»Hauptkommissar Leitner, Kripo Göttingen. Dies ist Herr Heuward.«

»Das Foto fehlt noch«, rief der Mann zu einem der weißen Schatten zurück und wandte sich dann wieder den beiden zu. »Die Kollegen, endlich. Verzeihung, ich dachte erst, Sie seien hier unbefugt, Herr ... wie war noch mal Ihr Name?«

»Leitner.«

»Ich nehme an, dass Sie den Fall übernehmen. Sie haben scheußliches Wetter mitgebracht.«

»Ja.« Leitner hatte jetzt keinen Sinn für Small Talk, denn seine Magenbeschwerden nahmen zu. »Wer sind *Sie*?«

»Entschuldigung. Mein Name ist Landers, Sven Landers. Ich bin neu hier. Habe mich vor Kurzem vom Landeskriminalamt Hannover nach Göttingen versetzen lassen, private Gründe, verstehen Sie?«

Leitner nickte. »Sie kommen vom LKA nach Göttingen? Dann müssten Sie ja beste Kontakte haben?«

Der Mann strahlte ihn kurz an und wurde sofort wieder ernst: »Ja, ich denke schon. Kommen Sie. Sehen Sie sich das mal an, aber vorsichtig. Treten Sie in meine Fußspuren! Widerliches Wetter.«

Nach wenigen Schritten blieb Landers abrupt stehen. Der Nebel verhüllte den Ort längst wie ein Schleier, alles schien grau zu sein. Für einen Moment sprach niemand; die kleinen Bäumchen, der Schneematsch, die durchdringende Nässe und das schaurige Krächzen einer Krähe erzeugten eine geradezu beängstigende Atmosphäre.

»Wo ist denn die Leiche?«, fragte Tobias mit etwas wackeliger Stimme.

Kapitel 2

2015
Bovenden, nördlich von Göttingen

Vorsichtig steuerte er seinen Vierzigtonner rückwärts. In seinem Rückspiegel beobachtete er Kalle, einen der Lagerarbeiter, der ihn mit wilden Armbewegungen an die Laderampe dirigierte. Ein Stück zurück, wieder vorwärts, Lenkrad abwechselnd links oder rechts einschlagen, der Anhänger musste einigermaßen gerade sein Ziel erreichen.

»Stopp«, brüllte Kalle und wedelte mit den Armen. Dies war das Zeichen, auf das er sehnsüchtig wartete. Ruckartig trat er auf die Bremse; mit einem gewaltigen Zischen kam sein Diesel zum Stehen. Endlich konnte er die dröhnende Maschine abschalten. Endlich hatte er Pause. Matthias Dassow, den hier alle nur Matze nannten, sprang aus seinem Führerhaus, machte Dehnübungen und versuchte, die anstrengende Rückfahrt zur Spedition zu vergessen. Er kletterte auf den Beifahrersitz und aß seine Brote, trank dazu Kaffee aus der Thermoskanne.

Nach einer halben Stunde kam Kalle und klopfte an die Tür. Matthias ließ das Seitenfenster herunter. »Hallo Kalle, was gibt es?«

»Matze, der Hänger is fertig. Kannste ma mit der Maschine zur Rampe fah'n? Kriegst noch Ladung für Hamburg.«

Jetzt war Matthias hellwach. »Wieso Hamburg? Ich habe jetzt eine Tour über Osnabrück nach Amsterdam.«

»Null Ahnung, geh ma zum Boss. Wir laden ein paar Sachen ab, und dann kriegste Paletten für Hamburg, mehr weiß ich auch nicht, Matze. Ich mach die Kupplung klar.«

»Ja, danke.«

Der Arbeiter gab ihm ein Zeichen, dass die Anhängerkupplung ausgeklinkt und die Anschlüsse für Bremsen und Elektrik entfernt waren. Dann manövrierte Matthias die Zugmaschine rückwärts an die Laderampe, was ohne Anhänger problemlos ablief.

»Na denn, auf zum Boss«, murmelte Matthias vor sich hin. Warum aufregen? Gelegentliche Änderungen von Routen und Ladungen waren durchaus normal. Er stopfte sich die Ladepapiere und Lieferscheine in die Jeansjacke und kletterte aus seinem Führerhaus.

»Ich kläre das, bin gleich zurück«, rief er Kalle zu, der wieder zu seinen Kollegen auf die Laderampe kletterte.

Pfeifend schlenderte Matthias über den riesigen Hof der Spedition und wich den Eisflächen aus. Ein Hauch von Diesel und Öl lag in der Luft. Ganz am Ende der Rampe gelangte man über eine schmale Steintreppe auf die Ladezone und zur ersten der drei Lagerhallen. Sportlich und groß genug war er, um mit einem seitlichen Schwung direkt auf die Rampe den Weg zur dritten Halle abzukürzen, wozu er aber keine Lust verspürte. So trottete er zur Treppe und nahm den Umweg in Kauf.

Am Tor zur ersten Halle waren Paletten mit Bierkästen umgestürzt. Hunderte von zerschlagenen Flaschen lagen herum, der penetrante Geruch von Hefe hing in der Luft. Ein paar Lagerarbeiter schrien einander an, Matthias' freundlicher Gruß ging im Trubel unter. Nachdenklich ging er weiter. Die Büroräume lagen im hinteren Teil der Halle 3 auf einer hoch gelegten Etage, zu der eine überdimensionierte Stahltreppe hinaufführte. Alle sechs Räume waren über einen nicht fertig renovierten, nach vorne offenen Flur miteinander verbunden.

Ein Elektrostapler surrte an Matthias vorbei und bog dann zwischen einigen Palettenstapeln so schnell ab, dass eine davon wegrutschte und mit lautem Krachen zu Boden knallte. Die fahren wie die Irren, dachte Matthias. Es war kein Wunder, dass dabei auch mal eine ganze Ladung Bierkisten draufging.

Schon von Weitem konnte er Ernst Meywald brüllen hören, da dessen Zimmer gleich vorn an der Treppe lag und die Tür offen stand. Matthias störte sich nicht daran und trat beherzt in den großen, von Zigarrenqualm vernebelten Raum.

»Ich soll euch zwanzig Mille nachzahlen? Das ist doch der reinste Wucher«, fluchte der beleibte Meywald mit hochrotem Kopf in das Telefon. »Irgendwann komme ich vorbei, schnappe mir jeden Tag einen anderen von euch undankbaren Finanzheinis, und dann …« Er stockte, als er Matthias sah, hielt den Hörer kurz zu und fuchtelte mit der freien Hand herum. »Matze, setzen!«

Dann brüllte er weiter. Seine Umsätze seien rückläufig, die Vorauszahlungen viel zu hoch, und die Beamten sollten alle nur mal einen Tag in seiner Firma malochen, dann wüssten sie, was sie ihm antaten. Wieder stockte er und starrte Matthias irritiert an. »Aufgelegt, der Sack. Na, macht nichts. Werde mit der Vorgesetzten von diesem Spargeltarzan reden, die kenne ich aus dem Schützenverein. Das ist doch die Höhe, legt einfach auf.«

Seine Stimme beruhigte sich, er wirkte fast väterlich. »Wie geht's, Matze?« Meywald bewegte seine fleischige Hand über den Schreibtisch, ein kräftiger, freundschaftlicher Händedruck folgte.

»Geht so.«

»Was, was, was? Geht so?« Meywald wühlte in einem Haufen Papier und fluchte vor sich hin. Matthias verzichtete auf eine Antwort, da sein Chef ohnehin nicht zuhören würde.

»Hier hab ich's. Also Matze, pass auf.« Meywald studierte das Papier und zog an seiner Zigarre. Nochmals kramte er in einem zweiten Papierberg und zog ein rötlich schimmerndes Dokument heraus, schüttelte den Kopf und nuschelte irgendetwas von Regress und Stornokosten. Dann schaute er zu Matthias. »Hier ist einiges schiefgelaufen, verdammt schief. Du musst fahren, zuerst nach …« Er zwang seinen massigen Körper aus dem zerschlissenen Chefsessel und drehte sich zur Rückwand des Zimmers, an der eine große Europakarte hing. Keiner der Fahrer hatte je begriffen, warum er sich bei Problemen immer an diese Karte begab und mit seinem schwulstigen Zeigefinger irgendwelche Routen abfuhr.

»Du musst zuerst nach Hamburg. Dann direkt nach Amsterdam, da dann noch mal für Hamburg laden, in Hamburg bei Spedition Heiersdorf abladen, Paletten mitnehmen und dann über Osnabrück zurück.« Meywald hielt inne und nickte selbstzufrieden. Dann pflanzte er sich wieder stöhnend in seinen Sessel und drückte eine Taste auf seiner Telefonanlage. Eine zarte Stimme meldete sich.

»Blümchen, habt ihr die Papiere für Matze fertig? Was, was, was ... nein, nicht gleich, jetzt.« Wieder ging sein Blick zu Matthias. »Was macht die Familie, alles schön bei euch?«

Matthias überlegte einen Moment lang, was er antworten sollte. Die Wahrheit interessierte doch niemanden wirklich, also alles wie immer. Gerade als er sprechen wollte, klingelte das Telefon, was Meywald erneut ablenkte. »Ja«, brüllte er in den Hörer, »... was, was, was, liegen geblieben ... keine Ahnung. Nein ... ja ... oh Mann, das kostet wieder. Sieh zu, dass ...«

Der weitere Wortschwall ging an Matthias vorbei, jemand tippte ihm vorsichtig auf die Schulter. Frau Blume lächelte und hielt ihm einen Stapel Papiere und eine blaue Mappe entgegen. Statt sie zu begrüßen, strich er ihr über den Arm, kontrollierte instinktiv die Lieferadressen mit den engen Terminvorgaben und rechnete seine Standzeiten aus. Ein Blick auf die Uhr verriet ihm, dass es langsam Zeit wurde, aufzubrechen.

Er grüßte zum Boss hinüber und verließ mit Frau Blume den Raum, den sie hinter sich schlossen, um dem Qualm zu entkommen und schnell noch ein paar Worte wechseln zu können.

»Matze«, donnerte es von drinnen. Frau Blume verschwand winkend im Zimmer nebenan, und Matthias schaute wieder zu Meywald hinein.

»Matze, noch was. Kannst du am Donnerstag um 14.00 Uhr wieder hier sein? Ich hab 'ne eilige Tour nach Mailand für dich.«

Matthias zuckte zusammen, denn das war fast nicht zu schaffen. Außerdem hatte er eine Woche Urlaub beantragt. Er war kurz davor, abzulehnen. Wann sollte er eigentlich mal wieder zu Hause sein? Vielleicht hatte Meywald einen anderen Fahrer? »Hör zu, Ernst. Ich wollte nach dieser Tour erst mal Urlaub machen.«

Unschuldig wie ein Lamm zog Meywald an seiner Zigarre. »Mensch, Matze. Mach das mal für mich, bitte. Ich hab keinen anderen Fahrer für Mailand.« Der bullige Mann wirkte hilflos wie ein neugeborenes Lamm.

Obwohl Matthias dringend Erholung brauchte, sollte es irgendwie machbar sein. Meywald vergaß solches Entgegenkommen nicht und würde sich bei anderer Gelegenheit auch wieder großzügig zeigen. Zudem hatte Matthias eine Sonderstellung unter den Fahrern, da er auch mal größere Speditions- und Umzugsprojekte eigenständig abwickelte. Für diese Großaufträge hatte man ihm vor einigen Jahren im hinteren Bürobereich einen eigenen Schreibtisch eingerichtet und Visitenkarten drucken lassen. Er übernahm dann die gesamte Logistik, Auftragsvergabe und auch die Gespräche mit den Kunden, die Kalkulation hatte ihm Meywald beigebracht. Dieser und die beiden Disponenten waren mit solchen Aufgaben wegen des Tagesgeschäfts überfordert. Was sollte er also anderes machen als zuzusagen?

»Ich bekomme das schon hin«, antwortete Matthias zögerlich, und Ernst Meywald strahlte wie ein Honigkuchenpferd.

Noch ein Händeschütteln zum Abschied, dann verschwand Matthias schnell über die Stahltreppe, da Meywald schon wieder telefonierte. Mit dem Finanzamt, was trotz verschlossener Tür unüberhörbar war.

Draußen empfing ihn Kalle, der ihm beim Ankoppeln des Hängers half. Mit einem dreifachen Hupen rollte Matthias vom Hof.

Um gegen die aufkommende Müdigkeit anzukämpfen, sprach er zwischendurch laut mit sich selbst und zählte die Namen der Raststätten zwischen Hamburg und Amsterdam auf.

Der Kurierdienst im Süden Hamburgs schloss um 18.00 Uhr. Die gesamte weitere Routenplanung hing davon ab, dass er diesen Termin halten konnte. Er schaute auf seine Uhr. Selbst die kleinste Pause durfte er sich jetzt nicht mehr leisten. Auch glatte Straßen und allzu viele Staus mussten ausbleiben!

Sein rechtes Bein drohte einzuschlafen. Die Dämmerung setzte ein, was seinen Zustand nur noch verschlimmerte. Sein Körper versagte ihm ganz allmählich den Dienst. Nur der sture Wille war gefragt, kein Selbstmitleid, keine seelische Schwäche, bloß nicht an Probleme denken. Nur ankommen wollen!

Er musste sich beschäftigen: Eine kurze Strecke fuhr er mit dem linken Fuß auf dem Gaspedal, um das rechte Bein auf dem Beifahrersitz massieren zu können. Immer schön den vor ihm fahrenden Laster im Blick behalten, die Rücklichter anstarren, bis sie anfingen zu tanzen, dann nach oben schauen, dann wieder die Rücklichter fixieren …

Später schlug er sich mit geballter Faust an den Beinen entlang, einmal hoch, einmal runter. Das hatte ihm seine siebenjährige Stieftochter Celina beigebracht, die diesen Trick aus ihrem Kinderchor mitgebracht hatte. Das sei gut für die Durchblutung und für alles überhaupt, hatte sie ihm leise ins Ohr geflüstert. Der Gedanke an seine beiden adoptierten Mädchen ließ ihn für einen Moment hellwach werden, es war ihm, als redeten sie auf ihn ein.

Dann kam die Dunkelheit. Es war ihm zumute, als führe sein Körper ganz allein und er schaute von oben zu. Immer wieder schüttelte er sich wach, öffnete und schloss die Scheibe an der Fahrerseite, um den eiskalten Fahrtwind einzusaugen und in Bewegung zu bleiben. Die Lichter der vorbeiziehenden Fahrzeuge verschwammen zu grell tanzenden Lichterketten, seine Augen brannten wie Feuer. Er steuerte wie eine programmierte Maschine geradeaus, links, rechts, geradeaus.

Nur mit dem letzten Rest an Überlebenswillen erreichte er sein Ziel. 17.51 Uhr! Die Lagerarbeiter vor Ort fluchten über den späten Gast, beruhigten sich aber schnell, da sie bemerkten, dass seine Augen selbst im Stehen immer wieder zufielen. Jede Bewegung schmerzte ihn. Abladen, Liefer- und Palettenscheine austauschen, alles war reine Routine und schnell erledigt.

Mit letzter Kraft steuerte er den Lkw zur Seite, stellte den Wecker auf zwei Stunden später. Eigentlich wollte er nie wieder aufstehen, in Ewigkeit schlafen. Auf dem

Beifahrersitz meldete sich sein Handy mit dem typischen Klingeln der Sechzigerjahre, aber Matthias lag bereits in der Schlafkabine, konnte nicht mehr aufstehen. Er hörte noch die Arbeiter verschwinden, es wurde stockfinster und ganz still auf dem Hof. Nur ein Hund jaulte in der Ferne und begleitete ihn in den kurzen, traumlosen Schlaf.

Als sein Wecker rasselte, wusste er einen Moment nicht, wo er war. Instinktiv suchte er den Lichtschalter, tastete nach einer halb vollen Mineralwasserflasche, goss sich einen Teil der Flüssigkeit ins Gesicht und trank den Rest aus. Vor seinem Vierzigtonner machte er seine Dehnübungen und sog den eiskalten Wind tief in die Lungen. Die zwei Stunden Schlaf reichten ihm, um wieder fit zu sein. Genüsslich verzehrte er eine Frikadelle, startete dann den Dieselmotor und fuhr pfeifend in die Nacht hinein. Sein nächster Halt war die Raststätte Bentheimer Wald, direkt an der niederländischen Grenze, hier musste er tanken und die vorgeschriebene Pause von fünfundvierzig Minuten einlegen.

Er drehte das Radio laut auf und grölte die alten Schlager mit, bis ihm die Stimme den Dienst versagte.

Seine gute Stimmung verflog, als es plötzlich im Stil der Sechzigerjahre klingelte. Das Display zeigte ihm an, dass es seine Frau Birte war. Sie hatten nun vier Tage nicht mehr miteinander gesprochen. Augenblicklich übermannte ihn sein schlechtes Gewissen, aber er ließ es klingeln. Wie sollte er ihr erklären, dass wieder ein Wochenende zu Hause ausfiel, er stattdessen irgendwo in *Bella Italia* festsitzen würde? Oder sollte er rangehen und es ihr ohne Umschweife mitteilen? Sie würde ganz sicher wütend werden …

Das Klingeln hatte aufgehört. Was sollte er ihr morgen sagen? Er wusste es nicht, verzweifelt drehte er die Musik noch lauter.

Nach dem Tanken fuhr er zu den Lkw-Rastplätzen und wählte den Platz ganz am Ende der Parkbuchten. Da er sich nicht müde fühlte, ging er zurück zum Servicebereich und bestellte sich eine Portion Spaghetti bolognese.

Seine Familie ging ihm nicht aus dem Sinn. Birte und er kannten sich vier Jahre, vor drei Jahren heirateten sie. Die beiden Kinder, Celina und Jessica, waren zum Zeitpunkt der Hochzeit vier und sieben Jahre alt. Für ihn war es keine Frage: Er hatte sie selbstverständlich adoptiert, da der Vater der beiden an Krebs verstorben war. Es dauerte nicht lange und die beiden Kinder nannten ihn erst *Matze-Papa,* später nur noch *Papa.*

Wenn er damals nach längerer Abwesenheit zurückkam, stürmten alle auf ihn ein, sie tollten herum, und es folgten zärtliche Nächte mit Birte. Er war der Hahn im Korb, und alles drehte sich um ihn, was für tolle Zeiten! Vor zwei Jahren veränderte Birte plötzlich ihr Verhalten. Sie wurde strenger zu den Kindern und fing an, seinen Job als Fernfahrer zu verachten.

Hatte er sich verändert? Was war bloß die Ursache dafür, dass Birte ihn nicht mehr begehrte? Waren es die Kinder, denen er vielleicht zu viel Aufmerksamkeit widmete in den wenigen Tagen, die er zur Verfügung hatte? Was sollte er bloß tun?

Es wurde Zeit, weiterzufahren. Grübelnd durchquerte er das nächtliche Holland.

Kapitel 3

2015
Friedland, südlich von Göttingen

Celina und Jessica verließen das Haus. Birte hatte Kopfschmerzen vor lauter Stress, den ihre Töchter jeden Morgen verursachten, nahm eine Tablette und legte sich auf das Sofa. Sie genoss die Stille und schlief ein.

Stunden später klingelte es an der Tür, und ganz überraschend kam Evi Suderbach, ihre einzige Freundin, zu Besuch. Müdigkeit und Kopfschmerz verflogen augenblicklich; eine ganze Weile lagen sie sich in den Armen, bis Birte sie in das Wohnzimmer zog. »Setz dich, Evi, oh, ich freu mich so, dich zu sehen. Was wollen wir trinken? Das ist ja endlich mal eine richtig schöne Überraschung.«

Evi klatschte in die Hände. »Na, was wohl? Hast du Sekt oder so was da?«

»Wir feiern mit Champagner, was denn sonst! Der Haushalt kann warten.« Im Kühlschrank standen noch zwei edle Flaschen vom letzten Geburtstag. Sie gab Evi eine davon zum Öffnen.

Evi war, anders als sie selbst, eine große, selbstbewusste und attraktive Frau. Sie kannten sich aus der Kindheit und waren zehn Jahre lang gemeinsam zur Schule gegangen. Schon immer war Evi unternehmungslustig gewesen und stachelte die zierliche Birte immer wieder an, manch einen Schabernack mitzumachen. Sie kletterten auf Bäume, fingen Frösche, klauten Gemüse von den Feldern. Wenn Birte keine Lust mehr hatte, ließ sich Evi sofort etwas Neues einfallen. Und sie hatte Birte geradezu liebevoll beschützt. Immer, wenn diese in der Schule von Jungen angepöbelt wurde, verprügelte Evi die Burschen, bis sie von ihr abließen.

Als die beiden im Alter von dreizehn Jahren in die Pubertät kamen, ging Evi eines Tages mit Birte tief in einen Wald hinein. Sie zogen sich aus, streichelten und küssten sich. Anfänglich zierte sich Birte, später fand sie es großartig.

Nach der Schulzeit verloren sie sich aus den Augen. Birte ging auf Anraten ihrer Eltern auf eine Haushaltsschule und wollte eigentlich Köchin werden. Evi machte mit Ach und Krach noch ihr Abitur, widmete sich dann ihrem Motorradführerschein und fuhr in ganz Europa herum. Nach diesen Touren jobbte sie so lange, bis sie wieder genügend Geld für eine neue Reise zusammenhatte. Von ihren verstorbenen Eltern hatte sie ein kleines Vermögen geerbt, das sie Birte gegenüber als ihre Altersvorsorge beschrieb und niemals angriff.

Als Birte dann heiratete, meldete sich Evi überhaupt nicht mehr.

Nachdem Birtes erster Ehemann verstorben war, nahm Evi wieder Kontakt mit ihr auf. Dabei vergingen oft Monate, bevor sie sich wiedersahen. Denn sie war immer lange unterwegs, und ihre Reisen wurden, nach Birtes erneuter Heirat, zunehmend exotischer und waghalsiger.

Evi füllte die Gläser, und sie prosteten einander zu.

Birte bekam glänzende Augen vor Freude. »Wo bist du denn gewesen?«

»In Südamerika.«

»Mit dem Motorrad?«

»Logisch.«

Evi schien nicht sonderlich gesprächig zu sein und wirkte abwesend. Sie trank hastig, schenkte sich schnell nach.

Birte platzte vor Neugierde. »Jetzt erzähl mal ein bisschen, Evi. Ich kann's immer noch nicht fassen, dass du jetzt hier sitzt. Nun mach schon.«

Evi lächelte gedankenversunken und streichelte Birtes Wangen. »Ich musste oft an dich denken.«

»Ja, ich auch«, tuschelte Birte etwas verunsichert. Irgendetwas musste Evi auf dem Herzen haben. »Ist was passiert?«

»Ich habe eine anstrengende Fahrt von Rotterdam hinter mir.«

»Du bist bestimmt wieder gerast, oder?«

»Ich wollte dich sehen, so schnell wie möglich. Südamerika war nicht so toll.«

Birte fing an, sich Sorgen zu machen. »Was ist denn los mit dir?«

Ihre Freundin trank ein weiteres Glas. »Hatte lange keinen Champagner mehr, superlecker. Ich glaube, ich muss mal wieder nach Frankreich«, wich sie aus.

»Ich habe noch eine zweite davon, trink ruhig weiter, wenn du magst«, erwiderte Birte artig und holte die Flasche.

Evi gab sich einen Ruck und begann zu erzählen.

Sie war mit einem Tankschiff nach Cartagena in Kolumbien gefahren. Von dort aus hatte sie mit dem Motorrad kleinere Tagestouren unternommen, um die Küstenlandschaft zu genießen. Zwei Wochen später war sie dann ins Landesinnere aufgebrochen, wobei ihr das tropische Klima, der Regen und fiebrige Erkältungen zugesetzt hatten.

Ihr Ziel war die Hauptstadt Medellín, die die Einheimischen *Stadt der Blumen* nennen. Aufgrund angenehmerer Temperaturen war sie abends oft unterwegs, umringt von fröhlichen und hilfsbereiten Menschen.

In einer Bar hatte sie Jesus Salvatore und Miguel kennengelernt, die ebenfalls mit Motorrädern unterwegs waren. Sie verständigten sich mit Händen, Füßen und einem Kauderwelsch aus Englisch und Spanisch. Die beiden Freunde kamen aus Ecuador und betrieben in Quito eine kleine Kfz-Werkstatt, mit der sie neun Personen ernähren mussten. Sie wollten in Kolumbien den ersten Urlaub ihres Lebens verbringen, wofür sie fast zwanzig Jahre gespart hatten.

Evi erzählte den beiden von ihrem Vorhaben, Südamerika von Nord nach Süd durchqueren zu wollen. Sie waren davon so begeistert, dass sie ihre eigenen Pläne verwarfen, ihr Ecuador zeigen und ihre Familien vorstellen wollten. Außerdem hielten sie es für zu gefährlich, dass sie als Frau allein unterwegs war. Evi hatte dies zunächst als Machogehabe abgetan. Dann fand sie die Idee einer gemeinsamen Reise nach Ecuador aber spannend, zumal die beiden sie einfach als weiblichen Motorradfreak bewunderten und sie nicht belästigten.

Eine Woche später fuhren sie südwärts. Der nächste große Zwischenstopp sollte Ipiales sein, eine Grenzstadt zu Ecuador, in der die Männer für ihre Familien billig Schuhe einkaufen wollten. Als Fahrstrecke einigten sie sich auf den Pan American Highway, den Jesus Salvatore als Touristenroute für dicke Amis zunächst abgelehnt hatte.

Unterwegs hatte Miguel die Idee, einen Abstecher in den Regenwald zu machen. Das Wetter war gut, Evi und Jesus Salvatore hatte er damit überzeugt, dass man schließlich die drei Motorradspuren gut zurückverfolgen konnte. Es klang einfach, nur mal ein oder zwei Stunden hineinfahren und dann zurück. Außerdem versprach es Fahrspaß und Abwechslung vom eintönigen Reisen auf dem Highway.

Sie folgten einem verrotteten Hinweisschild zu einem Dorf, zwei tiefe Furchen von Autoreifen deuteten darauf hin, dass dort irgendwo Menschen leben mussten. Schnell wurde der Weg zum Trampelpfad, verschwand dann mit den Autospuren ganz. Es ging kreuz und quer durch das schier endlose Grün, erforderte das ganze fahrerische Können der drei.

Nach etwa einer Stunde verdunkelte sich der Himmel, es begann zu regnen. Innerhalb weniger Minuten verwandelten sich die Tropfen in Wasserfluten, dann schüttete es wie aus Eimern, bis sie nichts mehr sehen konnten.

Sie hatten die zerstörerische Kraft dieser Wassermassen völlig unterschätzt, denn von ihren eigenen Reifenspuren war nichts mehr zu sehen. Stellenweise hatten sich tiefe Tümpel gebildet, die sie nun zu Fuß umgehen mussten. Höchste Wachsamkeit war geboten, um im Gestrüpp nicht von Giftschlangen gebissen zu werden.

Nicht lange, dann stritten sie über den richtigen Weg zurück, stapften verärgert durch das grau-grüne, dampfende Nass, an Motorradfahren war nicht mehr zu denken.

Der Regen ließ nach, aber noch immer verbarg sich die Sonne, die die ungefähre Richtung zurück zum Highway hätte zeigen können, hinter einem stockfinsteren Himmel.

Evi Suderbach schwieg und trank. Birte wurde unruhig und schenkte ihr nach. Wieder nahm Evi einen kräftigen Schluck und sprach dann langsam weiter: »Wir hatten uns hoffnungslos verirrt. Und dann tauchten mitten im Wald Badewannen auf und …«

»Badewannen?«, redete Birte dazwischen.

»Ja, alte, verrottete Badewannen! Miguel erklärte mir, dass diese Dinger für die Herstellung von Kokain benutzt werden.«

»Kokain? Ich fass es nicht.«

»Ja, du musst dir vorstellen: Die Koka-Pflanze wächst dort in den Feuchtgebieten an jeder lichten Ecke. Die Einheimischen kauen die Blätter wegen der belebenden Wirkung oder trinken sie als Tee gegen Zahnschmerzen. Aber aus der Koka-Pflanze wird im Dschungel auch Kokain hergestellt. Ich hatte schreckliche Angst,

Jesus Salvatore und Miguel diskutierten laut und so schnell, dass ich nichts mehr verstehen konnte. Und dann passierte es …« Evi bekam feuchte Augen.

»Oh Gott«, rief Birte.

Evi weinte. »Plötzlich kamen fünf maskierte Männer mit Maschinengewehren auf uns zu, wollten …«

»B… bitte?« Birte verschluckte sich vor Aufregung.

»Wir konnten nichts machen, wir mussten mitgehen und die Motorräder mühsam durch den nassen Wald schleppen, bis wir wieder einen Weg erreichten. An einer alten, heruntergekommenen Hütte sollten wir halten. Dann fing Jesus Salvatore an zu schimpfen, und einer der Männer erwiderte etwas, bis sich die beiden nur noch angeschrien haben. Der Typ machte dann eine Handbewegung, dass Salvatore ihm folgen sollte. Die beiden stritten weiter, gingen ein Stück in den Wald, und dann hörte man Schüsse und …« Evi weinte jetzt hemmungslos. Birte sprang zu ihr und nahm sie in die Arme.

»Dieses Schwein hat Jesus Salvatore hingerichtet, verstehst du, Birte, einfach abgeschlachtet wie ein Stück Vieh!«, brach es aus Evi heraus.

Birte wusste nicht, was sie machen sollte, blieb einfach bei ihr sitzen und streichelte ihrer schönen Freundin über die Haare. Schluchzend fuhr diese fort: Miguel und sie wurden getrennt, sie musste in der Hütte bleiben und wurde von einem der Maskierten bewacht. Die anderen vier gingen mit Miguel tiefer in den Wald. Um den toten Jesus Salvatore kümmerte sich niemand mehr.

Ihre anfänglichen Versuche, mit dem Mann zu sprechen, scheiterten. Er gab ihr unmissverständlich zu verstehen, dass sie still sein sollte, und drohte dabei mit der Waffe. Am Mittag bekam sie dann schrecklichen Hunger. Der Maskierte warf ihr ein Bündel Bananen zu und deutete wieder an, dass sie schweigen solle.

Trotz ihrer Höllenangst, die sie förmlich lähmte, musste sie einen Fluchtplan entwickeln. Vor der Hütte waren die Motorräder abgestellt, das Reisegepäck war unversehrt, niemand hatte die Zündschlüssel an sich genommen. Sie musste vor der Dämmerung weg sein, denn in der schnell einsetzenden Dunkelheit hätte sie keine Chance gehabt. Die grobe Richtung, in die sie fliehen musste, hatte sie herausgefunden, indem sie die Bewegung der Sonne studiert hatte. Diese stand wieder hoch am Himmel und knallte erbarmungslos durch ein kleines Dachfenster.

Im hinteren Teil der Hütte war es so dunkel, dass sie nur einen Tisch erkennen konnte, auf dem irgendwelche Gegenstände herumlagen. Vielleicht würde der Mann einschlafen? Oder sollte sie den nächsten Tag abwarten? Möglicherweise würde man Miguel und sie einfach wegschicken?

Plötzlich stöhnte der Mann laut auf, riss sich die Maske vom Kopf und wischte sich den Schweiß aus dem Gesicht. Dann murmelte er ein paar spanische Wortfetzen, die sie verstanden hatte – er sagte so etwas wie *große, schöne Frau* und *Liebe machen*.

»Nein, Evi«, rief Birte entsetzt.

Evi winkte ab. »In diesem Moment war klar, ich musste sofort etwas unternehmen.« Wieder rollten ihr ein paar Tränen über das Gesicht, die sie schnell mit den Händen wegwischte. »Ich musste diesen schmierigen

Kerl von seiner Knarre weglocken. Und ich musste ihn schwindelig machen. Den ganzen Tag über hatte er Koka-Blätter in sich hineingestopft und war ziemlich benebelt. Und dann habe ich etwas gemacht, was ich noch nie zuvor getan habe.«

Entgeistert starrte Birte sie an und warf vor Aufregung ihr Glas um. Es zersprang mit einem hellen Knall auf dem Tisch. »Ist nicht schlimm, mach ich nachher weg. Das ist ja eine furchtbare Geschichte, sprich weiter«, bettelte sie.

Evi trank ihren Champagner und füllte sich noch einmal nach. »Du wirst es mir nicht glauben, aber ich habe mich ganz langsam ausgezogen – vor diesem schrecklichen Mann.«

»Bitte? Du?«

»Mir fiel nichts anderes ein. Ich habe dabei angefangen zu tanzen, mit langsamen Bewegungen, wie eine Stripperin.«

»Und er?«

»Der wollte sich sofort auf mich draufstürzen, aber ich habe ihn sanft auf seinen Stuhl zurückgedrängt. Er sollte meine kleine Show genießen und denken, dass ich auf ihn scharf war. Irgendwann tanzte auch er und dachte wohl, es würde mich anmachen. Er schien sich absolut sicher zu fühlen, war aber nicht mehr fit und bewegte sich schwerfällig hinter mir her, wie ein Betrunkener. Ich tanzte langsam weiter, ließ gelegentlich ein Kleidungsstück fallen. Durch meine Drehungen durch die Hütte konnte ich endlich die Gegenstände auf dem Tisch erkennen. Als wir wieder in Reichweite waren und er sich von mir wegdrehte, habe ich ihn mit einem Stemmeisen niedergeschlagen. Beim zweiten Schlag auf seinen Schädel hat es entsetzlich geknackt, wahrscheinlich habe ich ihn getötet.« Verzweifelt nahm sie ein Taschentuch und wischte sich die Tränen aus dem Gesicht.

Sie hatte sich das Maschinengewehr geschnappt, die Tür verriegelt, die Zündschlüssel der beiden anderen Motorräder in Miguels Geheimfach versteckt und war fast nackt abgehauen.

Nach dem schmalen Pfad, der von der Hütte wegführte, fand sie einen breiteren. Die Wege waren längst wieder trocken, sie konnte fahren wie zu Beginn dieses leichtsinnigen Abenteuers. Unterwegs zog sie sich frische Sachen an. Noch vor der Dämmerung war sie zurück auf dem Highway und fuhr die ganze Nacht durch.

Jesus Salvatore hatte ihr in Medellín die Adresse der Werkstatt aufgeschrieben. Sie musste hinfahren, das war sie diesen beiden aufrichtigen Ecuadorianern schuldig!

In Quito fand sie das Haus weitab im Süden, in einer ärmlichen Gegend. Das Leid der Familien war so groß, dass Evi es nicht lange dort aushielt und wieder in Richtung Innenstadt fuhr. Für den Fall, dass Miguel zurückkam, hatte sie eine Postfachadresse hinterlassen.

Sie verkaufte ihr Motorrad und flog noch am gleichen Tag nach Rio de Janeiro, dann zurück nach Europa.

»Oh Gott, was für eine schreckliche Geschichte«, seufzte Birte.

Es wurde Zeit, etwas für die beiden Kinder zu kochen, die bald aus der Schule zurückkommen würden.

Ihre Einladung an Evi, doch zum Essen zu bleiben, lehnte diese dankend ab. Die beiden Frauen gingen zur Tür und umarmten sich.

»Wenn es wärmer wird, was wäre … können wir nicht mal wieder in den Wald wie früher?«, flüsterte ihr Evi liebevoll ins Ohr.

»Ich weiß nicht, ja, doch, vielleicht.«

Evi löste sich von Birte. »Du weißt ja, dass ich niemals Handys auf Reisen mitnehme. Jetzt habe ich wieder eins. Ich schreib dir die Nummer auf, da ich jetzt erst mal eine Weile in Deutschland bleibe. Und vielen Dank, dass du mir zugehört hast. Ich musste das mal loswerden.«

»Das ist doch selbstverständlich, Evi. Du bist doch meine Freundin.« Birte versprach ihr, bald anzurufen. Dann verschwand Evi Suderbach.

Birte entfernte die Scherben vom Wohnzimmertisch und überlegte, was sie ihren Kindern zu essen anbieten konnte. Es musste schnell gehen, außer Eierpfannkuchen fiel ihr nichts ein. Sie wollte die Geschichte aus dem Kopf bekommen, aber es ging nicht. Während sie den Teig anrührte, musste sie immer wieder weinen.

Kapitel 4

2003
Göttingen, etwa 12 Jahre zuvor

Es wehte ein eiskalter Wind. Tonne war froh, dass er seine Stammkneipe erreicht hatte. Er öffnete die Tür, schlug die Schneeflocken vom Parka und putzte die beschlagene Nickelbrille. Ein süßlicher Tabakduft aus Edes Pfeife wehte ihm von der Theke entgegen. Links von Ede saßen die beiden Fußballexperten, deren Namen er wieder vergessen hatte. Sonst waren keine weiteren Gäste anwesend.

Tonne setzte sich auf den freien Platz neben Ede. »Hallo.« Die beiden Fußballer schauten kurz auf und erwiderten seinen Gruß. Ede antwortete nicht, hob stattdessen kurz die rechte Hand, mit der anderen hielt er seine Pfeife im Mundwinkel.

Susan hüpfte von ihrem Hocker, schritt zur Zapfanlage und stellte ein Halbliterglas in Position. »Na, Tonne, wie immer?«

»Wie immer. Wie geht's dir?«

»Och, ganz gut, nachher kommen noch die Handballer, ich freu mich schon«, lächelte Susan, verschwand im Küchenbereich und holte ein Paket mit Bierdeckeln.

An der Theke wurde es still, nur die Fußballer tuschelten über ihr Lieblingsthema.

Susan stellte Tonne den halben Liter Pils hin und markierte zwei Striche auf seinem Deckel. »Zum Wohl.«

Er nickte, trank das Glas zur Hälfte leer. Dann zeigte er auf die zahllosen Gläser neben der Zapfanlage, die dort kopfüber auf einem Geschirrtuch bereitstanden. »Mach mir gleich noch eins, Susan. Du weißt ja, das Erste verdunstet immer so schnell.«

Susan nickte.

»Mann, Tonne, du musst dir langsam mal einen neuen Spruch einfallen lassen«, nörgelte Ede und hielt Susan sein leeres Glas entgegen. »Auch noch eins.«

»Wie bist du denn heute drauf?«, entgegnete Tonne.

»Ach, ich hatte einen miesen Tag.«

»Willst du darüber sprechen?«, fragte Tonne vorsichtig.

»Nein«, polterte Ede zurück.

Tonne ärgerte sich wieder einmal über die eintönige Stimmung im *NoName*. Tiefer gehende Gespräche waren selten, manche Gäste überhaupt nicht ansprechbar, und das übliche *Wie geht's, wie steht's?* endete oft nach wenigen Sätzen. Von Sport verstand Tonne nichts, es machte also keinen Sinn, sich zu den Fußballern zu setzen, die zumindest ein Thema verband, das immer für Diskussionen gut war. Ede, der die ganze Zeit auf sein Pils starrte, schien tatsächlich schlechte Laune zu haben. Konnte er ihn vielleicht mit einer Partie Schach aufmuntern? Es war unwahrscheinlich, denn Ede schaute lieber zu und kritisierte die Spieler wegen schlechter Stellungen oder schwacher Züge.

»Wie wäre es mit einer gemütlichen Runde Schach?«, wagte sich Tonne vor. Zu seiner großen Überraschung nickte Ede. Die immer aufmerksame Susan sprang sofort von ihrem Hocker auf und stellte den beiden das zusammengeklappte Schachbrett zwischen die Gläser.

Sie losten die Farben aus, Tonne musste Schwarz spielen. Die beiden kannten sich schon jahrelang, und Ede wusste, dass Tonne lieber als Angreifer mit Weiß spielte. »Na, Tonne, dann streng dich mal an. Ich bin heute giftig.«

»Abwarten.« Tonne hatte richtig Lust auf Schach, konnte nun die Langeweile in der Kneipe vergessen. »Spielen wir um 'ne Runde?«

»Meinetwegen. Um ein kleines Pils oder einen Roten.«

Die beiden konzentrierten sich auf das Spiel, bei dem immer mehr Figuren aus dem Spielfeld verschwanden. Tonne trank sein großes Pils aus. Susan, die immer etwas auf Vorrat zapfte, servierte ihm sofort ein frisches.

Tonne und Ede waren so vertieft in die Partie, dass sie den Gast nicht registrierten, der ihnen, mit einem Pils in der Hand, zuschaute. Als Tonne nach einem schwierigen Zug und einem ordentlichen Schluck aufschaute, bemerkte er ihn.

»Hallo. Kann ich zugucken?«, fragte der Fremde. Er strahlte die beiden aus hellblauen Augen an. Tonne setzte seine Brille ab, rieb sich kurz über den kahl rasierten Kopf und nickte dem Fremden zu. »Kannst du, stört nicht.«

»Aber nicht immer dazwischenquatschen«, warf Ede ein und wedelte mit seinem Zeigefinger.

»Das musst ausgerechnet *du* sagen.« Tonne verzog sein Gesicht zu einer Grimasse, was Ede erstmals zum Lachen brachte.

Die beiden wendeten sich wieder ihrem Brett zu.

Je länger sie spielten, desto mehr kam Schwarz unter Druck. Ede spielte ohne jeden Fehler. Tonne überlegte immer länger, nahm einige Spielzüge entschuldigend zurück, fühlte sich nach seinem fünften großen Pils und der Übermacht von Edes Figurenstellung wie die Maus vor der Klapperschlange. Als nur noch sechs Figuren auf dem Brett standen und das Schachmatt drohte, gab er auf. Ärgerlich waren zwei Patzer, die ihm zwischendurch unterlaufen waren und die Ede kurzerhand auseinandernahm. »Statt Läufer auf e6 hätte man Bauer e4 schlagen müssen. Und keineswegs Turm auf a5, sondern ...«

»Susan, ein großes Pils für mich. Was trinkst du, Ede?«, unterbrach ihn Tonne, den lange Analysen nach verlorenen Schachpartien nervten. Er hoffte auf ein weiteres Spiel, bei dem er dann endlich Weiß spielen konnte.

»Ich nehme einen Roten, auf Tonnes Deckel, für den Profi«, verkündete Ede lauthals, während Susan den Johannisbeerschnaps aus dem Kühlschrank zog.

»Revanche?«, fragte Tonne kleinlaut.

»Nein, für heute reicht das. Nach dem Schnaps gehe ich nach Hause.«

Tonne drehte sich zu dem Fremden. »Ich habe dich hier noch nie gesehen, wie heißt du?«

»Ich bin Rocco. Rocco Rune.«

»Rocco«, wiederholte Tonne den ungewöhnlichen Vornamen.

Ede drehte sich desinteressiert weg, trank seinen Schnaps und verabschiedete sich.

»Setz dich doch.« Tonne deutete auf den leer gewordenen Hocker. »Runde Schach?«

»Gerne. Wollte aber vorher noch was fragen.«

»Was denn?«

»Dein Kumpel nannte dich Tonne, aber das ist doch nicht dein richtiger Name, oder?« Rocco schaute ihn neugierig aus seinen leuchtend blauen Augen an.

»Ach so. Das ist schnell erzählt. Eigentlich heiße ich Torsten Tonnwald. In der Schulzeit nannten mich alle Toto. Aber dann bin ich nach dem Tod meiner Mutter dicker und dicker geworden, wie man sieht. Und dann wurde daraus halt Tonne. Heute nennen mich alle so.«

»Das mit deiner Mutter tut mir leid. Aber stört dich diese Bezeichnung nicht?«, bohrte Rocco weiter.

»Seit Jahren habe ich mich damit abgefunden. Spielen wir jetzt?« Tonne wollte das Thema abwürgen, da er keine Lust verspürte, über dieses dunkle Kapitel in seinem Leben zu sprechen.

»Ja, natürlich … Tonne.« Es klang, als ob Rocco den eigentümlichen Spitznamen erst einmal verinnerlichen musste.

Sie einigten sich auf ein kleines Getränk für den Gewinner. Tonne zog wieder Schwarz.

»Ein schwarzer Tag für mich«, stöhnte er, und beide lachten lauthals auf.

Bereits nach wenigen Zügen wurde Tonne klar, dass Rocco kein überragender Spieler sein konnte. Er brauchte sich also nicht so anzustrengen wie bei Ede und hatte nach kurzer Zeit einen Figurenvorteil. Wenn er selbst keine groben Fehler machte, sollte er die Partie gewinnen. Das vermeintlich leichte Spiel weckte in Tonne die Neugierde, wer sein Gegenüber war. »Bist du heute das erste Mal hier?«

»Ja.«

»Und was machst du so?«

»Schachspielen.« Rocco grinste ihn an, schlug ihm leicht auf die Schulter, und wieder mussten beide schallend lachen. Den Witz fand Tonne so gut, dass er eine Runde Rote bestellte.

»Nein, im Ernst: Ich bin Student, erstes Semester.«

»Was studierst du?«

»Mathematik, aber nicht Lehramt, auf Diplom.«

»Wow, bist du so fit in Mathe?«

»Ach, es geht so. Ich hoffe, dass ich das auch durchhalte.«

Schweigend spielten sie weiter. Nach einer halben Stunde war Rocco schachmatt und warf seinen König um. »Du spielst gut, Tonne. Bist du im Verein?«

»Ach was, für einen Verein würde es nicht reichen. Ich habe früher mal am Schachcomputer geübt, aber heute habe ich dafür keine Zeit mehr.« Tonne winkte Susan herbei, bestellte sich ein großes Pils und wies sie an, einen der beiden Striche auf dem Deckel von Rocco zu notieren.

»Wie alt bist du, Tonne?«

Ein wenig nervtötend war die Fragerei, aber dadurch brach die Unterhaltung wenigstens nicht ab. »Bin fünfundzwanzig, so ungefähr. Und du bist neunzehn, glaube ich.«

»Super, wie kommst du darauf?«, fragte Rocco erstaunt.

»Nur geschätzt. Aber du bist der typische Studienanfänger, bist neugierig, willst alles wissen. Wenn man mit dem Studium anfängt, ist man noch für alles offen, alles ist wahnsinnig aufregend. Aber eins ist sicher: Wenn du ein paar Semester auf dem Buckel hast, dann ändert sich das, irgendwann robbt man nur noch von einer Vorlesung in die nächste oder lässt sie gleich sausen.«

»Klingt ja nicht so schön. Was studierst du?«

»Wirtschaftswissenschaften. Aber ich habe nach dem siebten Semester nicht mehr weitergemacht, habe hingeschmissen, egal.«

Tonne ärgerte sich wieder einmal, dass er das Studium nicht durchgehalten hatte. Der Tod seiner Mutter hatte ihn aus der Bahn geworfen und zu einem Lotterleben verführt. Zum Schluss hatte er immer mehr Vorlesungen ausfallen lassen, trieb sich nur noch auf wilden Partys herum. Dabei hatte er so viel Alkohol getrunken, dass er am folgenden Tag meistens nicht mehr wusste, was abgelaufen war.

»Konnte dir dein Alter nicht helfen?«, bohrte Rocco freundlich weiter.

Bevor Tonne antwortete, trank er ordentlich, zündete sich eine Zigarette an und bestellte bei Susan noch zwei Rote und ein weiteres Pils. Dann wandte er sich wieder Rocco zu. »Ich weiß nicht, wer mein Vater ist. Meine Mutter hatte sich wohl noch während der Schwangerschaft getrennt und wollte mit meinem Erzeuger nichts zu tun haben. Interessiert mich nicht, weder früher noch heute.« Tonne bemerkte, dass er sich langsam in Fahrt redete. Aber dieses Thema belastete ihn noch immer derart, dass er Rocco bat, diese alten Geschichten ruhen zu lassen.

Rocco entschuldigte sich für seine Aufdringlichkeit und bot ihm an, noch eine Runde Schach zu spielen.

»Ich glaube, das packe ich heute nicht mehr. Habe schon ein paar Bierchen zu viel im Kopf. Über drei Stunden Schach reichen mir für heute. Lass uns die Revanche morgen Abend spielen.«

Rocco war einverstanden, und die beiden verabredeten sich für 19.00 Uhr am nächsten Tag.

Die Tür flog auf, und acht laut grölende Typen fielen in der Kneipe ein. »Hau, hau, hau … hautse auf die Schnauze«, sangen die betrunkenen Handballer im Chor und so laut, dass jedes Gespräch verstummen musste.

Tonne kannte sie alle flüchtig, sie mussten ihr Punktspiel gewonnen haben. Auch Susan winkte ihnen freudig zu und zapfte schnell eine ganze Reihe frischer Pils.

Der Mannschaftskapitän torkelte auf Tonne zu und umarmte ihn, wobei die beiden fast umgefallen wären. »Hey Tonne, geil, wir haben sie plattgemacht. Vierundzwanzig zu zwanzig. Tonne, du alte Sau, hau, hau, hau … hautse auf die Schnauze«, grölte er ihm direkt ins Ohr, ergriff Tonnes Kopf und küsste ihm auf die Stirn. Dann wankte er langsam zu seinen Kameraden an einen Tisch abseits vom Tresen.

Tonne drehte sich wieder zu Rocco, der die Szene amüsiert beobachtet hatte. »Die sind irre, wenn sie gewonnen haben.«

»Ja, das sieht man. Lass sie doch, Tonne.«

»Kein Problem, ich kenne die ja schon eine Weile.« Er befreite seine Nickelbrille von einigen Flecken; die

Handballer in der Ecke beruhigten sich. An der Theke wurde es ganz still, da sich die beiden Fußballexperten verabschiedeten.

Nach einer Weile nahm Rocco das Gespräch wieder auf. »Tonne, du hattest vorhin gesagt, dass du wenig Zeit hast. Was machst du so beruflich?«

Tonne hatte diese Frage bereits erwartet und grinste Rocco mit seinen leicht getrübten Augen an. »Das wirst du mir sowieso nicht glauben.«

»Natürlich.« Trotz donnernder Lachsalven aus dem Hintergrund war Roccos Aufmerksamkeit ganz auf ihn gerichtet, und Tonne fand blaue Augen plötzlich unendlich sympathisch.

»Ich bin Pokerspieler«, sagte er so selbstverständlich wie möglich.

»Was?«

»Ja, Pokern ist mein Job. Vor drei Jahren habe ich mich für die MCOOP 2000 qualifiziert, das sind die Master Championships of Online Poker. Da habe ich rund einhundertvierzigtausend Dollar gewonnen.«

»Einhundertvierzigtau…« Rocco wollte es nicht glauben, die beiden tranken weiter und diskutierten über das Pokern, bis Susan schließlich Feierabend machen wollte.

Tonne war nicht mehr Herr seiner Sinne und schob ihr das Portemonnaie hin. Susan würde das schon richtig machen, er vertraute ihr. Sie half ihm in seine Wintersachen und brachte ihn langsam zur Tür.

Vorsichtig taumelte er nach Hause, es war glatt auf den Straßen, und ein eisiger Wind fegte ihm ins Gesicht.

Kapitel 5

2015
Naturpark Münden

Es gelang ihm nicht mehr, die Örtlichkeit zu erfassen. Durch den dichten Nebel konnte Max Leitner nur noch erahnen, dass sie am Rande einer Lichtung mit niedrigem Baumbewuchs standen. Hinter ihnen lag ein anstrengender Aufstieg durch hochgewachsenen Mischwald, vor ihnen plötzlich nur kahle, kleine Bäume.

»Wo ist die Leiche?«, wiederholte Tobias Heuward seine an Landers gestellte Frage, diesmal deutlich lauter.

Der Angesprochene wirkte nach wie vor unruhig und angespannt. »Ja, verzeihen Sie bitte. Aber dies ist ein völlig ungewöhnlicher Fall, und ich weiß nicht recht, wie ich …«

»Was ist das Problem?«, fiel ihm Leitner ins Wort.

»Also, entweder haben wir es hier mit einer grässlichen Zerstückelung zu tun oder mit einer Selbsttötungsorgie, vielleicht von einer Weltuntergangssekte. Prähistorische Knochenfunde oder gar eine urzeitliche Siedlung sind dies nicht, das können wir ausschließen. Deshalb habe ich Sie kommen lassen.«

»Fakten, Landers. Fakten, keine Geschichten erzählen.« Leitner war wütend. Er hasste es, wenn Kriminaltechniker herumspekulierten.

»Entschuldigung. Ich will es versuchen. Vor drei Stunden, bevor der Nebel aufkam, bin ich diese Lichtung abgegangen. Ich schätze, dass sie fünfhundert Meter lang und etwa genauso breit ist. In großen Abständen finden wir überall Knochenreste, die menschlichen Ursprungs sein müssen. Verstehen Sie, Herr Leitner, es gibt also nicht eine Leiche, wie wir sie üblicherweise antreffen, sondern nur noch kleinste Teile davon. Oder eben Reste von vielen Personen, das wissen wir momentan noch nicht.« Landers gestikulierte mit seinem rechten Arm umher. »Schauen Sie, da … und dahinten, nein, das können Sie nicht mehr erkennen … und hier direkt vor uns.« Er wischte sich durch das Gesicht und fuhr dann fort: »Wir müssen alle Fundstellen einzeln markieren und uns vorsichtig vorwärts arbeiten. Es ist ein wenig schaurig hier, ich habe so etwas noch nicht erlebt.«

Leitner fixierte seinen nervösen Gesprächspartner. »Also Leichenreste. Haben Sie die Staatsanwaltschaft eingeschaltet?«

»Ja, ich habe eine Frau …«, Landers zögerte.

»Staatsanwältin Trentov.«

»Ja. Frau Trentov bittet um Benachrichtigung, sobald wir hier Klarheit haben.«

»Das übernehme ich.«

Tobias, dem die Nässe zu schaffen machte und der die ganze Zeit die Arme verschränkt gehalten hatte, schaltete sich in das Gespräch ein. »Können Sie einschätzen, wann das hier passiert ist?«

Landers schüttelte den Kopf, bevor er antwortete: »Schwierig, schwierig. Ich habe mir vorhin mal ein paar Knochenreste genauer angeschaut. Sie zeigen deutliche Verwesungserscheinungen. Also, ich würde sagen … fünf Jahre liegen die hier schon. Ja, zwischen fünf und zehn Jahre, vielleicht auch zwanzig Jahre. Ich bin außerstande, mich festzulegen.«

»Wie lange werden Sie brauchen?« Tobias massierte seine klammen Hände.

»Das kann ich auch noch nicht beantworten, Herr … wie war noch mal Ihr Name?«

»Heuward, Tobias Heuward. Denken Sie einfach an einen Tankwart, der Heu verkauft, dann passt das schon«, witzelte er, aber sein Späßchen wollte nicht recht ankommen.

Stattdessen fuhr Landers mit ernster Miene fort: »Wir müssen gleich abbrechen, im Nebel weiterzumachen ist sinnlos. Ich schätze, dass wir noch zwei, drei Tage brauchen, sofern das Wetter mitspielt.«

Leitner wollte das Gespräch zu Ende bringen, denn er brauchte dringend eine von seinen Magentabletten, die er im Wagen liegen gelassen hatte. »Wer hat diesen Fund gemeldet? Gibt es außer Knochenresten sonst noch was?«

»Zu Ihrer zweiten Frage: Außer den Knochen haben wir leider noch nichts Auffälliges. Schädel, größere Körperteile oder Kleidungsstücke sind auch noch Fehlanzeige. Am besten ist, Sie warten meinen Bericht ab.«

»Nein. Wenn Sie alles haben, kommen wir zu Ihnen rüber. Ich warte ungern auf Berichte.«

»Ja, ist gut, Herr Leitner. Ich rufe Sie an, bevor ich den Bericht schreibe. Ach so, den Fund gemeldet hat übrigens ein gewisser Adolf Wiener, er ist Förster, hat freundlicherweise gewartet und uns hierhergeführt. Warten Sie …« Landers kramte in seinen Taschen und überreichte Leitner eine Visitenkarte. »Hier ist die Adresse. Der Herr Wiener ist zu Hause zu erreichen, jedenfalls hat er das gesagt.«

»Danke.«

»Ich hoffe auf eine gute Zusammenarbeit.« Landers streifte seinen Gummihandschuh ab, streckte Leitner die Hand entgegen und zog sie dann zögernd wieder zurück, da Leitner seine Hände in den Manteltaschen ließ. »Werden wir sehen«, murmelte Leitner.

Die beiden Kriminalisten beeilten sich, dem Nebel zu entkommen. Am Fahrzeug angekommen, redete Tobias drauflos, ohne von den Gummistiefeln aufzublicken, die er gerade mit Papiertüchern säuberte: »Ich fasse das nicht. Wer ist denn so bescheuert und zersägt eine Leiche in Salamistücke, was sagst du dazu, Max?«

In diesem Moment würgte Leitner seine Pille hinunter, was Tobias nicht unbedingt sehen sollte. »Nicht spekulieren, Ergebnisse abwarten. Ist alles ganz einfach: Morgen wird eine Akte angelegt, Frau Trentov informiert, und jetzt würde ich gern …«

»Sag nicht, du willst noch zum Wiener?« Tobias verzog das Gesicht zu einer ablehnenden Grimasse. »Hat das nicht Zeit, ich wollte gleich zum Tennis«, murrte er.

»Setz mich beim Wiener ab.«

Tobias nickte erlöst. »Und wie kommst du da weg?«

»Mit dem Bus. Den kleinen Umweg von schätzungsweise dreißig Kilometern fährst du doch gern, oder?«, schmunzelte Leitner und las ihm die Adresse vor.

»Gib mal den Dreckkram rüber.« Tobias verstaute die verschmutzten Papiertücher in einer Plastiktüte und warf sie in den Kofferraum.

Bevor sie losfuhren, stoppten sie neben einem der Streifenwagen. Leitner öffnete das Seitenfenster, der Polizist tat es ihm lächelnd gleich. Leitner wies ihn an, einen Streifenwagen am Weg zu postieren und absolutes Stillschweigen über den Fall zu wahren. Der Mann nickte und versprach ihm, sich darum zu kümmern.

Dann verließen sie diesen dunklen Ort, und Tobias drehte die Heizung bis zum Anschlag auf.

»Das gilt auch für dich, Tobias: kein Wort zu deinen Freunden. Ich werde auch den Förster entsprechend instruieren.«

»Nee, das ist schon klar«, antwortete dieser fröhlich, »instruieren klingt richtig gut, Max.«

Während der Fahrt telefonierte Leitner mit Jochen Torheim. Da dieser keine Zeit hatte, ließ er sich einen Termin für den nächsten Morgen geben, um die ersten Formalitäten und einen Termin für den Pressebericht abzustimmen.

Die Dämmerung setzte ein, als sie das Haus von Adolf Wiener erreichten. Dieser schien schon zu warten und öffnete sofort. Leitner stellte sich vor, zückte seinen Ausweis und winkte Tobias zu, der mit quietschenden Reifen davonbrauste.

Vor ihm stand ein ruhiger, höflicher Mann mit breitem, zerfurchtem Gesicht, was der lange, graue Vollbart nicht verdecken konnte. Adolf Wiener bat ihn in eine kleine holzgetäfelte Stube, die zahlreiche Wildtrophäen zierten. »Interessieren Sie sich für die Jagd, Herr Leitner?«

»Nur, wenn es um Verbrecher geht«, grinste Leitner.

Ein Hund flitzte um die Ecke, stellte sich vor Leitner auf, wobei der Schwanz freudig hin und her flog und den ganzen Körper in Wallung brachte.

»Das ist Dexi«, sagte Wiener, »meine treue Begleiterin. Mögen Sie denn Hunde, Herr Leitner?«

»Ich habe nichts gegen Hunde«, wich Leitner aus, »was ist das für eine Rasse?«

»Ein Gordon Setter.«

»Schönes Tier.«

Dexi beruhigte sich und schritt auf ihre Decke zu.

Frau Wiener betrat das Zimmer und bot Leitner Mineralwasser an, was er dankend annahm. Dann verabschiedete sie sich mit einem freundlichen Lächeln und ließ die beiden allein.

»Ich will gleich zur Sache kommen. Wir waren gerade am Fundort. Was haben Sie entdeckt?« Leitner zückte sein kleines Notizheft und bemerkte, dass es fast vollgeschrieben war.

»Ich war mit Dexi unterwegs.« Wiener streichelte die Hündin liebevoll und setzte sich Leitner gegenüber. »Wir waren auf dem Feldweg unterwegs, den Sie ja jetzt kennen. Ich wollte in dem oberen Abschnitt den Baumbestand auf Wildschäden untersuchen und habe einige Abstecher in die Waldfläche unternommen, um einen ersten Überblick zu bekommen. Dann schlug Dexi plötzlich an und zerrte mich direkt zu dieser Lichtung. Als ich Knochenreste sah, war mir sofort klar, dass es keine Tierkadaver waren, die ich sonst so finde. Ich kenne Knochen wohl von allen tierischen Waldbewohnern. Ich habe daraufhin die Polizei verständigt und wurde gebeten, auf Ihre Kollegen zu warten.« Adolf Wiener schüttelte sich, als wollte er einen schlimmen Traum loswerden. »Ich hatte in meinem Leben nur einmal mit einer menschlichen Leiche zu tun. Damals fand ich in der Nähe von Gronau ein aufgeschüttetes Grab. Die Polizei hatte den Leichnam dann obduzieren lassen, aber der Fall wurde, soweit ich weiß, niemals aufgeklärt. Man sprach von einer Hinrichtung, dem Opfer wurde wohl aus nächster Nähe in den Kopf geschossen, und die Pistole fand man nur wenige Meter entfernt. Leider entwickelte ich die Vorstellung, dass ich es hätte sein können, der dort begraben war. Bei meinen Waldbegehungen bekam ich plötzlich Verfolgungsängste und war in psychologischer Betreuung. Wir finden unmögliche Sachen im Wald, Autoreifen, ganze Wohnungseinrichtungen, Chemieabfälle, aber auf menschliche Leichen ist man nicht gefasst. Das können Sie sicherlich nachvollziehen, oder?«

Leitner reagierte nicht. »Möchten Sie unseren psychologischen Dienst in Anspruch nehmen? Ich kann das sofort vermitteln.«

Wiener schüttelte den Kopf und erwiderte in seiner ruhigen Art: »Danke, Herr Leitner, dass Sie mir das anbieten. Aber ich glaube, in diesem Fall ist das wohl nicht notwendig. Ich habe ja nur ein paar Knochen vorgefunden und bin dann auf direktem Weg zum Feldweg zurückgegangen und habe die Polizei verständigt.« Er verstummte.

»Die Kollegen von der Spurensicherung gehen davon aus, dass die Knochen schon Jahre dort liegen. Wieso haben Sie die Stelle nicht schon früher entdeckt?«

»Das hat mehrere Gründe. Auch in der Forstwirtschaft wird kräftig gespart. Was früher fünf Förster und ein Oberförster an Waldfläche bearbeitet haben, macht heute einer allein. Außerdem ist unser Beruf ein Schreibtischjob, viel mehr, als man gemeinhin annimmt. Wir fahren heute nur noch raus, wenn zum Beispiel Großwild angefahren wird oder wenn wir Waldschäden überprüfen. Meistens auch nur stichprobenartig, da die Flächen einfach zu groß sind und die Waldstrecken aufgrund der Zersiedelung weit auseinanderliegen. Warum ich diese Lichtung heute erst entdeckt habe, hat aber noch einen anderen Grund: Es gibt in Deutschland viele Waldflächen in Privatbesitz, die wir nur auf Anforderung der Eigentümer untersuchen. In diesem Abschnitt bin ich vielleicht vor, sagen wir … zwanzig Jahren das letzte Mal gewesen.«

Leitner erfragte die Adressdaten des Eigentümers und vervollständigte seine Notizen. »Eine Sache noch …«

»Ja, was wäre das?«

Leitner schrieb zu Ende und schaute Wiener dann aufmerksam an. »Sie und Ihre Frau müssen über diesen Fall absolutes Stillschweigen bewahren, am besten so lange, bis Sie davon in der Zeitung lesen. Die Spurensicherung braucht noch Tage, und vorher darf dort niemand hin.«

»Meine Frau und ich werden darüber nicht reden, das kann ich Ihnen versichern. Darf ich denn in der Zwischenzeit weiterarbeiten? Ich muss schließlich dem Eigentümer einen Bericht über den Zustand des Waldes abliefern, schon nächste Woche.«

Leitner schüttelte den Kopf. »Das sagte ich gerade. Sie müssen da oben pausieren. Ich rufe an, wenn Sie weitermachen können. Gleich morgen verständige ich den Waldeigentümer, dass sich Ihr Bericht wegen polizeilicher Ermittlungen verzögern wird.«

Adolf Wiener nickte ehrfürchtig.

Frau Wiener trat ins Zimmer und bot Leitner an, zum Abendbrot zu bleiben. So freundlich wie möglich lehnte er ab. Wieners langatmige und umständliche Ausführungen gingen ihm auf den Nerv; beim Abendessen wollte er einfach Ruhe haben. Nichts mehr hören von Tierknochen, Giftabfällen, Jagdtrophäen oder Autoreifen.

Frau Wiener suchte eine Busverbindung nach Göttingen heraus und beschrieb ihm den Weg zur Haltestelle.

Am nächsten Morgen hatte Leitner den Termin bei Jochen Torheim, der ihm eine Woche Zeit gab, um die Presse zu informieren. Die Öffentlichkeit hätte eigentlich sofort ein Recht auf Information und Mitbeteiligung an der Aufklärung, war seine für Leitner unverständliche Begründung. Es war doch vollkommen unklar, was im Naturpark passiert war und wie viel Zeit für die rechtsmedizinischen Analysen benötigt würde. Aber davon wollte Torheim nichts wissen.

Missmutig schlenderte Leitner in sein Arbeitszimmer und ließ sich in den Bürosessel fallen. Er bekam heftige Magenschmerzen. Leider halfen ihm Tablette und Wasser nicht, seinen Ärger über Torheims Ignoranz wegzuspülen.

Kapitel 6

2003
Göttingen, etwa 12 Jahre zuvor

Tonne und Rocco saßen wieder im *NoName*. Seitdem sie sich im Februar kennengelernt hatten, trafen sie sich öfter, spielten viel Schach und redeten über Gott und die Welt, was Tonne immer in vollen Zügen genoss.

Rocco nahm einen kleinen Schluck Pils zu sich. »Irgendwie lässt mich deine Pokergeschichte nicht los. Kann ich das vielleicht auch machen?«

Tonne musste nicht lange überlegen und schrieb Rocco die Internetadresse von seinem Pokerportal auf. »Natürlich kann da jeder mitmachen. Zuerst meldest du dich dort an und denkst dir einen Nickname aus, danach bekommst du per E-Mail eine Bestätigung und ein Kennwort. Das ist alles.« Er trank sein Pils aus, Susan machte die üblichen zwei Striche auf seinem Deckel und stellte ihm ein neues Glas hin.

»Aber ich kann doch nicht gleich um Geld spielen?«

»Natürlich nicht. Du musst üben, mit Spielgeld.«

»Okay, aber ich habe die Spielregeln immer noch nicht drauf. Gib mir noch eine Chance.«

»Ja, gut.« Tonne schob das Schachbrett vorsichtig an die Seite, ließ sich von Susan eines seiner hinterlegten Pokerspiele geben und erläuterte Rocco das *Texas Hold'em.*

»Aber das ist doch reine Glückssache, oder?«, fragte Rocco, als Tonne Pause machte und sich dem Pils zuwandte.

Jetzt war Tonne ganz in seinem Element. »Genau das ist es eben nicht. Die meisten Leute denken das. Es hat vielmehr mit mathematischen Wahrscheinlichkeiten zu tun, müsstest du als Mathegenie eigentlich wissen: Wie hoch ist die Wahrscheinlichkeit, mein Blatt zu verbessern? Außerdem kannst du oft am Setzverhalten der Mitspieler ableiten, ob sie gute Karten auf der Hand haben. Glück gehört natürlich auch dazu, gerade dann, wenn etwa mehrere Spieler gute Kartenkombinationen bilden können.«

»Aber es gibt doch auch den Megabluff von Leuten, die überhaupt nichts auf der Hand haben.«

»Damit lernt man umzugehen. Ich bluffe auch.«

»Muss man denn lange üben, um gut zu werden?«

»Natürlich. Als ich mit dem Pokern angefangen habe, brauchte ich acht Monate, bevor ich mich an ein ganz kleines Geldspiel herangetraut habe. Zu diesem Zeitpunkt hatte ich insgesamt vier Millionen Spielgeldchips gewonnen, damit bin ich ein ganz guter Spieler. Auf dem Portal stellst du ein, ob du um Chips oder um echtes Geld spielen willst. Als Anfänger bekommst du, sooft du es brauchst, immer wieder tausend Chips als Spielgeld zur Verfügung gestellt, kostenlos.«

»Das ist faszinierend, ich glaube, ich melde mich da auch mal an. Ich bin an der Pokermathematik schon vom Studium her interessiert und werde ganz sicher ein paar Sachen durchrechnen … ach, das muss ich dir noch erzählen: Ich war heute bei einem Kumpel und habe von dir berichtet. Der meinte, dass man nicht um Geld …«

»So einen Unsinn habe ich schon oft gehört«, fiel ihm Tonne ärgerlich ins Wort, »ist dir klar, dass Millionen Deutsche Woche für Woche um Geld spielen, auf die primitivste Art und Weise?«

»Ich weiß. Ich kenne eine Menge Leute, die spielen. Manche riskieren Unsummen.« Rocco schlug ihm begeistert auf die Schulter. »Das Argument ist tatsächlich nicht gerechtfertigt. Aber finde ich im Netz genügend Leute, die mit mir spielen wollen?«

Tonne nahm seine Brille vom Kopf und lächelte Rocco an. »Ich habe gestern Mittag gespielt. Als ich mich angemeldet habe, pokerten etwa zweihunderttausend Leute an dreißigtausend virtuellen Tischen. Du kannst zu jeder Tag- und Nachtzeit dort reingehen, suchst dir einen Tisch aus, und los geht's.«

Rocco schüttelte ungläubig den Kopf. »Ich fass es einfach nicht. Und du machst wirklich nix anderes und kannst davon leben?« Er wirkte irritiert.

»Na klar«, log Tonne und bemühte sich, nicht rot anzulaufen. Er hatte auf dem Onlineturnier zwar gewonnen, aber nicht einhundertvierzigtausend Dollar, sondern vierzigtausend. Als er damals ins *NoName* kam, wollte er ein bisschen angeben und hatte Susan gegenüber von einem höheren Gewinn gesprochen. Es war exakt die Summe, die er gewonnen hätte, wenn er noch zwei Plätze weiter gekommen wäre. Um nicht unglaubwürdig zu werden, war er bei allen, die ihn später darauf ansprachen, bei dem höheren Betrag geblieben. Kontrollieren konnte es ohnehin niemand. Und bei der Größenordnung zweifelte niemand daran, dass er ein professioneller Pokerspieler sein musste.

Aber sein gesamtes Geldvermögen war bereits bedenklich geschrumpft. Bevor er mit dem Pokern begonnen hatte, lebte er überwiegend von der Erbschaft seiner verstorbenen Mutter. Dieses Geld hatte er im Jahr 2000 fast aufgebraucht. Damit kam der große Pokergewinn gerade zur rechten Zeit, quasi in letzter Minute.

2001 war ihm das Finanzamt auf die Schliche gekommen und forderte nach einer Steuerschätzung die Hälfte seiner Gewinne als Einkommenssteuer und Verzugszinsen. Tonne hatte daraufhin einen Anwalt eingeschaltet, dem er auch noch Geld schuldete.

Sein Traum, vom Pokerspiel leben zu können, war schwieriger umzusetzen, als er sich das vorgestellt hatte. Dazu musste er dringend ein Turnier spielen, bei dem er es wiederum bis an den Finaltisch schaffen musste, um entsprechendes Geld zu gewinnen. Bisher hatte er es sechsmal versucht, war aber immer vorzeitig in der Qualifikation zu diesen Turnieren ausgeschieden. Ansonsten blieb ihm das Spiel in den offenen Runden, bei denen man sich einfach an einen virtuellen Tisch setzte und so lange spielte, wie man Zeit, Lust und Nerven hatte.

Die Möglichkeit, hier ständig so viel Geld zu gewinnen, um die laufenden Kosten zu decken, hatte Tonne allerdings auch überschätzt. Obwohl er fast täglich spielte, hatte er in den letzten zwei Monaten nur umgerechnet fünfhundert Euro gewonnen, er brauchte aber eintausendfünfhundert pro Monat, um über die Runden zu kommen. Er tröstete sich immer wieder damit, dass es bald besser laufen würde. Immerhin hatte er gestern zweihundert Euro gewonnen, so viel wie lange nicht mehr.

Aber es gab noch eine andere Verdienstquelle, nur darüber sollte er besser schweigen. Einen Moment lang reizte ihn der Gedanke, seinem Freund Rocco die ganze Wahrheit anzuvertrauen, um seine Sorgen einmal teilen zu können, ließ dann aber davon ab.

Rocco und Tonne spielten die Schachpartie zu Ende und verabredeten sich für 20.00 Uhr am nächsten Abend. Tonne blieb und gönnte sich noch einige Pils und Schnäpse.

Nach dem Öffnen der Haustür fiel ihm auf, dass sein Anrufbeantworter blinkte. Wer konnte das sein? Kaum jemand kannte seine Festnetznummer, selbst Rocco nicht. Er ließ die Tür hinter sich ins Schloss fallen und drückte auf die Abhörtaste.

Seine Vermieterin hatte angerufen.

Tonne fluchte leise vor sich hin und ließ sich ins Bett fallen, ohne sich zu entkleiden.

Gegen Mittag des folgenden Tages rief er Frau Richthöfer zurück. Sie war eine alte Dame, die nur langsam am Stock gehen konnte. Geduld war angesagt, bis sie sich melden würde.

»J… Ja?«

»Hallo, Frau Richthöfer, hier ist Torsten Tonnwald. Sie wollten mich sprechen«, sagte er mit fester, selbstbewusster Stimme.

»Ja … einen Moment … bitte«, stammelte die Frau und legte den Hörer zur Seite. Es dauerte eine Weile, dann kam sie zurück und sprach mit ihrer leisen, gebrochenen Stimme weiter. »Herr …« Sie unterbrach sich und schien seinen Namen bereits wieder vergessen zu haben.

»Torsten Tonnwald«, half er nach.

»Ach ja, Herr Tonnwald. Die Miete ist noch nicht eingegangen. Wann kann ich damit rechnen?«

Was sollte die alte Schachtel denn sonst wollen? Selbstverständlich wusste er, dass der Dauerauftrag für die Miete mangels Deckung nicht ausgeführt worden war. Das war bisher noch nie passiert, aber die Alte musste das natürlich sofort bemerken. Er brauchte dringend Geld vom Pokerkonto.

»Frau Richthöfer, ich weiß auch nicht, warum die Bank das Geld nicht überwiesen hat. Ich muss mich morgen gleich darum kümmern. Wäre Ihnen das recht, wenn ich Ihnen Anfang Mai zwei Mieten überweise? Es sind ja ohnehin nur noch wenige Tage.«

»Herr …« Wieder sprach sie nicht weiter.

»Tonnwald«, wiederholte er entnervt.

»Ja, Jürgen … ausnahmsweise, das muss dann aber wirklich sein. Wissen Sie … ich habe … habe nur eine kleine Rente. Und meine Spüle wollten Sie auch noch reparieren.«

Jürgen? Spüle reparieren? Die Frau war wohl nicht ganz klar im Kopf. »Frau Richthöfer, darauf können Sie sich verlassen. Danke noch mal für Ihr Entgegenkommen. Schönen Tag noch, Frau Richthöfer.«

Tonne knallte den Hörer auf die Gabel, ihn plagte das schlechte Gewissen. Er wusste, dass Frau Richthöfer eine arme Frau war und die Miete dringend brauchte.

Scheiße, er musste die Tage noch mal ein paar gute Spiele nachlegen, sonst könnte es eng werden. Er durfte nicht ständig Geld von seinem Pokerkonto abziehen. Das Vermögen aus seiner Erbschaft war aufgebraucht, es blieb also kurzfristig nur die Möglichkeit, beim Pokern richtig abzuzocken.

Um sich zu zerstreuen, holte er sich eine Dose Bier aus dem Kühlschrank und schaltete den Fernseher ein. Es lief eine dieser billigen amerikanischen Serien, bei denen man nicht wusste, ob man darüber lachen oder weinen sollte. Tonne war zu faul, den Sender zu wechseln, flegelte sich in seinen Ohrensessel und streckte die Beine auf dem Tisch aus.

Gegen 19.00 Uhr klingelte sein Handy.

Wollte Rocco etwa den heutigen Abend absagen? Mühsam erhob er sich aus seiner gemütlichen Ecke und nahm das ratternde Teil vom Küchentisch. »Rocco?«

»Nix Rocco, Ali hier«, antwortete eine harte, dumpfe Stimme, »wie geht's dir?«

Tonne erstarrte. Ein eiskalter Schauder durchfuhr seinen Körper, wie immer, wenn dieser Ali anrief. Er hatte ihn nur wenige Male in seinem Leben gesehen, aber diese Augenblicke verfolgten ihn bis heute. Wie ein böser Traum.

Ali war ein kleiner, drahtiger Kerl, dunkelhäutig, mit kantigem und vernarbtem Gesicht. Bei den damaligen Treffen trug er metallverstärkte, spitze Lederschuhe, schwarze Anzüge mit dunklen Krawatten; es wirkte immer so, als ob er gerade von einer Beerdigung kam. Den linken Ringfinger zierte ein Brillantring, den Handrücken das Tattoo einer Kobra. Auf den Fingergliedern der rechten Hand standen, aus Sicht des Betrachters, die Buchstaben *KILL*. Alles an Ali roch irgendwie nach Tod, und der dunkelgraue Hut erinnerte Tonne an Gestalten aus alten Mafiafilmen.

Wenn Ali schwieg, entnahm er seiner Jackentasche schwarze Oliven, die er so lange quetschte, bis das Öl austrat, um sie dann regungslos in den Mund zu führen. Der Kern verschwand in einem Aschenbecher oder er spuckte ihn auf den Boden. Das Gruseligste aber war sein eiskalter Blick aus den schwarzen Augen, dazu ein Gesicht wie aus der finstersten Ecke der Hölle.

Die Frage, wie es ihm ging, war ein seit Jahren verabredeter Kodex. Es bedeutete für Tonne, dass innerhalb der nächsten Tage wieder ein Geschäft laufen sollte, bei dem er mit geringem Aufwand viel Geld kassierte.

Wollte er den Auftrag annehmen, so musste er nur mit einem einfachen *Danke, gut* antworten. Sollte er *Nicht so gut* sagen, dann würde sich Ali längere Zeit nicht mehr melden.

Tonne trat der kalte Schweiß auf die Stirn. Was sollte er tun? Er riss die Brille vom Kopf, rieb sich den Schweiß ab; es musste jetzt schnell gehen, bevor Ali einfach wieder auflegte. »Danke … g… gut«, stotterte er in das Handy.

»Okay«, antwortete die knallharte Stimme und verschwand aus der Leitung.

Nun konnte er nicht mehr zurück. Ab sofort musste er darauf achten, dass sein Handy tagsüber zwischen 13.00 und 14.00 Uhr eingeschaltet war und er zu Hause blieb, was auch noch zu den vereinbarten Spielregeln zählte.

Absagen war nicht mehr möglich, da Ali nur von öffentlichen Fernsprechern oder mit ständig neuen Kartentelefonen anrief und sonst nicht erreichbar war. Tonne musste jetzt jederzeit mit einem zweiten Anruf rechnen, bei dem ihm irgendjemand mitteilte, dass *Tante Helena* gekommen war. In diesem Moment lag dann auch eine Nachricht in seinem Briefkasten mit weiteren Anweisungen. Diese musste er sofort holen, auswendig lernen und dann verbrennen. Sollte er nicht erreichbar sein, würde Ali mit ihm eine Runde Baseball spielen. Was das bedeutete, das hatte Ali ihm nur mit einem eiskalten, geradezu tödlichen Grinsen beantwortet.

Tonne holte sich eine zweite Dose Bier aus dem Kühlschrank, schnitt sich eine halbe Salami in dicken Scheiben auf und legte sich, noch zittrig in den Gliedern, wieder vor den Fernseher.

Um 19.45 Uhr verließ er die Wohnung, normalerweise brauchte er etwa zehn Minuten bis zur Kneipe. Wie immer schlenderte er gemütlich um die Häuserecken.

Plötzlich beschlich ihn das sonderbare Gefühl, dass ihm jemand folgte.

Zuerst zählte er bis zehn, dann drehte er sich ruckartig um und schaute zurück. Auf seiner Straßenseite ging eine Frau mit Kinderwagen, auf der anderen ein unauffällig gekleideter Mann. Beide kamen auf ihn zu, wobei der Mann stoppte. Tonne ging weiter, zählte wieder bis zehn. Er hatte den Mann im Visier, aber der schritt nun an einer Bushaltestelle auf und ab. Der Kerl wartete auf einen Bus, und er, Tonne, machte sich nur verrückt mit dem Quatsch. Es war doch vollkommener Unsinn, warum sollte ihm jemand folgen?

Trotzdem war er erleichtert, als er die Tür zu seiner Stammkneipe öffnete, aus der ihm ein leicht süßlicher Duft aus Edes Pfeife entgegenwehte.

Rocco hatte schon die Schachfiguren aufgestellt, Susan servierte ein großes Pils, und Tonne konnte endlich abschalten.

Kapitel 7

2015
Göttingen

Landers rief an und informierte Leitner, dass die Untersuchungen im Naturparkfall abgeschlossen seien. Leitner sprang sofort von seinem Schreibtisch auf und eilte ins Nachbarzimmer.

Tobias staunte. »Du kommst nie hierher, ich muss sonst immer zu dir kommen. Ist was angebrannt?«

»Wir gehen zum Landers wegen der Sache im Naturpark.«

»Du meinst diese Leichenfledderei? Das ist ja cool, endlich können wir loslegen.«

Landers erwartete die beiden bereits auf dem Gang und führte sie in einen Besprechungsraum, in dem Kaffee und Kekse bereitstanden. Eine junge Dame saß bereits am Tisch und erhob sich, als die drei Männer hereinkamen.

Tobias stürzte sofort auf die Frau zu. »Ich bin Tobias Heuward. Sind Sie neu hier im Haus?«

Die junge Frau lächelte ihn an. »Nein. Ich bin Frederike Schultz, frischgebackene Kommissarin im Bundeskriminalamt. Ich hospitiere in Landeskriminalämtern und Polizeidirektionen. Spurensicherung, Rechtsmedizin, Labor, Ermittlungsarbeit, das ganze Programm.«

Tobias stutzte, dann war er sofort wieder in seinem Element. »Ich hatte ja keine Ahnung, dass es im BKA so schöne Frauen gibt.«

»Danke für das reizende Kompliment, Herr Heuward. Aber lassen Sie uns bitte sofort ins Thema einsteigen, mein Zug geht in zwei Stunden.«

Auch Leitner stellte sich kurz vor, dann nahmen sie an dem runden Tisch Platz. Leitner warf dem zappeligen Tobias einen scharfen Blick zu und bedeutete ihm mit einer energischen Handbewegung, sich zu beruhigen.

»Bitte bedienen Sie sich.« Landers verwies auf die Kekse und die Thermoskanne. Niemand wollte zugreifen, nur Tobias versuchte, mit spitzen Fingern eine ganz bestimmte Waffel aus dem Haufen zu ziehen, wobei der Großteil der Kekse auf dem Tisch landete. Er ließ alles liegen, zuckte unschuldig mit den Schultern, was Landers müde lächelnd zur Kenntnis nahm. Dann wandte er sich Leitner zu. »Es wird auch in Ihrem Sinne sein, Herr Leitner, wenn wir ohne Umschweife in den Fall einsteigen.«

»Ja.«

»Nach unserem Telefonat bat ich Frau Schultz, noch hierzubleiben, damit sie Ihnen für Fragen zur Verfügung steht. Viel Zeit haben wir nicht, Frau Schultz muss nach Wiesbaden zurück, um dort in einer neu gebildeten Sonderkommission …«

»Zur Sache, Landers.«

»Entschuldigung, Herr Leitner. Also, es ist Ihnen bekannt, dass wir zunächst nur Reste von Gliedmaßen vorgefunden haben. Meine erste Vermutung, dass es sich um eine Gruppe von Toten handeln könnte, ist vom Tisch. Wir sind einen Tag später weiter oben auf ein einziges, stark verwestes Skelett gestoßen.«

Unterdessen starrte Tobias Frau Schultz an, so als ob er noch nie einer schönen Frau begegnet wäre. »Handelt es sich also um Leichenteile einer Person?«

Frau Schultz nickte. »Davon dürfen Sie ausgehen. Unter schwierigsten Bedingungen konnte ein einheitliches DNA-Muster nachgewiesen werden.«

Tobias kritzelte ein paar Worte auf seinen Block und schaute geradezu schwärmerisch in Richtung Frederike. »Können Sie erklären, warum diese Leiche derart zerfleddert war? Hat da etwa ein Fleischergeselle seinen Chef zerlegt, vielleicht wegen einer Kündigung?«

Die Kollegin schmunzelte. »Für Spekulationen sind wir nicht zuständig, Herr Heuward. Aber diese vielen Knochenreste gaben uns zunächst Rätsel auf. Sie weisen eigenartige Merkmale auf. Bitte schalten Sie die Fotos ein«, wies sie Landers an, »damit alle wissen, wovon ich spreche.«

Landers nickte geradezu unterwürfig und aktivierte den bereitstehenden Laptop und den Beamer, der ein erstes Bild an die kahle weiße Wand projizierte.

»Die Knochen mussten zunächst gesäubert werden, was nicht ganz einfach war. Bitte schauen Sie genau hin, meine Herren. Auf diesem Bild können Sie ganz feine Kratzspuren erkennen. Schalten Sie mal auf das dritte und vierte Bild, Herr Landers«, fuhr sie geschäftig fort, »hier können Sie ganz andere Muster erkennen. Zum Beispiel einen ungewöhnlichen Knochenbruch.«

»Was schließen Sie daraus?«, fragte Leitner die junge Kollegin.

»Ein klassischer Fall von intensivem Leichenfraß, das Werk von Aas- und Allesfressern. Möglicherweise waren sogar Luchse beteiligt, deren Existenz laut der zuständigen Behörde im Naturpark Münden aber nicht bewiesen ist. Was aber ganz sicher ist: Kleinere Wirbeltiere, also Ratten, Mäuse, Marder, aber auch Vögel haben sich über sämtliche Weichteile des Körpers hergemacht. Die kleinen Kratzspuren vom ersten Bild sind das Werk von Krähen, der Verbiss und die Brüche stammen von Wildschweinen, die aber ...«

»Na denn, Mahlzeit«, rief Tobias angewidert dazwischen. Sein plötzlich grau verfärbtes Gesicht ließ nichts Gutes erwarten. Er stand auf. Da ihn alle anstarrten, fügte er leise hinzu: »Machen Sie sich keine Sorgen. Ich bin gleich wieder da, muss mal kurz ...« Er verschwand.

Landers blätterte irritiert in seinen Unterlagen. Leitner wollte die eingetretene Stille nutzen und fuhr fort: »Also Tierfraß. Dann können wir also einen Ritualmord oder das Werk eines Geistesgestörten ausschließen?«

Landers und Frau Schultz nickten zustimmend.

»Was haben Sie sonst noch? Wir sollten weitermachen, um Ihre Anwesenheit zu nutzen, Frau Schultz.«

Landers schaltete sich ein. »Also, wir reden hier über eine Waldlichtung mit niedrigem Baumbewuchs und einer Fläche von etwa zweihundertfünfzigtausend Quadratmetern, die wir in drei Tagen untersucht haben. Alles war irgendwo auf dieser großen Fläche verteilt oder teilweise vergraben. Am Rande der Lichtung entdeckten wir Glassplitter. Diese stammen von mehreren Bierflaschen, die …«

»Bierflaschen? Lassen sich diese der Leiche zuordnen?«, bohrte Leitner nach, um Landers' ausschweifende Ausführungen abzukürzen.

In diesem Moment kam Tobias Heuward zurück. Noch etwas blass im Gesicht, sagte er trocken: »Max, ich lasse heute das Kantinenessen ausfallen. Es gibt …« Er stockte.

»Was?«, fragte Leitner gereizt.

»Wildschweinbraten«, murmelte der junge Mann und brachte Frau Schultz damit erneut zum Lachen. Doch sofort wurde sie wieder ernst: »Fühlen Sie sich besser? Können wir weitermachen?«

»Natürlich. Es geht wieder. Was habe ich verpasst?«

Landers, der Leitner gerade antworten wollte, fuhr mit seiner Rede fort: »Reste von Bierflaschen … also, zu Ihrer Frage, Herr Leitner. Wer die Bierflaschen konsumiert hat, ist offen. Aber der Verfall der Scherben deutet darauf hin, dass diese dort oben schon lange liegen, vielleicht ein oder zwei Jahrzehnte.«

»Stichwort Verfall. Haben Sie Erkenntnisse über die Liegezeit der Leiche? Das Alter? Mann oder Frau? Dort verstorben oder hingeschleppt?«, drängte Leitner, der die Diskussion beschleunigen wollte.

Landers schaute vorsichtig zu Frau Schultz. »Das sind ein Haufen Fragen. Wollen Sie antworten?«

»Ja, gern. Die Strukturen des Skeletts stammen von einem Mann, das können wir mit Bestimmtheit sagen. Alles andere ist höchst komplex, beispielsweise die Liegezeit: Leichen, die an der Erdoberfläche verbleiben, verwesen doppelt so schnell wie Wasserleichen und viermal so schnell wie Körper, die vergraben werden, diese Faustregel werden Sie kennen.« Sie räusperte sich. »Mit den üblichen Verfahren der forensischen Entomologie, also mit der Befalls-Analyse von Kleinstlebewesen, kamen wir nicht weiter. Um die Liegezeit der Leiche besser einschätzen zu können, hatte ich Kontakt in die USA aufgenommen. Dort gibt es an zwei Universitäten sogenannte Body Farms …«

»Body Farms? Seit wann machen Leichen Schönheitskuren?«, zwinkerte Tobias zu Frederike; ganz offensichtlich ging es ihm wieder besser.

»Herr Heuward, Sie machen mir Spaß. Leider muss ich Sie enttäuschen: In diesen Body Farms werden Leichen mit unterschiedlichem Verwesungsgrad auf freiem Waldgelände ausgelegt, um die wissenschaftlichen Erkenntnisse über Verwesungsprozesse an der Erdoberfläche zu verbessern. Aufgrund gesetzlicher Bestimmungen ist dies in Europa verboten.« Frederike Schultz blätterte in ihren Unterlagen. »Ich beginne mal mit dem Alter des Mannes zum Zeitpunkt des Todes: Nach einer sehr groben Schätzung war er zwischen zwanzig und fünfzig Jahre alt. Wenn wir alle Faktoren berücksichtigen, kommen wir zu einer Liegezeit der Leiche von fünf bis fünfzehn Jahren. Weder Alter noch Liegezeit lassen sich genauer eingrenzen, da die Witterungsverhältnisse eine große Rolle spielen. Ein Beispiel: Wenn ein toter Körper im Wintereis eingefroren ist, dann verzögert sich die Verwesung durch Frost und einen vorübergehenden Sauerstoffabschluss. Tatsächlich weisen die einzelnen Knochenreste unterschiedliche Verwesungsgrade auf, was ebenfalls rätselhaft erschien. Die Erklärung ist dagegen sehr einfach: Einzelne Gliedmaße waren unter Eis eingeschlossen, andere nicht. Dazu kommt, dass Tiere verschiedene Teile vom Körper des Mannes unterschiedlich lange vergraben haben müssen.«

»Sehr aufschlussreich, Ihre Darstellungen«, lächelte Leitner anerkennend, »was ist mit dem Todesort? Gehen Sie von Verschleppung aus oder ist der Mann auf der Lichtung zu Tode gekommen?«

Landers schaltete sich wieder in das Gespräch ein. »Diese Frage hat uns auch länger beschäftigt, Herr Leitner. Da unsere ersten Funde unbefriedigend waren, haben wir den Wald um die Lichtung herum großräumig absuchen lassen, neun Quadratkilometer, wie ich Ihnen schriftlich mitgeteilt hatte. Allerdings ohne Diensthundestaffel, die uns leider wegen mehrerer anderer Einsätze nicht zur Verfügung …«

»Das nächste Mal wird das vorher mit mir abgestimmt! Sie sind kein Einzelkämpfer und auch nicht mehr beim LKA, haben Sie mich verstanden?«, fuhr Leitner dazwischen.

Landers erwiderte mit zittriger Stimme. »Ja, Verzeihung … äh, Herr Leitner.«

»Verzeihung, Verzeihung. Jetzt zum Ergebnis der Suchaktion, bitte!« Leitners Magen meldete sich wieder.

»Ja, was wollte ich … Gefunden wurde ein Clipbeutel im Format DIN A6. Die Substanzen in der Tüte stammen von Schlaftabletten. Ferner haben wir weitere Bierflaschen- und Zigarettenstummelreste und fünf leere, aber unversehrte kleine Flaschen Schnaps gefunden, die … wie nennt man noch mal diese Fläschchen?«

»Flachmänner«, half Tobias nach, der aufmerksam zuhörte.

»Genau, Flachmänner, danke. Die Fundorte sind interessant: Wenn diese vom Toten stammen, kann man in etwa den Weg aufzeigen, den der Mann im Wald genommen hatte.«

Landers projizierte ein weiteres Bild an die karge, weiße Wand des Besprechungsraums. »Hier sehen Sie den Waldabschnitt. In Blau eingezeichnet ist der Weg zur Lichtung, den wir mit Flatterbändern markiert hatten und den Sie ja auch hochgegangen sind. Die roten Kreuze markieren den Fundort der Flachmänner und das schwarze Kreuz den des Clipbeutels.«

Tobias hob seinen Zeigefinger. »Gehören denn die Sachen wirklich zusammen? Ich meine, die Pullen können verschiedene Leute dort hingeworfen haben, und der Clipbeutel liegt so weit entfernt, der könnte von einem mondsüchtigen Tablettenschlucker dort vergessen worden sein, oder?«

»Nein, das ist ausgeschlossen«, triumphierte Landers, »so stammen zum Beispiel die fünf Flachmänner alle von der gleichen Marke.«

»Woher wissen Sie …?«, staunte Tobias.

»Von kleinsten Etikettenresten und der Flaschenform.«

»Verstehe. Aber das ist ja noch kein Beweis, dass auch die Biere, Ziggis und der Clipbeutel von einer Person stammen.«

»Das ist richtig. Der Beweis liegt auch woanders.«

»Und wo?« Vor Aufregung wühlte Tobias in seinen Haaren.

»Wir haben Fingerabdrücke«, verkündete Landers mit erhobenem Zeigefinger.

»Hä, wie jetzt? Nehmen wir an, dass die Sachen vom Toten stammen. Dann waren diese also fünf bis fünfzehn Jahre lang Wind und Wetter ausgesetzt! Ich kann mir nicht vorstellen, dass man nach so langer Zeit noch Fingerabdrücke ziehen kann, der Regen wäscht doch alles ab.«

»Normalerweise ja. Aber in diesem Punkt haben wir ausnahmsweise mal etwas Glück gehabt.«

Tobias war nicht mehr zu stoppen. »Wieso?«

»Weil wir auf der Innenseite der Clipbeutel zwei vollständig erhaltene Abdrücke gefunden haben. Der Konsument der Schlaftabletten hat mit Zeige- und Mittelfinger in den Beutel hineingegriffen und ihn dann, nach Entnahme der Tabletten, verschlossen. Damit wurden diese über Jahre konserviert. Ferner haben wir Reste von Fingerspuren auf drei der fünf Flachmänner nachweisen können. Das Glas dieser Handelsmarke ist leicht nach innen gewölbt. Die drei Flaschen lagen mit der eingewölbten Seite auf dem Boden, sodass die Spuren keinen unmittelbaren Bodenkontakt hatten und vor Niederschlag einigermaßen geschützt waren. Auf ein paar größeren Bierflaschenscherben hatten wir ebenfalls Erfolg. Oder Glück, wie Sie wollen.«

»Und?«, drängelte Tobias.

»Die daktyloskopische Analyse aller verwertbaren Fingerspuren und deren Reststrukturen haben ergeben, dass sie von ein- und derselben Person stammen müssen.«

»Dann kann man tatsächlich annehmen, dass auch alle anderen Flaschen dieser Person zugeordnet werden können, die Ziggis wohl auch. Bleibt die intelligente Fragestellung, ob diese Sachen von der Leiche stammen?«, grinste Tobias.

Landers nickte. »Das ist das nächste Problem. Von den Skelettresten konnten wir keine Fingerabdrücke mehr nehmen, da haben uns die Tiere und die Zeit einen Strich durch die Rechnung gemacht. Es ist ein Dilemma: Auf der einen Seite haben wir also eine DNA ohne Fingerspuren, auf der anderen keine DNA, dafür aber Fingerabdrücke.«

Nach einem Moment der Stille machte sich Frederike Schultz wieder mit einem kurzen Räuspern bemerkbar. »Bitte schauen Sie nochmals auf das Bild mit den Fundorten. Sie sehen, dass der letzte der fünf Flachmänner schon fast auf der Lichtung liegt.« Sie lächelte. »Für Sie, Herr Leitner, ist wichtig, dass die Fundorte der Flachmänner eine aufschlussreiche Systematik aufweisen. Mit etwas gutem Willen kann man fast eine Gerade vom Waldweg aus in Richtung der Lichtung beschreiben. Wenn sie vom Toten stammen, dann ist dieser nicht einfach umhergeirrt, sondern hatte ein Ziel, vielleicht diese Lichtung. Der Clipbeutel liegt nur deshalb so weit entfernt, weil er durch den Wind fortgetrieben wurde und sich in einem großen Buschwerk verfing.«

Leitner nickte ihr zu. »Einleuchtend, Frau Schultz. Aber je länger ich Ihnen zuhöre, desto mehr Fragen habe ich: Was ist mit Fußspuren des Toten oder anderer

Personen? Was haben Sie bei der Kleidung herausgefunden?«

Die Angesprochene schien nachzudenken und blätterte kurz in ihren Unterlagen. »Zu den Fußspuren: Es gibt keine, obwohl wir auf der Lichtung auch tonhaltige Erdschichten vorfanden, auf denen Fußabdrücke unter bestimmten Bedingungen über Jahrzehnte konserviert werden können. Es existieren ausschließlich Spuren der vorhin erwähnten Tiere. Die einzigen menschlichen Fußspuren stammen von uns allen auf dem Weg zur Lichtung und eine einzelne Spur vom Förster, der den Leichenfund gemeldet hatte. Dazu die Abdrücke eines Hundes, die beide am Rande der Lichtung enden.«

»Dexi«, murmelte Leitner mehr zu sich selbst und löste damit für einen Moment ratlose Gesichter aus. Kopfschüttelnd fuhr er fort: »Habe ich das richtig verstanden: Es gibt keine Fußspuren?«

Frederike wollte antworten, aber Landers übernahm das Wort; er machte den Eindruck, als wollte er etwas gutmachen. »Nein, keine. Wir haben etwas Zeit gebraucht, bevor wir auf die Lösung kamen: Der Mann muss durch Schnee gelaufen sein, ohne jeden Bodenkontakt. Diese Spuren können wir leider nicht nachweisen, hier überschreiten wir die Grenze der Kriminaltechnik«, verkündete er salbungsvoll.

Leitner winkte ab und wurde unruhig, da er vermutete, dass Frau Schultz bald gehen würde. »Frau Schultz, Thema Kleidung.«

Frederike Schultz schüttelte den Kopf. »Keine Aufschlüsse.«

»Bitte?«

»Herr Leitner, es ist unglaublich, aber es gibt keine Bekleidung, nicht einmal den kleinsten Fetzen oder irgendwelche Faserreste.«

»Der Mann war nackt? Im Winter?«

Frederike nickte. »Das ist durchaus möglich. Kennen Sie das Phänomen der Kälte-Idiotie?«

»Ich hatte noch keinen Fall dieser Art.«

»Es ist eine Wahnvorstellung, die ein extrem unterkühlter Mensch erleben kann. Er bildet sich ein, dass ihm heiß sei, und entkleidet sich, was dann schnell zum Erfrierungstod führt.«

»Sorry, das will mir nicht einleuchten«, rief Tobias dazwischen, »ich saufe ordentlich Schnaps und Pils, ziehe mir alles aus, auch die Schuhe. Dann komme ich in die ewigen Jagdgründe, ihr wisst schon, was ich meine. Dann fliegen alle meine Sachen weg, und die Schuhe werden von einem Wildschwein geklaut. Ich meine, im Winter trägt jeder schwere Stiefel und keine Badelatschen, das passt doch alles nicht.« Tobias machte einen so verzweifelten Gesichtsausdruck, dass Frederike Schultz wieder lachen musste. »Sie haben ja vollkommen recht, Herr Heuward. Es ist kurios. Natürlich können leichtere Kleidungsstücke weggeflogen sein. Tiere können einiges verschleppt haben, theoretisch auch die Schuhe. An einem kalten Wintertag trägt ein Mensch durchschnittlich dreizehn Kleidungsstücke. Es ist relativ unwahrscheinlich, dass alle diese Sachen spurlos verschwinden.«

»War der Suchtrupp gut besetzt und kompetent, um auf kleinste Dinge zu achten?«, hakte Leitner nach.

Frederike Schultz schaute zu Landers, der sofort antwortete: »Selbstverständlich. Die haben ja sogar die kleinsten Reste von Zigarettenstummeln gefunden.«

»War das abgesuchte Gebiet groß genug?«

»Wir hatten eine Fläche von neun Quadratkilometern um den Leichenfund herum festgelegt. Danach haben wir die Aktion abgebrochen.«

Leitner hatte das Gefühl, immer mehr Fragen zu haben. Nackte Leichen waren in seiner langen Praxis nicht ungewöhnlich, aber in diesem Fall passte tatsächlich nichts zusammen. »Kann sich jemand die Kleidung angeeignet haben?«, fragte er nach einigem Nachdenken in die Runde.

Frederike antwortete: »Aufgrund fehlender Spuren könnte das nur an einem verschneiten Wintertag erfolgt sein. Der Fundort der Leiche ist aber derart abgelegen, ich halte das für unwahrscheinlich.«

»Einleuchtend. Deutet irgendetwas auf Fremdeinwirkung hin?«, fragte Leitner weiter, der bemerkte, dass Frau Schultz immer öfter auf die Uhr schaute.

»Das wäre mein letzter Punkt, den wir noch kurz behandeln sollten. Ich muss mich dann verabschieden.« Sie suchte eine bestimmte Seite in ihrem Ordner. Dann lächelte sie, wandte sich wieder Leitner zu und antwortete: »Es gibt keinerlei Hinweise auf Stich- oder Schussverletzungen. Die Leiche weist aber eine recht große Schädelfraktur im Stirnbereich auf. Entweder stammt diese von einem kräftigen Tier, von einem Schlag oder der Mann ist schwer gestürzt.«

Sie zögerte, doch Leitner wollte mehr wissen. »Können Sie das genauer einordnen? Ich kann mich an einen

Fall erinnern, bei dem die Rechtsmediziner durch Untersuchungen der vorderen und rückseitigen Hirnoberflächen beweisen konnten, dass es sich um einen Schlag und damit um Mord gehandelt hatte.«

Frederike nickte zustimmend. »Dieser Nachweis wird in der Forensik Coup-Contre-Coup-Mechanismus genannt. Schläge und Stürze verursachen unterschiedliche Reaktionen in den gegenüberliegenden Hirnhälften.« Sie stockte, einen Moment lang herrschte Totenstille, die nur vom leisen Surren des Beamers gestört wurde. Dann sprach sie weiter, nachdem Landers auf ihr Zeichen hin ein weiteres Bild von einem völlig vermoderten Schädel an die Wand projiziert hatte. »Ich hoffe, Herr Heuward, dass Ihnen nicht wieder schlecht wird, aber das Gehirn wurde nahezu vollständig von Vögeln und Kleintieren gefressen, auf dem Bild können Sie die Schädelfraktur gut erkennen. Die wenigen Hirnreste, auch noch von Pilzen zersetzt, lassen eine solche Analyse nicht mehr zu.«

Leitner schaute zu Frederike. »Es bleibt also vollkommen offen, ob wir es mit Suizid, dem zufälligen Tod eines Alkoholikers oder mit einem Tötungsdelikt zu tun haben?«, fragte er die junge Frau, die ihm daraufhin mitleidig zunickte. »Es ist so, leider.« Sie schaute wieder auf ihre Uhr. »So, meine Herren, es wird Zeit für mich. Für weitere Rückfragen stehe ich Ihnen gern zur Verfügung, soweit das meine Zeit erlaubt.« Sie schob Leitner eine Visitenkarte zu und packte ihre Sachen.

»Darf ich Sie mit dem Wagen zum Bahnhof bringen?«, fragte der lange Lockenkopf, unschuldig wie ein kleiner Junge.

»Oh, das wäre nett von Ihnen, Herr Heuward.«

»Kein Problem, aber nennen Sie mich bitte Tobias.«

»Mache ich gern. Frederike.«

Die beiden gaben sich kurz die Hände, dann drängte sie zur Abfahrt und verabschiedete sich von den beiden älteren Kollegen.

»Interessante Frau«, murmelte Leitner, nachdem die beiden verschwunden waren, und stopfte sich ihre Visitenkarte in die Lederjacke.

»Was sagten Sie gerade?« Landers zuckte von seinen Unterlagen hoch, über denen er gedankenversunken hing.

»Ach, nichts«, erwiderte Leitner und verließ den Raum.

»Den Abschlussbericht schicke ich Ihnen dann zu, ist Ihnen das recht?«, rief Landers ihm nach.

Leitner reagierte nicht. Was waren das für schöne Zeiten, als Frau Doktor Elke Stumm noch die Stelle von Sven Landers innehatte. Sie fragte nicht, sie gab Antworten. Sie mutmaßte nicht, sie lieferte Fakten. Sie quatschte nicht so viel wie Landers, war kompetent, kooperativ, eine absolute Teamplayerin und sah auch noch verdammt gut aus.

Im Büro blätterte er seine Notizen durch. Gegen seine Magenschmerzen nahm er schnell eine Tablette, die er mit Mineralwasser herunterspülte.

Dann startete er seinen PC und schrieb widerwillig den längst überfälligen Pressebericht.

Kapitel 8

2015
Friedland

Birte deckte den Frühstückstisch, stieg die schmale Treppe zu den Schlafzimmern hinauf, legte den Kindern frische Wäsche bereit und wollte, wie immer, zunächst Celina wecken. Ihre morgendliche Unruhe steigerte sich derart, dass sie am ganzen Körper zitterte. Denn sie wusste, was jetzt kommen würde, und hatte es satt.

Sie betrat das Zimmer ihrer Jüngsten und zog die dunkelblauen Übergardinen mit einem kräftigen Ruck auf. »Aufstehen, Celina.«

Celina maulte sie an und rieb sich die Augen. Von der plötzlichen Helligkeit geblendet, starrte sie verstört in den Raum.

»Aufstehen, das Frühstück ist fertig.«

»Ich will nicht«, nörgelte das noch nicht ganz wache Kind.

»Nun komm schon.«

Celina setzte sich auf und rekelte sich. »Ich will nicht, aber du sagst ja immer, ich muss«, quengelte sie weiter.

»Celina, alle Kinder stehen jetzt auf und gehen zur Schule.«

»Aber ich will nicht zur Schule.« Celina stellte sich im Bett hin und nutzte es als Trampolin.

»Also, Celina. Geh dich jetzt waschen und putz dir die Zähne. Mit der blauen Paste. Hörst du?«

»Jaja.« Celina unterließ die Sprünge und schmuste mit ihrem riesigen Teddybär, dem sie erklärte, dass auch er zur Schule müsse.

Nun war Jessica im Nebenzimmer an der Reihe. Die Zehnjährige sagte nach dem Wecken überhaupt nichts, schaute ihre Mutter mit finsterer Miene an und verzog sich ins Bad.

Was würde beim Frühstück passieren? Wenn Matthias anwesend war, lief es in aller Regel harmonisch ab. Meist waren sie aber zu dritt, und es gab immer Probleme.

Heute stritten die beiden wieder einmal um Papas Platz, dann darüber, wer das Marmeladenglas zuerst benutzen durfte, von welcher Seite die Butter abgenommen wurde, bis Celina aufschrie und ihr Messer durch die Wohnstube warf.

Birtes Hände zitterten. »Celina, sofort aufheben! Wenn du das noch mal machst, vergesse ich mich, hast du mich verstanden?«, schrie sie.

Celina schlurfte los und holte das Messer zurück. »Wann kommt Papa?«, wollte sie beiläufig wissen und schnappte Jessica eine Scheibe Brot vor der Nase weg. Die reagierte jedoch nicht darauf – anscheinend hatte sie keine Lust auf noch mehr Stress – und nahm sich einfach eine andere.

»Heute, das habe ich dir die ganze Woche schon gepredigt.«

»Wann heute?«, quengelte Celina weiter.

»Heute Mittag. Wenn ihr aus der Schule zurück seid, ist er bestimmt schon da.«

»Papa, Papa, Papa.« Celina sprang vom Esstisch auf und hopste vor Freude in der Stube umher.

»Setz dich wieder hin und iss dein Brot. Mach doch nicht immer so ein Theater!« Warnend fügte Birte hinzu: »Kommst du jetzt bitte?!«

Celina tanzte unbeeindruckt weiter. »Papa, Papa, Papa.«

Birte sprang auf und gab ihr eine schallende Ohrfeige. »Jetzt ist Ruhe im Karton!«

Womit sie genau das Gegenteil erreichte. Celina brüllte auf und rannte die schmale Treppe hinauf. In das deutlich vernehmbare Jammern und Schluchzen schaltete sich Jessica plötzlich ein. »Wann kriege ich mein Handy?«

Nein, nicht das auch noch: Das grausame Thema Nummer eins! »Das hat dir Papa zu deinem Geburtstag versprochen, und jetzt ist Schluss! Ihr bringt mich noch unter die Erde.«

Jessica sprach mit düsterer, drohender Stimme weiter: »Ich brauche das jetzt wirklich. Ohne Handy ist das völlig uncool. Wenn ich das nicht bald von euch bekomme, muss ich mir selber eins kaufen.«

»Zu deinem elften Geburtstag, der ist demnächst! Jetzt auf, hol deine Schwester. Ihr müsst zum Bus.«

Die Kinder liefen durch das Wohnzimmer, Hand in Hand, als ob es nie einen Streit gegeben hätte. Von Celina erntete Birte noch einen bitterbösen Blick, dann fiel die Tür ins Schloss, ohne dass sich eines der Mädchen von ihr verabschiedet hatte.

Immer noch zitternd ließ sich Birte in einen Sessel fallen. Sie hatte die Kinder nicht mehr im Griff, sie machten mit ihr, was sie wollten. Immer diese Papa-Papa-Leier, war sie denn überhaupt nichts mehr wert?

Um sich von ihren Kopfschmerzen abzulenken, dachte sie an Evi. An einem warmen Tag, kurz nach Evis überraschendem Besuch, hatten sie sich verabredet. Unter irgendeinem Vorwand hatte Birte die Kinder zu Oma Liese, ihrer verhassten Schwiegermutter, gebracht. Dann waren Evi und sie, wie so oft in ihrer Jugendzeit, in den Göttinger Stadtwald gefahren. In einer einsamen Ecke hatten sie sich ausgezogen und einander zärtlich liebkost. Birte zierte sich zunächst ein wenig, aber Evi war eine so wundervolle Liebhaberin und erfüllte ihr mit ihrem großartigen Körper jeden Wunsch.

Sie stand auf und schlich die schmale Treppe hoch ins Badezimmer, um sich drei Schmerztabletten einzuverleiben. Sie musste wieder fit werden, denn jetzt musste sie Salate vorbereiten: Eiersalat, Nudelsalat, Heringssalat, Gurkensalat, Salat, Salat. Für die abendliche Party. Wenigstens quälten die Mädchen sie nicht, Oma Liese würde sie am Abend zu sich holen.

Sie hatte weder Lust auf Salate noch auf Party. Es waren ausnahmslos Matthias' Jugendfreunde mit ihren Frauen, die sie einmal im Jahr ertragen musste.

»Scheiße.« Lustlos schlenderte sie in die Küche und versuchte sich zu konzentrieren. Sie beschloss, dass es im nächsten Jahr keine derartige Gesellschaft mehr geben würde. Sie hatte einfach keine Energie mehr für diese ausufernden Vorbereitungen, auf die Tonnen schmutzigen Geschirrs, auf die Leute.

Nachdem sie zwei Salate fertig hatte, klingelte das Telefon. »Dassow«, hauchte sie angestrengt in den Hörer. Es knackte und brummte in der Leitung, sodass sie im ersten Moment keine Stimme vernahm.

»Matthias hier, hallo Birte.«

»Was sind das für furchtbare Geräusche? Ich kann dich kaum hören.«

»Moment.« Der Lärm trat in den Hintergrund. »Ich stecke im Stau. Ist es jetzt besser? Musste das Fenster erst zumachen.«

»Was ist denn?«

»Du, Birte, ich werde es nicht mehr bis Mittag nach Haus schaffen. Es geht hier nur im Schritttempo weiter, und vor mir soll ein noch größerer Stau liegen.«

»Und was heißt das jetzt?«, fragte sie kurz angebunden und musste augenblicklich an das Papa-Gequake ihrer kleinen Tochter denken.

»Ja, ähm … nicht böse sein, aber ich werde erst am frühen Abend zu Hause sein. Es tut mir leid, aber könntest du eventuell die Getränke und das Fleisch besorgen?«

Sie spürte, wie die Wut in ihr aufkochte. »Es tut mir leid, es tut mir leid«, wiederholte sie die Worte ihres Mannes in scharfem Ton, »was glaubst du eigentlich, was ich hier den ganzen Tag mache? Ich habe noch einen Riesenberg an Arbeit für diese Scheißparty. Seit gestern stehe ich in der Küche und mache die Salate«, log sie. »Und jetzt soll ich für deine alten Freunde auch noch Bierkästen schleppen, damit ihr euch wieder vollsaufen könnt? Das kommt überhaupt nicht infrage! Wenn es nicht anders geht, rufe ich deine blöden Kumpels an und blase alles ab, verstanden?« Birte war außer sich.

Matthias traute seinen Ohren nicht. Wie redete seine Frau mit ihm? Er versuchte ruhig zu bleiben, damit der Streit nicht eskalierte. »Birte, ich stehe im Stau«, versuchte er sie zu besänftigen.

»Du hast immer Ausreden! Du hättest dir längst einen anderen Job suchen müssen. Nie bist du zu Hause. Nie kümmerst du dich um die Kinder. Seit ewigen Zeiten wolltest du mit ihnen in den Zoo nach Hannover fahren, es ist doch immer dasselbe«, schrie sie in den Hörer.

Er kümmerte sich nicht um die Kinder? Er hatte jede freie Minute für sie geopfert. Und er war mit den Mädchen im Zoo Hannover gewesen! Sogar schon zweimal in jüngerer Zeit, wurde Birte jetzt etwa auch noch vergesslich? Ihre Vorwürfe schmerzten ihn, aber Diskussionen hatten jetzt keinen Sinn. Das Gespräch musste sofort beendet werden, bevor Birte ausflippte und die Fete wirklich zum Platzen brachte. »Ich mache das anders mit den Getränken und dem Fleisch«, sagte er kleinlaut.

»Sieh zu, ich muss jetzt Schluss machen und deine dämlichen Salate fertig machen.« Sie drückte das Gespräch weg. Wütend griff sie nach den Zutaten für den dritten Salat und hätte am liebsten hineingespuckt.

Matthias musste schnell eine Lösung finden. Einer seiner besten Freunde, Norbert Oberfeld, fuhr einen geräumigen Wagen und konnte als Selbstständiger seine

Zeit besser einteilen als er. Schnell suchte er die Telefonnummer auf seinem Handy. Norbert hatte glücklicherweise Zeit und war sofort bereit, die Getränke und das vorbestellte Fleisch mitzubringen.

Frustriert schob Matthias seinen Vierzigtonner Meter um Meter weiter.

Birtes Verhalten war ihm ein Rätsel. Wie bissig und aggressiv sie ihm gegenüber war! Hatte sie einen anderen Mann? Nein, das hätten die Mädchen wohl mitbekommen und ihm davon erzählt. Oder hatte sie ihn vielleicht nur geheiratet, damit die Kinder einen Vater hatten?

Je mehr er nachdachte, desto mehr kam er zu der Überzeugung, dass Birte ihn als Mann nicht nur ablehnte, sondern … vielleicht schon … hasste.

Gegen 17.30 Uhr erreichte er endlich die Spedition, stellte den Lkw ab und fuhr mit seinem Van schnell nach Hause.

Dort erwarteten ihn die Kinder schon sehnsüchtig. Celina sprang an ihm hoch, gab ihm einige Küsse auf den Mund, Jessica umarmte ihn herzlich, während Birte ihn nur anbrummte: »Ist ja toll, dass du auch mal kommst.«

Celina hopste auf seinem Schoß herum, Jessica dagegen stand vor ihm und schien auf etwas zu warten. Matthias bemerkte es sofort. »Was ist los, Jessica?«

Sie druckste herum, bevor sie antwortete: »Das mit dem Handy geht doch klar, oder, Papa?«

»Ach, das liegt dir auf dem Herzen. Du bekommst das beste Handy, was es zu kaufen gibt, erste Sahne. Zum Geburtstag.«

Jessica nickte glücklich und verzog sich in ihr Zimmer, um die restlichen Hausaufgaben zu machen und ihre Sachen für die Übernachtung bei ihrer Oma zu packen.

»Was ist mit deinen Hausaufgaben, Celina?«, erkundigte er sich bei der Kleinen, die ihn nicht loslassen wollte.

»Hab nix auf.« Sie strahlte ihn mit ihren leuchtenden Kulleraugen an.

Birte kam die Treppe herunter. »Celina, du musst noch deine Sachen packen. Oma ist bald da.«

»Ja, gleich«, antwortete Celina und schmuste mit ihrem Papa weiter.

»Nicht gleich, jetzt sofort! Du brauchst doch immer am längsten. Und vergiss nicht, deine Zahnbürste einzupacken.«

Schweren Herzens trennte sich Celina von Matthias und schlenderte langsam zur Treppe. »Auf Oma Liese freue ich mich aber auch«, winkte sie ihm noch zu, bevor sie nach oben verschwand.

Für Matthias wurde es Zeit, das Holz für das Lagerfeuer vorzubereiten. Wortlos ging er durch den schmalen Flur, der die Küche mit der geräumigen Garage verband.

Neben seinem Van war reichlich Platz für Buchenholz aus verschiedenen Jahrgängen. Er wählte ein paar Stämme, die ihm geeignet erschienen. Im hinteren Teil der Garage hatte er sich eine kleine Werkstatt eingerichtet. Neben der Werkbank stand ein großer Bock, auf dem er mit seiner alten, ohrenbetäubend lärmenden Kettensäge das Holz zurechtschnitt.

Auf das Lagerfeuer wollte er auf keinen Fall verzichten. Da es am heutigen Abend nicht sonderlich warm werden sollte, würden gerade die Frauen die Wärme zu schätzen wissen. Das Holz war schnell geschnitten, draußen türmte er zunächst einen kleineren Holzstapel auf, um später darauf zu grillen. Wenn alle mit dem Essen fertig waren, würde er ein paar größere Holzscheite nachlegen.

Todmüde schob er den selbst gebauten, schweren Grillrost über den Holzstapel, schlenderte wieder zurück ins Haus und setzte sich vor den laufenden Fernseher.

Seine Gedanken kreisten durcheinander, Autobahnen stapelten sich übereinander, Fahrbahnmarkierungen rasten immer schneller um ihn herum. Dann schlief er ein.

Birte stand an der Küchentür und raufte sich die Haare. Sie musste sich noch zurechtmachen, aber wann bitte? Nichts war fertig für den heutigen Abend, und Matthias schlief! Am liebsten wäre sie fortgelaufen. Diese Party brachte sie an den Rand ihrer Kräfte. Zu allem Überfluss bekam sie wieder Kopfschmerzen. Kein Wunder, denn ihre Schwiegermutter würde bald da sein. Diese ging ihr mit ihren oberlehrerhaften Ratschlägen und unterschwelligen Vorwürfen schon seit der Hochzeit auf die Nerven. Gott sei Dank würde sie heute nicht lange bleiben, sie sollte ja nur die Kinder für eine Nacht zu sich nehmen.

Schnell machte sich Birte über die Baguettes her. Dabei stieß sie an das Brett mit den aufgeschnittenen Eiern, ein Teil der Scheiben ging zu Boden. »Mist«, fluchte sie leise vor sich hin.

Es klingelte an der Tür, Matthias schreckte hoch und rief in die Küche: »Ich mach schon, Birte. Das wird Mama sein.«

»Ist gut«, erwiderte sie und bemühte sich, einen freundlicheren Umgangston zu finden.

Die beiden Mädchen stürmten aus ihren Zimmern herunter und begrüßten lauthals ihre Oma Liese. Birte versuchte ruhig zu bleiben, um nicht noch Migräne zu bekommen, schnitt weiter ihre Baguettes in Scheiben und warf diese lustlos in die bereitstehenden Brotkörbe.

Dann betrat Oma Liese die Küche. »Guten Abend, Birte. Willst du mich denn gar nicht begrüßen?«, fragte sie, im Tonfall einer Gouvernante.

»Doch, natürlich, Mutter. Ich hab nur noch so viel vorzubereiten«, klagte Birte und nahm sie kurz in den Arm, eine Geste, zu der sie sich zwingen musste.

»Gott, wie sieht das denn hier aus, wie Kraut und Rüben.« Liese schlug die Hände zusammen. »Soll ich mal mit anfassen?«

»Nein, Mutter, bitte nicht. Ich komm schon klar.«

Celina stürmte heulend in die Küche. »Mama, Mama, Jessica hat mich gehauen.«

»Mutter und Matthias, könnt ihr euch bitte mal um die Kinder kümmern!«, wies Birte die beiden an. »Und, Matthias, stellst du dann bitte die Gläser draußen hin, auf das große Tablett.« Sie zitterte. So konnte es nicht weitergehen!

Matthias nahm Celina auf den Arm, tröstete sie ein wenig und verließ mit seiner Mutter den Raum. Sofort kehrte wieder Ruhe ein.

Zehn Minuten später verließ Oma Liese mit den beiden Kindern das Haus. Erleichtert wischte Birte Eierreste und Baguettekrümel vom Boden, fertigte den letzten Salat aus den übrig gebliebenen Eiern und beauftragte ihren Mann, alle Schalen mit Alufolie abzudecken und draußen aufzustellen, ebenso die Tische, und was sonst zu tun war.

Nun hatte sie endlich Zeit für sich. Unter der Dusche stellte sie fest, dass ihre Kopfschmerzen verflogen waren.

Gemächlich richtete Matthias den Garten her, holte Tische, Sitzgelegenheiten und die Gläser. Gerade hatte er die abgedeckten Salate und Brotkörbe aufgestellt, da schlich sich Norbert Oberfeld von hinten an. »Moin Matze, altes Eisen, wie geht's?«

»Hast du mich erschreckt! Hallo Norbert, freut mich, dass du da bist.« Die beiden umarmten sich, brachten die Getränke in die Garage und stellten das Fleisch neben der Feuerstelle ab. Matthias gab seinem Freund das Geld, das dieser vorgestreckt hatte. »Danke nochmals für deine Hilfe.«

»Ehrensache.«

Sie schlenderten in die Ecke neben der Garage, von wo aus man einen guten Blick auf den Garten hatte. Matthias öffnete zwei Flaschen Pils, sie prosteten einander zu.

»Darf ich dir mal was unter vier Augen anvertrauen, Norbert?«, fragte Matthias vorsichtig.

»Rund um die Uhr, Matze.«

»Du kannst dir nicht vorstellen, was Birte seit Monaten für einen Stress macht.«

»Kenn ich, meine Alte ist genauso drauf. Sind wohl die Wechseljahre«, murmelte Norbert.

Sie lachten und tickten sich gegenseitig gegen die Schultern. Matthias öffnete eine Flasche Schnaps, und die beiden tranken aus den bereitstehenden Gläschen, nachdem geklärt war, dass Norbert nicht mehr Auto fahren würde.

»Das bleibt aber unter uns: Ich überlege ernsthaft, mich von Birte zu trennen«, flüsterte Matthias.

»Ja, ich habe darüber auch schon nachgedacht. Wir haben keine Kinder, bei uns wäre das weiter kein großes Drama, aber wie ist es bei euch?« Norbert schaute ihn zweifelnd an.

»Das ist genau mein Problem. Ich denke immer an Jessica und Celina, ich weiß nicht recht, ob sie das verkraften. Zumindest Jessica kommt jetzt in ein schwieriges Alter, und Birte scheint mir mit den beiden völlig überfordert zu sein«, sprach Matthias leise weiter.

»Was ist mit ... na, du weißt schon?« Norbert schob seinen Daumen zwischen Zeige- und Mittelfinger.

»Null, nichts mehr«, lächelte Matthias zurück.

»Matze, ich sag dir was: Du musst irgendwann auch mal an dich denken. Es ist dein Leben. Wenn deine Alte nur noch stresst, dann gehst du irgendwann vor die Hunde bei deinem Job.« Norbert trank einen kräftigen Schluck aus der Flasche. »Stress im Beruf und Stress zu Hause ist einmal zu viel des Guten. Du kannst nicht wegen der Kinder eine versalzene Suppe in einen Milchbrei verwandeln. Dazu neigst du aber, ich kenne dich jetzt lange genug.«

Die beiden stießen erneut miteinander an.

Dann näherte sich Birte der Garagenecke, und die beiden wechselten blitzartig das Thema.

»Kann ich das anziehen?«, fragte Birte dazwischen und drehte sich einmal um die eigene Achse.

Beide bestätigten ihr, dass sie gut aussah. Birte winkte ungläubig ab und zog davon, nicht ohne energisch anzumerken, dass immer noch nicht alles bereitstand. Die beiden Freunde entzündeten das Feuer und tranken weiter.

Nach und nach trafen die Gäste ein, und der Garten füllte sich. Norbert bot Matthias an, das Fleisch zu grillen, was dieser dankend annahm. Schnell noch einen Schnaps, dann schlenderte er zu den Damen ans Feuer.

Birte nippte an einem Glas Sekt und beobachtete Matthias argwöhnisch von der Haustür aus. Alles nervte sie, das fröhliche Geplapper der Frauen und die immer lauter werdenden Männer, fast alle mit Bierflaschen in den Händen. Drei Jahre hatte sie diese blöden Treffen ertragen, es musste Schluss damit sein …

Wieso ging Matze jetzt zu den Frauen? Er musste wohl wieder Komplimente machen und, so ganz nebenbei, welche erhaschen. Wieder überall schöntun, ach, was für ein hübsches Kleid, Ihre Haare, wirklich wundervoll. Ein ganz gut aussehender, aber doch einfacher Lkw-Fahrer als Hahn im Korb unter diesen Möchtegern-Marilyn-Monroes, wie lächerlich!

Was passierte denn jetzt? Matze verließ die Frauen und ging weiter über den Rasen, Richtung Straße. Irgendjemand kam ihm entgegen. Um besser sehen zu können, schlich Birte weiter nach vorn zu einigen Frauen, die besonders angeregt plauderten. Niemand beachtete sie.

Als ob sie es geahnt hätte – es war wieder diese attraktive Nachbarin, eine große Frau, immer elegant oder auch mal sportlich gekleidet. Birte kannte sie nicht näher, wusste auch nicht, wo sie wohnte. Immer wenn ihr Matze begegnete, sprachen die beiden lange miteinander. Seit Wochen hatte Birte das Gefühl, dass diese Gespräche immer intensiver wurden. Was wollte dieses Luder eigentlich von ihrem Mann? Plötzlich umschlang sie Matze und küsste ihn auf die Wange. Es reichte! Birte rannte auf die beiden zu, riss sie auseinander und gab Matze eine schallende Ohrfeige.

Mit einem bedeutungsvollen Lächeln verabschiedete sich die Frau von Matthias und verschwand.

»Lassen Sie sich hier nie wieder blicken!«, schrie Birte hinter ihr her. Weinend rannte sie ins Haus. Im Schlafzimmer warf sie sich auf das Bett und begrub ihren Kopf unter einem Kissen. Matthias beruhigte seine irritierten Gäste, stieg die schmale Treppe hinauf und zog ihr das Kissen weg. »Verzeih mir, Birte.«

Birte richtete sich auf und starrte ihn entgeistert an. Sie sah fürchterlich aus, mit der verlaufenen Schminke, den geröteten Augen und dem zerzausten Haar.

»Ich will dich nicht ver…«, der Rest ihrer Worte ging in einer Tränenflut unter. Er setzte sich zu ihr aufs Bett und legte ihren Kopf auf seinen Schoß.

Dann schien sie sich zu fangen, richtete sich auf und schrie ihn an: »Ich gebe dich nicht her, verstehst du? Niemals!« Sie trommelte mit ihren Fäusten auf ihn ein.

Obwohl Birte keine Kraft hatte, ihm wehzutun, verspürte er mit jedem Schlag ihre Lieblosigkeit, ihre Verzweiflung, ihren Hass auf ihn und seinen Job.

In diesem Moment stand sein Entschluss fest.

Kapitel 9

2015
Göttingen

Jochen Torheim verfügte über ein großzügig angelegtes Büro mit moderner Ausstattung und einer bequemen Besprechungsecke, in der Max Leitner und Tobias Heuward Platz genommen hatten und darauf warteten, dass Torheim endlich sein Telefonat beendete. Tobias hatte schlechte Laune, und Leitner hasste diese Sitzungen bei Torheim, die Zeit kosteten, aber nichts voranbrachten.

Leitner ging davon aus, dass Jochen Torheim in diesen Runden den Chef herauskehrte, um seine Unsicherheit aufgrund mangelnder Praxiskenntnisse zu überspielen. Er gab sich streng und überheblich, was sonst, bei eher zufälligen Begegnungen in der Polizeidirektion, nicht der Fall war. Leitner wusste, dass Torheims Vater, Leiter der Polizeidirektion München, bei der Neubesetzung der Stelle seine Finger im Spiel gehabt hatte. Immer exzellent gekleidet, versteckte sich der für diesen Posten viel zu unerfahrene Jochen Torheim hinter der Arbeit an nebensächlichen Projekten und überließ die wesentlichen Aufgaben den anderen.

»Ja, das sehe ich genauso wie Sie … ja, können wir … heute? Sekunde bitte.« Torheim blätterte in seinem ledernen Terminkalender. »Gegen 12.00 Uhr? … Okay, gestatten Sie mir plus minus fünf Minuten? … Alles klar.« Er legte auf, streckte die Arme nach oben und sog langsam die Luft ein. Dann sprang er auf, nickte Leitner und Heuward freundlich zu und zeigte auf seine Telekommunikationsanlage. »Der Polizeipräsident. Interessiert sich für meine Effizienzthesen. Guten Tag, die Herren. Es geht Ihnen sicher auch sehr gut.«

Während Tobias nur müde vor sich hin lächelte, bemühte sich Leitner, sein Magendrücken zu überspielen. »Haben Sie gleich wieder einen Termin?«

Torheim nickte. »Ich gebe Ihnen dreißig Minuten, dann muss ich mich vorbereiten und zum Präsidenten. Sie, Herr Leitner, haben wieder einmal einen sehr kurz gefassten Bericht zum Naturparkfall verfasst. Ich habe ihn gelesen, wobei sich mir einige Fragen aufdrängen. Konnten Sie zum Beispiel die rechtsmedizinischen Angaben zur Leiche wenigstens etwas konkretisieren?«

»Mach du, Tobias.«

»Meinetwegen«, murrte Tobias, der dabei war, seinen Kugelschreiber, mit dem er gespielt hatte, wieder zusammenzusetzen. »Also, es ist bei den vagen Angaben geblieben. Die Schätzungen zur Größe des Toten wurden uns nachgereicht, auch wieder mit einer netten Spanne. Nur drei Sachen sind sicher: Es war ein Einzelopfer, die Leiche war kein Kind, und sie ist männlich. Damit konnten wir nicht viel anfangen.«

»Konnte denn ein Gesichtsfeld konstruiert werden? Damit hätten Sie doch wenigstens eine Vorlage zur Befragung.«

»Verzeihung, Sir«, grinste Tobias, »ich will Sie nicht kritisieren, aber Sie meinen sicherlich eine Gesichtsrekonstruktion. Hat die Rechtsmedizin versucht, aber ergebnislos abgebrochen.«

»Okay, verstanden. Was haben Sie konkret unternommen in den vergangenen Wochen?«

»Wir haben zunächst versucht, die Liegezeit der Leiche einzuschränken. Dazu hatten wir Kontakt zu einem Spezialisten beim Deutschen Wetterdienst in Offenbach. Wir wollten herausfinden, ob wir die geschätzte Liegezeit von fünf bis fünfzehn Jahren einschränken konnten. Die Frage war, ob es dort oben Jahre gegeben hat, in denen eine Bedeckung durch Schnee auszuschließen war. Dann hätten wir diese Jahre ausgrenzen können, verstehen Sie?«

»Und?«, fragte Torheim trocken.

»Es hat da oben jedes Jahr immer wenigstens ein paar Tage lang kräftig geschneit. Um keine Fehler zu machen, haben wir es also bei diesem Zeitraum belassen.«

»Verstanden. Was ist mit AFIS?«

»AFIS, hä?«

»Automatisches Fingerabdruck-Identifikationssystem. Geführt beim Bundeskriminalamt, über dreieinhalb Millionen Einträge, internationale Anbindungen sind in Planung. Sollten Sie wissen, Herr Heuward«, verkündete Torheim stolz mit verschränkten Armen. »Weiter.«

»Ich kann mir solche Abkürzungen nicht merken«, maulte Tobias. »Der Abgleich mit diesem System war jedenfalls negativ. Aber ob die Abdrücke vom Toten stammen, ist ja sowieso unklar.«

»Was ist mit der DNA?«

»Nichts, keine Information in den Datenbanken, Sir.«

»Nennen Sie mich bitte nicht immer *Sir*, wir sind hier in der Polizeidirektion Göttingen und nicht bei Scotland Yard.« Torheim zupfte an seiner Krawatte. »Fahren Sie fort.«

»Mit zwei Kollegen aus dem Ermittlungsdienst haben wir alle Vermisstenanzeigen und Haftbefehle aus Nordhessen und dem südlichen Niedersachsen durchgearbeitet.«

»Nach welchem Raster?«

Jetzt schaltete sich Leitner ein. »Raster? Raster ist gut. Schauen Sie sich die Leiche doch mal an!« Er zog einige Fotos aus seiner Lederjacke. »Leichenfraß, keine Kleidung, keine Fußspuren, nichts …«

Torheim griff nach den Bildern, warf sie angewidert auf den Tisch zurück und schwieg.

Leitner fuhr fort: »Zu wenig Fakten, nur Anhaltspunkte. Um weiterzukommen, hatten wir uns auf die Annahme verständigt, dass Flaschen, Clipbeutel und Zigarettenstummel vom Toten stammen. Damit hatten wir ein Opferprofil. Und nur so konnten wir die Vermissten auf etwa vierzig Männer reduzieren.«

»Was ist mit der Pressemitteilung?«, fragte Torheim, nun nachdenklicher geworden.

»Es gab Hinweise aus der Bevölkerung. Fünf weitere Personen werden vermisst, die aber aus unserem Suchmuster herausfallen. Personen, die erst seit Kurzem vermisst werden, Frauen oder Jugendliche. Übernimmt der Ermittlungsdienst.«

Wieder schwiegen alle. Tobias, der seinen Kugelschreiber wieder auseinanderschraubte, sprang plötzlich auf und rannte aufgeregt durch das Zimmer, seine schlechte Laune schien verflogen.

»Was ist denn mit Ihnen los?«, fragte Torheim erschrocken.

»Mensch, Leute, wir haben was übersehen«, rief Tobias in die Runde.

»Was denn? Herrgott, setzen Sie sich!«, versuchte Torheim zu befehlen.

»Gleich.« Tobias rannte weiter im Kreis herum, klopfte sich mit den Resten seines Kugelschreibers an die Stirn und starrte Torheim an. »Das Ergebnis unseres Berichtes lautet Suizid.«

»Ich bin des Lesens mächtig, steht auf der letzten Seite«, betonte Torheim bissig, »also, was ist nun?«

»Bei unseren wochenlangen Ermittlungen haben wir was übersehen. Überlegen Sie doch mal: Was wäre, wenn der Typ doch ermordet wurde, aber auf eine Art, an die wir bisher nicht gedacht haben?«

Torheim und Leitner starrten ihn verständnislos an.

»Kommen Sie zur Sache und setzen Sie sich endlich wieder auf Ihren Stuhl!«, schnaufte Torheim wütend, »Sie machen mich ganz rappelig!«

Tobias blieb stehen und klopfte sich weiter an die Stirn. »Was wäre, wenn der Kerl rausgeworfen wurde – aus einem Flugzeug oder …« Ohne eine Reaktion abzuwarten, stürmte Tobias zur Tür. »Ich muss Frederike anrufen.«

»Frederike?« Torheim starrte Leitner irritiert an.

Der stand auf und legte beruhigend seine Hand auf Torheims Schulter. »Eine sympathische Kollegin vom BKA, er telefoniert gern mit ihr«, antwortete Leitner schmunzelnd und fügte hinzu: »Frederike Schultz hospitierte vor drei Monaten bei Landers.«

Auch Torheim erhob sich nachdenklich. »Die Idee von Herrn Heuward ist gut. Sollte da was dran sein, müssen Sie völlig neu ansetzen: Sportflughäfen, Militär und so weiter. Ein unbekleideter Mann und ein Sturz aus einem Flugobjekt klingen verdammt nach Tötungsdelikt. Was will Heuward jetzt von dieser Frau?«

»Weiß nicht, lassen Sie ihn machen.«

»Dann machen wir eine kurze Pause. Ist der Mann immer so kopflos?«, fragte Torheim.

»Manchmal hektisch, aber analytisch gut, sehen Sie ja gerade.«

Torheim nickte beruhigt und verließ ebenfalls den Raum.

Leitner nutzte die eingetretene Stille und grübelte. Sollte etwa der Abwurf eines nackten Mannes mithilfe der Alkoholflaschen und Schlaftabletten vertuscht werden?

Torheim tauchte wieder auf und blätterte in seinem großen, ledernen Terminkalender. »Bitte notieren Sie sich mal folgenden Termin, Herr Leitner. Kommenden Dienstag, 10.00 Uhr. Abteilungsbesprechung. Dauer: eine Stunde. Haben Sie das? Geben Sie den Kollegen Bescheid.«

»Merke ich mir«, erwiderte Leitner wenig begeistert, »worum geht's?«

»Ich will Ihnen die Zwischenergebnisse eines meiner Projekte vorstellen. Effiziente Fallanalyse nach der Mind-Mapping-Cross-Methode, wobei …«

Tobias stürzte zur Tür herein, und Torheim unterbrach seine Rede. Schnell nahmen sie ihre Plätze wieder ein. Tobias schnaufte einmal kurz durch und studierte einen kleinen Notizzettel. Dann schaute er zu Leitner. »Bevor ichs vergesse, Max, herzliche Grüße von Frederike und …«

»Es reicht! Kommen Sie zur Sache, Herr Heuward«, schimpfte Torheim verärgert, »wir haben nicht viel Zeit, und Sie rennen einfach fort. Was haben Sie zu berichten?«

Tobias zuckte mit den Achseln und strahlte Torheim an. »Sorry, ich wollte die Idee kurz mit Frederike besprechen, bevor wir hier ellenlang über ungelegte Eier diskutieren.«

»Das ist ganz in meinem Sinn, Herr Heuward«, erwiderte Torheim und ließ ihn weitersprechen.

»Also, Frederike hatte sich zusammen mit einem Kollegen noch mal die Röntgenbilder und die Fotos des Toten vorgenommen. Ihre Antwort ist eindeutig: Es hat keinen Absturz aus der Höhe gegeben, weder aus einem Flugzeug noch aus einem Hubschrauber. Wie hatte sie das genannt? … Die Skelettstruktur hätte labilere Eigenschaften aufweisen müssen«, las Tobias von seinem Schmierzettel ab.

»Ist da oben möglicherweise ein Helikopter gelandet? Wurde der Tote vielleicht einfach abgelegt?«, hakte Torheim neugierig nach, der den Gedanken nicht aufgeben wollte.

»Habe ich Frederike auch gefragt. Nein, leider nicht. Das, was wir immer als Lichtung bezeichnen, ist in Wirklichkeit ein Abschnitt mit kleinerem Baumbewuchs, aber noch so dicht, dass eine Landung ausgeschlossen ist.«

Nach einem Moment der Stille schaute Torheim auf die Uhr. »Okay. Meine Herren, wir verwerfen diese Möglichkeit. Zurück zu Ihren Recherchen, Herr Leitner, wo waren wir stehen geblieben?«

Leitner kraulte seinen Dreitagebart. »Thema Vermisste, Zielsetzung: Klärung der Identität des Toten. Vierzig vermisste Männer, die unserem Suchmuster entsprachen: Diesen sind wir und die Kollegen aus Hessen weiter nachgegangen, persönliches Umfeld, Wohnungen, die üblichen Dinge. Weitere vierzehn Fälle stellten sich als Fehlmeldungen heraus. Zehn vermisste Männer blieben übrig, von denen wir weder DNA-Spuren noch andere Anhaltspunkte ermitteln konnten. Diese zehn könnten alle die Leiche sein oder eben auch nicht. Echter Frust.«

»Glaube ich Ihnen. Aber es ist trotzdem ein Ergebnis! Wie ging es weiter?«

»Wir hatten in der Ermittlungsgruppe diskutiert, ob wir das Suchgebiet vergrößern sollten, also Vermisste aus anderen Regionen hinzuziehen sollten und …«

»Aus Effizienzgründen haben wir uns für einen anderen Weg entschieden«, fiel ihm Tobias ins Wort, ganz bewusst im abgehobenen Sprachgebrauch Torheims.

»Effizienz im Vorgehen ist immer gut, Herr Heuward. Es freut mich sehr, dass dies auch hier beherzigt wird«, sagte Torheim stolz, ohne den spöttischen Unterton bemerkt zu haben. Da Tobias nur schelmisch grinste, setzte Leitner das Gespräch fort.

Auf Vermittlung von Frau Schultz hatten sie Kontakt zu einem gewissen Doktor Schwerte gehabt, der beim BKA im Bereich der psychologischen Fallanalysen tätig war. Man hatte ihm alle Unterlagen zur Verfügung gestellt und Dutzende von Fragen beantwortet. Vor einer Woche waren Max und Tobias die Ergebnisse in Wiesbaden präsentiert worden.

»Weiter«, drängelte Torheim und tippte auf seine Uhr.

»Mit einer neunzigprozentigen Wahrscheinlichkeit ist unser Unbekannter aus der hiesigen Umgebung, hatte Alkohol, Zigaretten und Schlaftabletten bei sich und ist mit Suizidabsicht in diesen verschneiten Waldabschnitt vorgedrungen.«

»Interessant. Wie aber wird bezüglich der verschwundenen Kleidung argumentiert?«

Leitner schaute in das Gutachten. Für Doktor Schwerte war die fehlende Kleidung kein Phänomen, das die Selbsttötung infrage stellte. Der Suizidant hatte sich bewusst für den Freitod im winterlichen Bramwald entschieden. Der Tod durch Erfrieren war geplant, wobei die gezielte Wanderung durch das Unterholz auf eine gewisse Ortskenntnis schließen ließ. Die weite Strecke, die dabei zurückgelegt wurde, erklärte Doktor Schwerte damit, dass der Unbekannte sicherstellen wollte, vor seinem Sterben nicht entdeckt zu werden. Die Schuhe hatte er frühzeitig ausgezogen, um den Erfrierungsprozess einzuleiten. Diese wurden später von Waldarbeitern, Jägern oder Unbefugten entdeckt und mitgenommen, ohne dass diese auf die Leiche stießen.

Durch den gewohnten Genuss von reichlich Alkohol konnte der Suizidant noch eine entsprechend lange Strecke zurücklegen, bedingt durch vorübergehende Abstumpfung. Diese fand dann, durch fortwährende Alkoholzufuhr und Einnahme der Schlaftabletten auf der Lichtung, ihr Ende durch Erfrierungstod, wobei sich der Suizidant auf einem großen Stein oder einem umgestürzten Baum die Schädelfraktur zuzog. Alle Kleidungsstücke wurden aufgrund einsetzender Kälte-Idiotie auf dem Weg nach und nach abgelegt und in den folgenden Jahren vom Sturm verstreut und von Tieren vergraben, sodass sie unauffindbar waren beziehungsweise aus den neun Quadratkilometern, die der Suchtrupp untersucht hatte, herausfielen. Kleinere Teile, wie Socken und Ähnliches, wurden von Vögeln als Nestbeigabe verwendet, was im Rahmen der Suchaktion nicht auffällig werden konnte. Die Vermisstensuche gebietsmäßig auszuweiten, war nach den Erfahrungen von Doktor Schwerte ebenfalls nicht erforderlich: Er hatte seinem Bericht zahlreiche Tabellen und Grafiken über die Verhaltens- und Vorgehensweisen von mehr als vierzigtausend Suizidanten beigefügt.

»Und?«, drängte Torheim erneut.

Tobias antwortete: »Aufgrund des Berichtes haben wir uns die Waldarbeiter und Jäger vorgeknöpft, die seit 2000 in der Umgebung tätig waren, sofern sie sich daran noch erinnern konnten. Ergebnis: Niemand hat etwas gesehen oder mitgenommen. Bleiben eben andere Personen, an die wir nicht herankommen. Auch die Befragung der Anwohner in den umliegenden Dörfern verlief ergebnislos.«

»Okay, dies klingt für mich alles sehr schlüssig. Damit ist der Fall für Sie doch abgeschlossen?«, fragte Torheim zufrieden.

»Klar«, antwortete Leitner leise. Für selbst verschuldete Unfälle oder Suizide waren sie nicht zuständig.

»Okay, Sie informieren bitte die Staatsanwaltschaft.«

»Frau Trentov ist längst im Bilde.«

Torheim erhob sich und gratulierte den beiden für das seiner Meinung nach korrekte Vorgehen, auch wenn das Ergebnis unbefriedigend sein mochte. »Sie haben sogar Glück gehabt, einen so kompetenten Fallanalytiker wie Doktor Schwerte an Ihrer Seite gehabt zu haben, der kümmert sich sonst nicht um normale Sachen aus den Polizeidirektionen.«

»Glück?«, brummte Leitner vor sich hin.

»Natürlich. Hätte man Ihnen den Mann nicht vermittelt, ständen Sie völlig im Regen. Ich habe mehrere Artikel von Doktor Schwerte gelesen, der hat Fälle mit seinen einzigartigen Profiler-Methoden zur Lösung geführt, die über zwanzig Jahre unaufgeklärt waren. Sogar ein Naziverbrechen.«

Sie trennten sich, jeder ging wortlos seiner Wege.

Kapitel 10

2003
Göttingen, etwa 12 Jahre zuvor

Tonne schlug vor Freude mit der Faust auf seinen Schreibtisch, dass der Bildschirm bedrohlich wackelte. »Das ist doch richtig geil, danke EXODUS.« Soeben hatte er mit Full House gegen einen Flush aus fünf Pik-Karten gewonnen. Das Onlinepokersystem schob ihm lautlos Chips im Wert von achtzig Dollar an seinen Platz am Rande des imaginären Spieltisches zu.

Der Spieler, der sich EXODUS nannte, hatte den Pot immer weiter hochgezogen, aber Tonne ließ sich trotz der hohen Einsätze nicht herausdrängen. Siegessicher konterte er EXODUS' Einsätze, die anderen fünf Spieler hatten längst gepasst und schon viel Geld verloren. Tonnes Gewinne summierten sich an diesem Tag bereits auf zweihundertfünfzig Dollar. »Dafür muss eine alte Oma lange stricken«, murmelte er befriedigt und entschied, die Runde zu verlassen. Er schaute den anderen noch eine Weile zu, machte sich Notizen zu diesem EXODUS und verließ den virtuellen Pokerraum.

Sein letzter Blick galt seinem Echtgeldkonto, auf dem der Gewinn bereits verbucht war, dann fuhr er den Rechner herunter.

In der Küche stapelte sich der Abwasch. Vorsichtig griff er in dem Chaos nach einem Holzbrett und einem Messer. Er schnitt sich ein großes Stück von der Salami ab und verschlang es heißhungrig.

Vor lauter Übermut wusste er zunächst nicht, was er zuerst und zuletzt tun sollte. Ein bisschen frische Luft schnappen, abwaschen oder vielleicht Rocco anrufen? Auf jeden Fall musste dieser tolle Sieg gefeiert werden. Den Abwasch verschob er auf morgen, und zum Spazierengehen verspürte er keine rechte Lust.

Rocco musste überredet werden, heute früher als sonst ins *NoName* zu kommen. Einen Moment lang zögerte er: Vielleicht störte er Rocco gerade in einer Vorlesung? Doch dann war sicher die Sprachbox aktiviert. Also anrufen, jetzt.

»Hallo Tonne. Seit wann rufst du so früh an?«

»Stör ich dich gerade, Rocco?«

»Nein, ich bin heute nicht zur Uni hin«, sagte Rocco ungewöhnlich verhalten.

»Kein Bock, wie? Was hältst du davon, wenn wir uns heute schon um 18.00 Uhr im *NoName* treffen? Ich gebe einen aus. Du brauchst nur gute Laune mitzubringen. Und Lust auf Schach.«

»Was gibt's zu feiern?«

»Ich hab gerade wieder einigen Pokerspielern die Schuhe ausgezogen. Zweihundertfünfzig in zweieinhalb Stunden«, rief Tonne aufgeregt, »das muss ich mit dir feiern. Also, sehen wir uns um 18.00 Uhr, ja?«

»Leider geht das nicht, Tonne.«

»Was ist denn bloß los mit dir?«, fragte Tonne verunsichert.

»Ich muss weg, ganz schnell und für immer.«

»Für …?«

»Ich schalte das Handy jetzt aus. Tschüss, Tonne.«

Schlagartig wich Tonnes gute Laune dem Gefühl einer großen Einsamkeit, von Ohnmacht und Trauer. Er wartete, ob Rocco noch etwas sagte, aber die Verbindung war längst unterbrochen. Was hatte Rocco? Ein Abschied für immer … Noch nie hatte Rocco ein Telefonat derart abrupt und unfreundlich beendet. Missmutig warf Tonne das Handy auf den kleinen Küchentisch, wo es mit einem gewaltigen Scheppern gegen einen Berg herumstehender Essteller flog. Dann riss er den Kühlschrank auf und schnappte sich eine Dose Bier. Niedergeschlagen legte er sich in seinen bequemen Sessel vor den Fernseher und nippte lustlos an dem Getränk.

Plötzlich ratterte das achtlos weggeworfene Handy zwischen den Tellern. Vielleicht Rocco? Mühsam erhob er sich und schlurfte fluchend in die Küche. »Ja?«

Eine ihm unbekannte Stimme meldete sich. »Tonne?«

»Ja doch«, antwortete Tonne gereizt.

Es knirschte in der Leitung; er hörte laute Hintergrundgeräusche, konnte diese aber nicht einordnen. »*Tante Helena* ist gekommen. Und tschüss.«

Bevor er antworten konnte, hatte der Fremde bereits wieder aufgelegt. Herrgott! Das hatte Tonne ja fast vergessen: Er musste täglich zwischen 13.00 und 14.00 Uhr mit diesem Anruf rechnen! Er trank schnell einen Schluck, riss die Wohnungsschlüssel an sich und rannte die Treppe hinunter. Schnaufend öffnete er das leicht verbogene Türchen zu seinem Briefkasten. Eine zusammengefaltete, blau-weiß gestreifte Plastiktüte rutschte ihm entgegen, in der ein Papier enthalten war.

Im Wohnzimmer las er die Anweisungen mit zittrigen Händen. Das Ganze sollte noch heute über die Bühne gehen! Sein Rachen wurde trocken, er schluckte und atmete schwer. Alles musste er auswendig können, keine Fehler machen.

Er sollte zunächst um 20.00 Uhr auf dem Hauptbahnhof sein und zu Gleis 2 gehen. Instinktiv schaute er auf seine Uhr, es war gerade 13.40 Uhr.

Um sein Zittern loszuwerden, öffnete er sich eine weitere Dose Bier und wollte sich beim Fernsehen zerstreuen. Für den Fall, dass er einschlief, stellte er sich seinen großen Wecker auf 19.00 Uhr.

Kurz vor dem Klingeln des Weckers wachte er auf; ein mächtiges Hungergefühl plagte ihn. Einen Häuserblock weiter gab es eine Dönerbude, hier wollte er schnell etwas essen und dann mit dem Bus zum Bahnhof fahren, der dafür keine Viertelstunde brauchte. Die Bushaltestelle war genau gegenüber der Bude, aber er kannte die genauen Fahrtzeiten nicht. Im Notfall konnte er im Bus essen. »Gib Gas, Alter!«, befahl er sich selbst.

Sein rot kariertes Oberhemd, das er schon den vierten Tag in Folge trug, warf er auf die Waschmaschine und wählte ein unauffälliges, dunkles T-Shirt.

Fernseher aus und los … stopp! Das Blatt mit den Anweisungen musste vernichtet werden. Er knüllte die

Seite zu einem Papierhäufchen und entzündete es im Aschenbecher. Es kam ihm unendlich lange vor, bis wirklich nur noch Asche übrig war. Wieder der Blick auf die Uhr, es war bereits 19.20 Uhr.

Schnell zog er die schwarze Jacke über, deren Kapuze er tief in das Gesicht ziehen konnte, und schnappte sich Schlüssel und Plastiktüte.

In der Dönerbude sprach ihn der übermüdete junge Mann an, der sich seine immer gleiche Bestellung nicht merken konnte oder wollte. »Bitte?«

»Einen Döner mit viel Fleisch und wenig Salat.«

»Zum Mitnehmen?«

»Ja.«

»Hähnchen oder Lamm?«

»Lamm.«

»Zaziki?«

»Ohne.«

»Scharf?«

»Wenig scharf, wie immer.«

Bevor der Mann den Preis nannte, hatte Tonne das abgezählte Geld schon auf den Tresen gelegt, griff nach dem warmen Päckchen und rannte auf die andere Straßenseite.

Der nächste Bus fuhr um 19.40 Uhr und sollte den Bahnhof um 19.52 Uhr erreichen. Er würde also pünktlich sein, Glück gehabt! Voller Heißhunger verschlang er sein prall gefülltes Fast Food und musste lauthals aufstoßen. Zwei ältere Damen, die ebenfalls auf den Bus warteten, schauten ihn entgeistert an und tuschelten sich etwas von Anstand zu.

Tonne zog die Kapuze tief ins Gesicht.

Wieder schaute er auf die Uhr, dann sah er den herannahenden Bus.

Langsam ging er nach hinten. Gleich vorne hatten die beiden Damen Platz genommen, die ihn keines Blickes mehr würdigten, aber laut über das Benehmen junger Leute diskutierten. In der Mitte tippten drei Mädchen wortlos auf ihren Handys herum. Weiter hinten belegte eine fröhliche Großfamilie diverse Plätze. Er schlich bis in die letzte Reihe des Busses und setzte sich. Hier war er allein und hatte alles im Blick.

Ein in blaue Jeans gekleideter Mann, der offensichtlich nach ihm eingestiegen war, setzte sich nicht, sondern blieb in der Mitte des Busses stehen. Warum setzte sich der Kerl nicht hin? Es gab doch genügend freie Plätze. Tonne schob sich auf der Rückbank weiter nach rechts, um diesen Mann, vorbei an der Großfamilie, genauer beobachten zu können. Tonne durchzuckte es, als dieser einmal kurz zu ihm schaute … Warum glotzte der ihn so komisch von der Seite an? Der Typ hielt sich mit der rechten Hand an einer Haltestange fest, ein großer goldener Ehering blitzte kurz auf. Welche Frau konnte solch einen nichtssagenden Jeansvogel mit gelbem T-Shirt geheiratet haben? Tonne musste grinsen. Dann passierte es noch einmal – wieder dieser merkwürdig durchdringende Blick! Tonne drehte sich weg und schaute aus dem Rückfenster. Hinter dem Bus fuhr ein dunkelgrauer Mercedes mit zwei Schlipsträgern.

Tonne drehte sich wieder nach vorn. Die Blicke trafen sich kurz, und der Jeansvogel wandte sich von ihm ab. Schaute der nun ständig zu ihm oder nur nach hinten? Aus den Augenwinkeln beobachtete er den Mann weiter. Plötzlich drückte der auf den Halteknopf. Der Bus kam mit einem lauten Bremsgeräusch zum Stehen, die Türen schnappten auf, und der Mann verschwand.

Auch das dunkelgraue Fahrzeug mit den Schlipsträgern war verschwunden. Wieder einmal hatte sich Tonne unnötige Sorgen gemacht. Er fluchte einmal und beschimpfte sich leise. Man musste sich jetzt ganz auf die Aufgabe konzentrieren und nicht immer denken, dass einen die halbe Welt verfolgte! Niemand hatte auch nur das geringste Interesse an ihm.

Der Bus erreichte sein Ziel mit einer Minute Verspätung. Tonne hatte jetzt genau noch sieben Minuten Zeit, um pünktlich an Gleis 2 zu sein und auf der ersten Bank der rechten Bahnsteigseite, mit Plastiktüte in der Hand, Platz zu nehmen. So lauteten die Anweisungen.

Wie gestochen hastete er los und ließ sich nach Luft ringend auf die besagte Bank fallen. 19.59 Uhr!

Langsam zog er die fein zusammengelegte Plastiktüte aus seiner Hose. Irgendjemand sollte nun innerhalb der nächsten zwanzig Minuten zu ihm kommen, nach der Uhrzeit und einem Kennwort fragen. Interessanter Schachzug, die Uhrzeit konnte man doch überall ablesen!

Auf dem Bahnsteig war niemand.

Am Zuganzeiger konnte Tonne erkennen, dass gerade ein ICE nach Kassel abgefahren sein musste. Die elektronische Tafel ratterte und zeigte dann einen neuen Zug an, der um 20.50 Uhr abfahren sollte. Er kontrollierte die Anzeige für das andere Gleis. Auch hier sollte erst nach 21.00 Uhr ein Zug abfahren. Daraus schloss er, dass dieser Irgendjemand nicht mit dem Zug unterwegs war, sondern auch über das Bahnhofsgelände kommen musste.

20.04 Uhr. Tonne wurde wieder nervös. Wie sah dieser Mensch bloß aus? Um sich die Zeit zu vertreiben, stellte er sich eine ganze Reihe von Typen vor: von einem liebevoll dreinschauenden Schwulen mit betont weicher Stimme bis hin zum langhaarigen Bombenleger, tätowiert bis zum Hals, laut brüllend wie ein Löwe, oder eine Frau, die …

20.06 Uhr. Tonne hatte das Gefühl, als wären Stunden vergangen. Sein Gesäß tat ihm weh. Er versuchte, seine Sitzposition immer wieder zu verändern, traute sich aber nicht, aufzustehen. Wann endlich kam dieser Typ?

20.07 Uhr. Auf dem gegenüberliegenden Bahnsteig versammelten sich immer mehr Menschen, dort musste gleich ein Zug einlaufen, auch seine alten Damen waren dabei.

20.12 Uhr. Tonne erschrak. Ein kleinwüchsiger Mann stand plötzlich neben ihm, ein junger, südländisch wirkender Typ mit kurz geschnittenen, welligen Haaren. Er trug einen eleganten, dunklen Anzug mit einer weinrot gepunkteten Krawatte und glänzende Schnürschuhen. In der Hand schwenkte er einen hellbraunen Aktenkoffer, den er etwas abseits auf der Bank abstellte. Der Südländer verzog keine Miene, während er Tonne und die Plastiktüte abschätzig musterte.

»Wie spät ist es?«, fragte der Mann plötzlich.

Das war der Irgendjemand! Tonne konnte sich alles vorstellen, nur nicht einen seriös gekleideten Herrn, der als Geschäftsmann auch Versicherungen oder Sportwagen hätte verkaufen können.

Laut donnernd fuhr der Zug auf dem anderen Bahnsteig ein. Tonne wartete, bis der Lärm nachließ. »Es ist jetzt … zwanzig nach acht.«

Der Geschäftsmann nickte freundlich und setzte sich direkt neben Tonne, dem der Duft von edlem Parfüm in der Nase kribbelte. Warum fragte der Mann nicht nach dem Kennwort? Tonne traute sich nicht, ihn anzusprechen.

Eine Durchsage tönte aus den Lautsprechern, der Zug setzte sich langsam in Bewegung. Dann kehrte wieder Ruhe ein.

»Kennwort?«

»Ähm … Alas… Alabama«, stotterte sich Tonne zurecht.

Wieder nickte der Fremde, nahm seinen Koffer auf den Schoß und drehte an den Zahlenschlössern. Er überreichte Tonne ein schweres Paket, das geradezu liebevoll wie ein Geburtstagsgeschenk verpackt war. »Du wartest hier noch fünf Minuten. Dann erst losgehen. Pass auf, dass dir niemand folgt. Klar?«

»Äh … klar.«

Ohne ein weiteres Wort verschwand der Fremde so plötzlich, wie er gekommen war. Tonne sog die Reste des Parfüms in sich auf und stopfte das Geschenk in die Tüte. Wieso sollte er noch fünf Minuten warten?

Sein Gesäß meldete sich wieder, er stand auf und schlenderte um die Bank herum. Wahrscheinlich sollte er nur nicht mitbekommen, was für einen Nobelschlitten der Typ fuhr und wie das Kennzeichen lautete. Genial! So kannte er es aus den bisherigen Aktionen, nichts wurde dem Zufall überlassen.

Nach zwei Minuten hatte Tonne die Warterei satt, schnappte sich die schwere Tüte und verließ den Bahnhof.

Seine Aufgabe bestand jetzt darin, mit dem Bus nach Benniehausen zu fahren, einem kleinen Dorf zwischen Göttingen und Duderstadt. Er kannte diesen Ort nicht, wusste aber von dem Papier, dass die Fahrt dreißig Minuten dauern sollte. Schnell lief er zu der Bushaltestelle und studierte die Abfahrtzeiten. Der Bus fuhr vom ZOB um 20.45 Uhr ab und sollte Benniehausen um 21.14 Uhr erreichen.

Ein leichter Regen setzte ein, und Tonne zog sich die Kapuze wieder über den Kopf.

Irgendwann kam der Bus. Tonne schlug sich die Regentropfen von der Jacke und setzte sich wieder in die letzte Reihe. Er wunderte sich, dass er so ruhig und gelassen war, obwohl er jetzt die Ware bei sich hatte. Was würde passieren, wenn man ihn damit erwischte? Schnell verwarf er den Gedanken und beobachtete teilnahmslos die Passanten an den anderen Haltestellen.

Mit einem kräftigen Ruck sprang der Diesel an, kurz darauf setzte sich das Fahrzeug schwerfällig in Bewegung.

An jeder Haltestelle musterte er die zusteigenden Fahrgäste und beobachtete den Verkehr hinter dem Bus, aber es fiel ihm nichts Besonderes auf.

»Nächster Halt: Benniehausen, Lindenstraße«, ertönte eine freundliche Stimme aus dem Lautsprecher.

Ein Ehepaar stieg mit ihm aus; die beiden gingen in Fahrtrichtung weiter, ohne ihn zu beachten.

Da es nieselte, ging Tonne ein paar Schritte zurück zu der überdachten Haltestelle und zündete sich mit zittrigen Fingern eine Zigarette an. Außer dem sich immer weiter entfernenden Ehepaar war niemand in seiner Nähe.

Die Nässe und Dunkelheit ließen ihn mehr und mehr frösteln, er bereute es, nicht wärmere Sachen angezogen zu haben. Wenn es doch bloß bald vorbei wäre ... Er musste nur noch das alles entscheidende Signal abwarten. Angestrengt blinzelte er den Autoscheinwerfern auf seiner Straßenseite entgegen, aber alles zischte an ihm vorbei und peitschte die regennasse Straße auf.

Plötzlich war Ruhe auf der Straße, minutenlang kam kein Auto mehr, weder von links noch von rechts. Er zweifelte schon an der Richtigkeit der Anweisungen, da tauchte ein einzelnes Fahrzeug auf; es rollte langsam auf ihn zu, schaltete das Licht aus und wieder ein. Das musste es sein! Augenblicke später hielt ein Sportwagen neben ihm. Das getönte Beifahrerfenster surrte herunter. Ein blasser, langhaariger Mann mit Mittelscheitel und regungslosem Gesicht musterte ihn durch eine Sonnenbrille. Auf seine Stirn war ein umgekehrtes Christuskreuz tätowiert.

Tonne zuckte zusammen. Der hagere Kerl wirkte wie abgestorben, weiß wie eine Leiche, ein Schauder lief Tonne heiß und kalt den Rücken herunter, es war, als musterte ihn der Schwarze Tod persönlich.

Wortlos ließ der Typ einen Briefumschlag aus dem Fenster fallen und machte eine hektische Handbewegung, mit der er die blau-weiß gestreifte Tüte einforderte. Tonne streckte sie ihm hastig entgegen. Der Schwarze Tod inspizierte den Inhalt, dann brauste der Wagen mit durchdrehenden Reifen davon, für einen Moment wieder ohne Licht, und verschwand im Dunkel.

Aus dem Umschlag quoll ein kleines Bündel Banknoten hervor. Im wenigen Licht, das Tonne umgab, konnte er gerade noch die Umrisse von Fünfzigeuroscheinen erkennen. Er zählte sie mit klammen Fingern, es waren zwanzig Stück. Jetzt gab es nur noch eins, so schnell wie möglich nach Hause! Wieder überzeugte er sich davon, dass niemand in der Nähe war, schob das sorgsam eingeschlagene Geld in seine große Innentasche und wechselte die Straßenseite.

Eine weitere Zigarette und keine zehn Minuten später saß Tonne wieder im Bus. Es war vorbei, geschafft!

Am Bahnhof ließ sich Tonne mit einem Taxi direkt ins *NoName* fahren, um seine Sehnsucht nach frisch gezapftem Pils zu stillen. Diesen aufregenden Tag konnte man nur noch runterspülen.

In seiner Stammkneipe angekommen, empfand Tonne wieder diese verhasste Mischung aus Einsamkeit und Langeweile. Rocco fehlte ihm. Auch sonst war niemand anwesend, weder Ede, die Fußballexperten, die Handballer noch irgendwelche Pärchen, nur Susan. Er trank schneller als sonst, wechselte mit ihr immer wieder ein paar belanglose Sätze und gab ihr reichlich Ouzo aus. Susan war die tollste Frau, die er je in seinem Leben kennengelernt hatte.

Vollkommen betrunken torkelte er später zu seiner Wohnung, die Kapuze tief ins Gesicht gezogen, denn es regnete in Strömen.

Kapitel 11

2015
Herzberg am Harz

Matthias fuhr auf der Bundesstraße 27 von Bovenden aus in Richtung Blankenburg im Ostharz. Die Sonne strahlte aus einem nahezu wolkenlosen Himmel; gut gelaunt pfiff er die Melodien aus dem Radio mit.

Kurz hinter Herzberg schrillte sein Handy im Stil der Sechzigerjahre. »Dassow.«

»Meywald«, polterte es ihm entgegen.

»Hallo Ernst, was ist los? Du schnaufst ja, als ob du einen Hundertmeterlauf hinter dir …«

»Was, was, was? Hundertmeterlauf …«, fiel ihm Meywald ins Wort, »was glaubst du, was hier los ist? Pass auf, Matze … wo bist du gerade?«

»Hinter Herzberg.«

»Was, was, was? Erst in Herzberg? Matze, du musst sofort … anhalt…« Meywald rang nach Luft.

»Warum das denn?«

»Anhalten, nächste Möglichkeit. Dann sofort mich anrufen!«, brüllte Meywald ins Telefon.

»Mach ich, aber erklär mir …« Matthias brach ab, da Meywald schon aufgelegt hatte. Trotz seiner nicht gerade einfachen Umgangsformen schien Meywald keine schlechte Laune zu haben, das hatte Matthias im Laufe der Jahre zu unterscheiden gelernt.

Die nächste Parkbucht war seine. Leichtfüßig sprang er aus dem Fahrzeug, rekelte sich, genoss die wärmende Sonne und griff nach dem Handy. »Spedition Meywald, Sie sprechen mit Frau Blume«, meldete sich eine schüchtern klingende Stimme, die ihm aber nur allzu vertraut war.

»Hallo Blümchen, Matthias hier. Wie geht es dir?«

»Hi Matze. Es geht mir ganz gut, nur hier überschlägt sich mal wieder alles.«

»Das kann ich mir denken. Ist der Chef zu sprechen?«

»Der telefoniert gerade. Soll ich ihm was ausrichten?«

»Nein, ich sollte anhalten und ihn sofort zurückrufen, weißt du, warum?«

»Nicht so richtig. Ich habe nur von einem Auftrag gehört, den du sofort …«

»Blümchen, wie soll das gehen?«, unterbrach er sie ärgerlich, »ich stehe hier in einer Parkbucht bei Herzberg und muss nach Blankenburg. Wieder typisch Meywald.«

»Das weiß ich, Matze. Ich gehe jetzt mal rein und frage ihn, melde mich gleich zurück«, antwortete sie leise.

Warum sollte er sich aufregen? Er steckte das Handy in die Hemdtasche und ging auf die Beifahrerseite, um sich seine in aller Herrgottsfrühe geschmierten Brote herauszuholen.

Beim Essen dachte er kurz an seinen Freund Norbert Oberfeld, der ihm einen Scheidungsanwalt vermittelt und ihn vergangenen Freitag dorthin begleitet hatte.

Norbert war für ihn jetzt wichtiger denn je; sie trafen sich öfter, denn die geplante Trennung fiel Matthias schwerer als gedacht.

Das Telefon riss ihn aus seinen Gedanken. Blümchen meldete sich und wirkte aufgeregt. »Ich habe gerade mit dem Chef gesprochen. Alles etwas kompliziert. Also, ich fahre jetzt los, bringe Kalle mit und hol dich ab. Kalle soll ausnahmsweise mal deine Tour zu Ende fahren, obwohl er auf dem Betriebshof unersetzlich ist. Der Chef will nachher alles mit dir bereden. Wo stehst du denn mit dem Lkw?«

»Erste Parkbucht nach Ortsausgang Herzberg, auf der B 27 Richtung Blankenburg. Findest du das?«

»Natürlich. Ich hab doch mal in Herzberg gewohnt.«

»Na denn, fahr vorsichtig, Blümchen.«

Gegen 13.00 Uhr hupte es neben ihm, ein blau lackierter Opel Corsa stoppte vor seinem Lkw. Kalle kam strahlend auf ihn zu. »Matze, gib die Schlüssel her, ich kann's kaum erwarten.«

»Bist lange nicht mehr gefahren, was? Weißt du denn, wo du in Blankenburg hin musst?«

»Den Baumarkt kenn ich wie meine Westentasche.«

»Na na. Du solltest dich gleich auf den Weg machen, da gibt es ein paar Baustellen, die du sicher nicht kennst.«

»Jou, haste recht«, murmelte Kalle, schwang sich auf den Fahrersitz und startete den Motor.

Nachdem das Donnern des anfahrenden Vierzigtonners verklungen war, wandte sich Frau Blume an ihn. »Willst du fahren, Matze?«

»Du meinst, weil wir Brummis total schlechte Beifahrer sind und alles besser wissen? Nein, fahr du man ruhig«, antwortete Matthias, »diese Kiste ist mir einfach zu klein.«

»Vorsichtig, Matze. Du kannst ja auch zurücklaufen«, gab sie scherzend zurück.

Matthias war noch nie mit Frau Blume Auto gefahren. Ganz entgegen seinen Erwartungen fuhr sie absolut souverän, ihre schüchterne Art hatte ihn zu der Annahme verführt, dass sie auch einen solchen Fahrstil haben musste.

»Ist viel los bei euch?«, fragte er sie irgendwann, um das Schweigen zu brechen.

»Stress haben wir eigentlich immer, Matze. Gott sei Dank sind beide Disponenten im Haus. Wenn einer fehlt, ist die Hölle los, weil sich Meywald dann zu viel einmischt und alles durcheinanderbringt.« Frau Blume errötete leicht und redete schnell weiter. »Es ist doch nicht auszuhalten: Wir haben uns in den letzten Jahren immer weiter vergrößert, Meywald hat die dritte Halle bauen lassen, vier Lkws dazugekauft, aber im Büro keinen einzigen Menschen eingestellt, nicht mal eine Teilzeitkraft. Wir arbeiten mit dem Personal, das wir vor fünf Jahren schon hatten, wobei sich der Umsatz verdreifacht hat. Und die Spedition verdient gutes Geld, auch wenn der Chef immer das Gegenteil behauptet. Wir ackern so lange, bis wir die Grashalme von unten zählen können.« Frau Blume musste über ihre Ausdrucksweise selbst lachen und steckte Matthias damit an. »Dazu kommt, dass der Meywald ein Chaot ist und nie richtig zuhört. Aber das bleibt bitte unter uns, Matze.«

Matthias nickte und beschloss, das Thema zu wechseln. »Bist du eigentlich verheiratet, Blümchen?«

Sie schaute kurz zu ihm und errötete dabei. »Ich hatte mal einen Freund«, sagte sie gedankenversunken, »wir haben uns wieder getrennt, weil ich ewig Überstunden gemacht habe.«

»Willst du denn alleine bleiben?«

Sie schüttelte den Kopf, ohne ihn anzuschauen.

Dann schwiegen sie den Rest der Fahrt.

»Gleich sind wir da«, sagte Blümchen plötzlich und riss ihn damit aus seinen Überlegungen, sie zum Essen einzuladen.

Sie parkte den Wagen neben der Halle 1, an der die Steintreppe auf die lange Laderampe hinaufführte. Dann bahnten sie sich den Weg durch die Lagerhallen, vorbei an jagenden Gabelstaplern, riesigen Regalwänden und hochgetürmten Paletten.

Meywald war nicht in seinem Büro, gelangweilt setzte sich Matthias vor den riesigen Schreibtisch. Blümchen brachte ihm eine Tasse Kaffee und riss das Fenster auf. »Immer dieser Zigarrenqualm«, schimpfte sie leise und verdrückte sich in ihr Zimmer nach nebenan.

Matthias hatte gerade ausgetrunken, da hörte er die durchdringende Stimme seines Chefs, der am Treppenaufgang einen der Arbeiter zurechtwies. Meywald polterte die Treppe hoch und ließ sich, schnaufend wie eine alte Dampfmaschine, in seinen Chefsessel fallen. Nach Luft ringend, nickte er Matthias nur zu. »Matze«, mehr kam aus dem dicken Mann nicht heraus; er brauchte seine Zeit, um wieder zu Atem zu kommen. Dann nahm er sich eine dicke Zigarre und schaute Matthias mit seinem unruhigen Blick an. »Willst du auch eine?«

»Danke, nein.«

Ein paar gewaltige Rauchwolken später war er endlich gesprächsbereit. »Pass auf, Matze, ich habe eine Überraschung für dich.«

»Ich höre.«

»Du brauchst jetzt erst mal nicht zu fahren, wir haben einen richtig dicken Fisch an der Angel.«

»Ist ja schön. Was soll ich machen?«

»Was, was, was, ist ja schön ... das ist fantastisch!«, brüllte Meywald erregt in den Raum und redete mit hochrotem Kopf weiter. »Also, du rufst da jetzt gleich an und fährst nach ... warte mal.« Meywald unterbrach sich und wühlte verzweifelt in seinen vielen Notizzetteln, die kreuz und quer über der Tischplatte verteilt lagen. »Blümchen!«

Sekunden später schaute Frau Blume um die Ecke. »Ja?«

»Die Notizen für Matze ... wo ist der Zettel geblieben? Sie haben wieder das Fenster aufgerissen, und alles ist durcheinander hier«, tobte er.

Sie griff zielstrebig nach einem kleinen Papierstück, hielt es ihm wedelnd entgegen. »Wenn ich hier nicht ab und zu mal das Fenster aufmache, sehen Sie bald gar nichts mehr, der Arzt hat Ihnen das Qualmen eigentlich verboten«, sagte sie trocken, schloss das Fenster und verschwand.

»Das ist doch ...« Meywald beruhigte sich und lächelte Matthias an. »Die lüftet hier immer, wenn ich weg bin«, nuschelte er mehr zu sich selbst.

Matthias vermied es, darauf einzugehen, und wartete, bis ihm Meywald die Notiz überreichte.

»Kannste alles lesen?«

Er überflog die Zeilen. »Ja, kein Problem. Warten die heute noch auf einen Rückruf?«

»Heute noch melden und Termin machen, zieh das Ding an Land, hörst du, Matze?«

»Geht klar, Ernst.«

Meywalds Telefon klingelte, mit einer kurzen Handbewegung signalisierte er Matthias, dass das Gespräch beendet war.

Matthias schlenderte an den Büros vorbei und öffnete die vorletzte Tür auf dem Korridor. Sein Zimmer! Alles stand so, wie er es vor Wochen verlassen hatte: die Akten im Regal, sortiert nach den bereits erledigten Projekten, sein kleiner Schreibtisch, der Computer. Nirgends war ein Staubkörnchen zu sehen, natürlich wurde auch sein Büro gereinigt. Niemand würde ihn ab jetzt stören oder kontrollieren. Was er wie veranlasste, Termine, Kapazitätsberechnungen, Kosten, welche Firmen als Subunternehmen infrage kamen, Angebot schreiben … alles hatte ihm Meywald bis ins letzte Detail beigebracht, und alles lag nun in seiner Hand. Einfach wunderbar!

Er las den Zettel noch mehrmals durch und wählte dann die angegebene Nummer.

»Astona Versicherungsgruppe Frankfurt, Zentrale. Was kann ich für Sie tun?«, meldete sich eine männliche Stimme.

»Spedition Meywald. Mein Name ist Matthias Dassow. Verbinden Sie mich bitte mit Herrn Neumann.«

»Einen Moment bitte.«

Matthias vernahm das Tippen auf einer Tastatur. Stille. Dann wieder die Tastatur. »Soll der Herr Neumann hier in der Zentrale arbeiten?«

»Ja.«

»Wir haben zwei Neumänner, das sind aber unsere Handelsvertretungen in Bad Doberan und in Nürnberg.«

»Es muss aber ein Herr Neumann in der Zentrale sein.«

»Es gibt hier keinen Neumann ... warten Sie ... wir haben eine Frau Neumann.«

»Dann ist das hier bei uns falsch notiert worden. Verbinden Sie mich bitte mit der Dame.«

Es tutete dreimal. »Neumann.«

»Matthias Dassow, Spedition Meywald. Frau Neumann, Sie hatten ...« Matthias stutzte. »Entschuldigung, Frau Neumann, heißen Sie zufällig Conny mit Vornamen?«

»Ja, heiße ich. Grüß dich, Matthias.«

»Jetzt bin ich aber platt.«

Conny Neumann hatte er vor etwa zehn Jahren kennengelernt. Sie war über fünfzehn Jahre jünger als er und brachte damals einen nie geahnten Schwung in sein Leben. Sie waren sehr verliebt gewesen, hatten sich dann aber aufgrund seiner Fahrerei aus den Augen verloren. Conny hatte irgendwann geheiratet, das wusste er noch.

»Schön, deine Stimme zu hören, Matthias.«

»Ganz meinerseits. Was kann ich denn für dich tun?«

»Weißt du, worum es geht?«

»Nur in etwa. Ich habe hier eine Notiz, dass ein Umzug eurer Versicherung von Stuttgart nach Frankfurt geplant ist.«

»Genauso ist es. Wäre es dir möglich, dass wir uns morgen treffen, in Stuttgart?«

»Ja, gerne. Wann soll ich bei dir sein?«

»Wann würde es dir passen?«

»Ja, sagen wir ... gegen 10.00 Uhr?«

»In Ordnung. Ich erwarte dich morgen gegen zehn bei uns in der Bereichsdirektion Stuttgart. Hast du die Adresse?«

Matthias ließ sich die Anschrift noch einmal bestätigen, dann beendeten sie das Gespräch.

Noch etwas verwirrt entschied er sich, noch am gleichen Tag mit dem Zug nach Stuttgart zu fahren und dort zu übernachten. Schnell suchte er im Internet nach Zugverbindungen und dem genauen Standort der Versicherung und buchte ein Hotelzimmer in der Nähe. Dann nahm er seine Ledertasche aus dem Regal, die ihm Meywald für diese Zwecke gekauft hatte, verstaute darin Schreibutensilien, Taschenrechner und Kalkulationstabellen und fuhr nach Hause.

Wie würde Birte wohl reagieren, wenn er völlig überraschend zurückkam? Sollte er sie informieren? Er entschied sich dagegen und war auf ihr Verhalten gespannt.

Am meisten freute er sich aber auf Celina und Jessica. Sie mussten längst aus der Schule und zu Hause sein. Dann könnte er mit ihnen endlich mal ihre Lieblingsspiele spielen, lachen und ... Sein schlechtes Gewissen meldete sich wieder, als er an seine Scheidungsabsichten dachte.

Birte saß im Wohnzimmer mit einer großen, attraktiven Frau auf dem kleinen Sofa zusammen, errötete vor

Schreck, knöpfte sich hastig die oberen Knöpfe ihrer Bluse zu und sprang wütend auf. »Hast du mich aber erschreckt!«

»Das tut mir leid«, antwortete er betont distanziert und stellte sich der fremden Frau vor. »Matthias Dassow.«

»Evi Suderbach. Wir haben uns schon mal vor langer …«

»Evi ist eine alte Schulfreundin«, fiel ihr Birte ins Wort und fummelte aufgeregt an einem der Knöpfe herum. »Was machst du denn eigentlich hier? Haben sie dich rausgeworfen oder was ist los?«

Keine Begrüßung, keine Freude, einfach nichts. Stattdessen diese bissige Bemerkung. Es widerte ihn an. »Wo sind die Kinder?« Er versuchte, seine Enttäuschung über ihre Abwesenheit zu überspielen.

»Was ist los, warum bist du schon da?«, bohrte seine Frau weiter.

»Erst sagst du mir, wo die Kinder stecken!«

»Die sind bei deiner Mutter.«

»Warum das?«

»Weil sie da vielleicht gern hin wollten«, entgegnete Birte giftig, immer noch etwas durcheinander und mit hochroten Wangen, »und was ist nun mit dir?«

»Ich muss heute noch nach Stuttgart, wir haben da eine größere Sache in Aussicht«, erwiderte er, während er schon auf der schmalen Treppe nach oben war. »Ich packe mir den kleinen Koffer, wenn du nichts dagegen hast.«

»Brauchst du denn die Tage nicht Lkw zu fahren?«, rief Birte hinter ihm her.

»Nein.«

»Dann bist du ja morgen bestimmt wieder hier und kannst den Wocheneinkauf für mich erledigen.«

»Das weiß ich noch nicht. Ich nehme vorsichtshalber Wäsche für mehrere Tage mit, ich kann dir nicht sagen, wann ich zurück bin«, rief er aus dem Schlafzimmer hinunter.

Sachen packen war für ihn mittlerweile Routine, da Birte nichts mehr für ihn tat. Schnell hatte er alles verstaut und war erleichtert, als er die Haustür hinter sich schloss. Die beiden Frauen waren so mit sich selbst beschäftigt, dass sie ihm nicht einmal eine gute Reise gewünscht hatten.

Punkt 10.00 Uhr am nächsten Morgen betrat er die großzügig angelegte Astona-Empfangshalle des fünfstöckigen Hauses. Ein freundlicher, älterer Herr empfing ihn.

»Guten Morgen, mein Name ist Dassow. Ich habe einen Termin mit Frau Neumann.«

»Augenblick bitte.« Der Mann drückte einige Tasten auf seiner Telefonanlage. »Frau Neumann? Ihr Besuch ist da.« Dann wandte er sich an Matthias. »Frau Neumann holt Sie ab. Bitte nehmen Sie doch einen Moment Platz«, sagte der Mann und zeigte auf eine gegenüberliegende Sitzecke. Matthias bedankte sich, ging in die Mitte des Raumes und stellte seine Aktentasche ab.

Augenblicke später zeigte ein Signal die Ankunft eines der Fahrstühle an; mit leisem Surren öffneten sich die Türen. Conny Neumann schritt langsam auf ihn zu. Sie hatte sich kaum verändert, hatte immer noch diese jugendliche Ausstrahlung, nein, es war viel mehr: Sie war schöner, eleganter und reizvoller als je zuvor.

»Hallo Matthias.« Sie reichte ihm die Hand.

»Schön, dich wiederzusehen, Conny.«

»Ich freu mich auch.«

Sie fuhren mit dem Fahrstuhl in die zweite Etage.

»Möchtest du etwas trinken?«, fragte Conny, nachdem beide in ihrem Büro Platz genommen hatten.

»Danke nein. Verzeih meine Neugierde ... Was machst du denn hier in Stuttgart? Du warst doch früher mal Versicherungsvertreterin in Heidelberg?«

»Ja, das stimmt. Vor einigen Jahren bin ich aber in die Zentrale nach Frankfurt gewechselt. Seitdem bin ich Projektleiterin im Bereich Organisation.«

»Das hört sich gut an. Aber wieso hast du in Stuttgart auch noch ein Büro?«

»Eins meiner Projekte lautet: Auflösung der Bereichsdirektion in Stuttgart und Verlegung nach Frankfurt. Ist ein ziemlich schwieriger und zeitintensiver Job. Deswegen habe ich hier vorübergehend ein zweites Büro.«

»Und meine Spedition soll den Umzug machen?«

»Genau. Den kompletten Umzug.«

»Was muss alles nach Frankfurt?«

»Alles, bis auf die Einbauschränke. Circa 250 Schreibtische in fünf verschiedenen Größen, Tausende Aktenordner, Telefone, große Pflanzen und so weiter.«

»Brauchst du denn nicht erst ein paar Angebote, also von verschiedenen Unternehmen?«

»Ich habe vollkommen freie Hand, wem ich den Auftrag erteile. Seit Wochen weiß ich von eurer Frau Blume, dass du die gesamte Kalkulation, Logistik und Umzugsorganisation übernehmen wirst. Wichtiger als die Kosten ist mir und meinem Chef die Verlässlichkeit. Und eins weiß ich genau: Auf dich kann man sich hundertprozentig verlassen.«

»Lieb von dir, dass du das sagst. Aber ein Angebot muss ich dir ja trotzdem machen. Kann ich denn in den Räumen die Aufmaße nehmen? Ich muss die Tonnage berechnen.«

»Das kannst du, aber ich muss dich begleiten. Die Stimmung der Mitarbeiter ist auf dem Gefrierpunkt.«

»Das kann ich mir vorstellen. Verlieren die alle ihren Job?«

»Gott sei Dank nicht. Etwa dreißig Prozent der Mitarbeiter kommen mit nach Frankfurt, die meisten anderen werden von einer Tochtergesellschaft übernommen. Es ist aber trotzdem eine scheußliche Geschichte.«

»Schlimm, die Leute tun mir leid.«

»Ja, mir auch. Deshalb ist es ein so anstrengender Job. Und es ist eine glasklare Fehlentscheidung, die nur aufgrund von Animositäten zweier Vorstandsmitglieder zustande gekommen ist, reiner Machtkampf auf Kosten der Mitarbeiter und ökonomischer Unsinn. Aber das darfst du nicht …«

»Ich kann schweigen wie ein Grab.« Um sie zu beruhigen, legte er seine großen, warmen Hände auf ihre schönen Finger.

Gegen 19.00 Uhr waren sie fertig. Matthias hatte sich fleißig Notizen gemacht, es sollte einer der größten Einzelaufträge werden, den die Spedition Meywald jemals abzuwickeln hatte. Conny stellte den Wagen in der Nähe ihres Hotels ab. Dann speisten sie in einem nahe gelegenen spanischen Restaurant, aßen jede Menge herrliche Tapas und tranken dazu Sangria.

Die alte Vertrautheit hatte sich schnell wieder eingestellt, so als habe es die vergangenen Jahre nicht gegeben. Sie hatte ihm von ihrer Scheidung vor ein paar Jahren erzählt, er ihr von der geplanten Trennung.

»Wollen wir heute Nacht zusammenbleiben?«, fragte Conny vorsichtig, als man das Lokal schließen wollte.

»Conny, du weißt ganz genau, wie sehr ich dich geliebt habe. Sei bitte nicht enttäuscht, aber wir können heute nicht zusammenbleiben, ich hätte sonst nur Gewissensbisse. Birte weiß überhaupt noch nichts von meinen Scheidungsabsichten, und Celina und Jessica …«

»Mach dir keinen Kopf … Du bist ein so wunderbarer Mensch, ich hätte nichts anderes von dir erwartet. Wir sehen uns also in Kürze in Frankfurt.«

Eine innige Umarmung vor Connys Hotel beendete den schönen Abend.

Kapitel 12

2015
Göttingen

Gleich zu Dienstbeginn rief Leitner Tobias zu sich und erklärte ihm ohne Umschweife, den Naturparkfall mit ihm nochmals aufzugreifen.

»Aber … ich verstehe dich nicht. Wir hatten die Abschlussbesprechung bei Torheim, er hat das Ding abgezeichnet, und du hast gesagt, die Sache sei erledigt.«

»Ich habe Zweifel.«

»Wieso das denn? Klarer Fall von Suizid, hat doch dieser Seelenklempner vom BKA, dieser Doktor Schwerte, auch gesagt.«

»Nein, das hat er nicht!«

»Hä?«

»Er hat uns in Wiesbaden mitgeteilt, dass mit einer an Sicherheit grenzenden, neunzigprozentigen Wahrscheinlichkeit von einem Suizid auszugehen ist. Wie hoch ist die Wahrscheinlichkeit, dass man keine Eins würfelt?«

»Bitte?«, schreckte Tobias hoch, »Mathe war mein Lieblingsfach, aber ich … ich weiß es jetzt nicht genau.«

»Liegt bei über dreiundachtzig Prozent, und wie oft, rein gefühlt, würfelt man eine Eins und will sie nicht haben?«

»Was soll das jetzt?«

»Ich will darauf hinaus, dass wir es hier nicht mit irgendeinem statistischen Spielchen zu tun haben. Die Analyse von Doktor Schwerte basierte auf über vierzigtausend ausgewerteten Fällen, und sie ist brillant.«

»Und was willst du dann noch?«

»Ist doch ganz einfach: Umgekehrt sagt die Analyse aus, dass wir uns in hundert Fällen genau zehnmal irren könnten! Also, statt Suizid doch Mord. Im Kriminaldienst kann man sich nicht mit Wahrscheinlichkeiten zufriedengeben. Das ist jedenfalls meine Meinung. Wir können auch nicht jemandem den Prozess machen, bei dem wir davon ausgehen, dass es sich mit größter Wahrscheinlichkeit um den Mörder handelt. Wir müssen es beweisen! Kannst du mir folgen?«

»Ich versuch's. Aber wir haben doch alles …«

»Nein«, fiel ihm Leitner ins Wort, »wir haben Landers machen lassen, den Fall zu schnell abgeschlossen, mit Doktor Schwertes Analyse quasi aufgegeben.«

»Und was willst du jetzt machen?«, fragte Tobias nach einem kurzen Moment der Stille, sichtlich beeindruckt von der ungewohnt langen Rede seines Chefs.

»Wir fahren da jetzt hin.«

»Wohin?«

»Mann, zum Fundort der Leiche.«

»Das wird dir Torheim niemals genehmigen, denk an seine Projektarbeit mit den Steckenpferden Effizienz und Durchsatzgeschwindigkeit in seiner Abteilung.«

Leitner lächelte und bemerkte, dass sein Magendrücken nachließ. »Ich brauche keine Genehmigung, ich verantworte das jetzt selbst als dein Vorgesetzter, stellvertretender Abteilungsleiter und Hauptkommissar. Absolutes Stillschweigen ist angesagt, klar?«

»Jawohl, mein Gebieter und Brötchengeber.«

»Lass das. Pack die Sachen zusammen, mit Koffer und dem üblichen Kram, die weißen Overalls brauchen wir nicht, in zehn Minuten ist Abflug, klar?«

Bester Laune verzog sich Tobias; für ihn war alles spannend, was nicht normal war.

Während der Fahrt fragte er: »Glaubst du, dass dieser Landers unfähig ist als Chef der Spurensicherung?«

»Nein. Aber übertrieben ehrgeizig, ein Perfektionist, gleichzeitig linientreu, hat sich von Frederike Schultz vom BKA herumkommandieren lassen, fehlender Teamgeist. Zu viel Gequatsche und wenig Praxis in der Spurensicherung. Das war bei Elke, also Frau Doktor Stumm, alles anders. Vorteil: Er hat einen Draht zum LKA in Hannover, was künftig einiges beschleunigen kann.«

»Die magst du wohl, ich meine Elke, nicht das LKA?«

»Rein beruflich, sie war eine Teamplayerin mit Sinn für Details und ausgeprägter Kombinationsgabe«, wehrte Leitner ihn ab.

»Sie ist in deinem Alter und, wie du, nicht verheiratet.« Tobias lächelte ihn vielsagend an.

»Witwe. Sie ist Witwe und ich Witwer.«

»Mensch, Max, das wusste ich nicht, das tut mir echt leid. Bist du deswegen so oft frustriert? Du hast deine Frau verloren? … Wie hieß sie? Wie war sie? Willst du darüber reden?«

»Nein.« Stattdessen studierte Leitner die Karte. »Wir kommen heute von der anderen Seite, du musst da hinten abbiegen. Wir sind verabredet.«

»Neues Thema, kombiniere: Du bist mit dem Wiener verabredet, vermutlich hat er einen Köter dabei, oder?«

»Dexi. Ist eine feine, aufmerksame Hündin. Ich bin auf sie gekommen, weil sie die ersten Leichenteile aufgespürt hatte.«

Sie fuhren noch eine ganze Weile durch die lang gezogenen Wälder des Naturparks; es ging weiter bergauf.

»Da vorne.«

Tobias fuhr an eine große Parkbucht heran und stoppte. Adolf Wiener, der seinen Geländewagen direkt vor dem Schlagbaum abgestellt hatte, kam den beiden, mit Dexi an der Leine, entgegen.

»Hallo Herr Leitner, ich freue mich, Sie zu sehen.«

Sie schüttelten sich die Hände wie alte Bekannte. Tobias hockte sich zu Dexi hinunter, die schwanzwedelnd mit ihm herumtollte.

»Mein Kollege, Tobias Heuward«, sagte Leitner.

»Schön, Herr Heuward, dass ich Sie kennenlernen darf. Und Dexi scheint Sie ja auch schon ins Herz geschlossen zu haben. Kommen Sie, wir nehmen meinen Wagen.«

Adolf Wiener öffnete den Schlagbaum, fuhr in den schmalen Feldweg hinein und schloss die Schranke wieder. »Wir fahren jetzt auf der anderen Seite des Weges, den Sie im Februar hochgefahren sind.«

Nach einer ganzen Weile wilder Fahrt stoppte er plötzlich. »Wir sind da, an der Stelle, die Sie mir gefaxt hatten, Herr Leitner.«

Leitner zeigte Tobias die erste Fundstelle der Schnapsflaschen. »Hier fangen wir an.«

Tobias meldete sich zu Wort. »Woran erkennen Sie diese Stelle so genau? Für mich ist hier alles grün in grün, an diesem wundervollen, sonnigen Tag.«

Wiener lächelte ihn durch den Rückspiegel an. »Wissen Sie, der Wald ist nicht nur meine Arbeitsstelle, sondern auch mein zweites Zuhause. Es gibt Gegenden, in denen ich jeden Baum kenne, es ist einfach die Erfahrung, wahrscheinlich sehe ich den Wald ganz anders als Sie.«

Leitner hielt Wiener eine zweite Karte mit allen Punkten der Flaschenfunde hin. »Können wir diesen Weg gehen?«

»Das sollte wohl möglich sein, mit kleinen Abweichungen.« Adolf Wiener wirkte nachdenklich. »Laut Presse bin ich da oben auf die Leiche eines Mannes gestoßen. Ich wüsste nur zu gerne, woher Sie wissen, welchen Weg der Mann genommen hat?«

Tobias setzte sich so hin, dass Wiener ihn im Rückspiegel gut sehen konnte. »Wissen Sie, Herr Wiener, es ist unsere Erfahrung, wahrscheinlich sehen wir den Wald ganz anders als Sie.«

Für einen Moment machte Wiener ein verdutztes Gesicht, schien zu überlegen, musste dann aber schallend auflachen. Leitner sah keine Veranlassung, Details preiszugeben, zumal sich Wiener mit dieser Antwort zufriedengab.

»Hier müssen wir hochgehen.«

»Dann los«, sagte Leitner. Die beiden Ermittler wechselten schnell das Schuhwerk, Wiener hatte Dexi an die Leine genommen, dann machten sie sich auf den Weg.

»Kurz mal anhalten«, schnaufte Leitner einige Zeit später. Adolf Wiener, der vorausging, stoppte, und Tobias und Dexi gesellten sich dazu. »Kann es hier im Winter komplett zuschneien?«

Adolf Wiener war über die Frage überrascht. »Hm … es ist möglich, ja. Also, ich weiß, dass dieses Mischwaldgebiet forstwirtschaftlich genutzt wird, dafür gibt es Sondergenehmigungen auch in Naturschutzgebieten. Überwiegend Buchenbestände werden hier geschlagen, um den Wald zu lichten. Schauen Sie, überall haben wir hier Flächen von Farnen und Gräsern, die sich hier angesiedelt haben. Der Kronenschluss ist dauerhaft unterbrochen, sodass sich diese niederen Ökosysteme Jahr für Jahr behaupten können. Und das heißt im Umkehrschluss, dass hier im Winter ausreichend Schnee niederkommt.«

»Wie lange bleibt solch eine Schneedecke hier liegen?«

Wiener dachte nach. »Im Naturpark Münden haben wir es nicht mit besonders tiefen Temperaturen zu tun, im Winterschnitt liegen wir nur bei drei, vier Grad minus. Aber selbst winterliche Plusgrade führen nicht gleich zur Schneeschmelze, Wind und Sonneneinwirkung bewirken eine Verhärtung durch Eiskristallbildung an der Oberfläche. Eine einmal ausgebildete Schneedecke kann sich den ganzen Winter durch halten. Aber warum wollen Sie das wissen?«

»Wird hier im Winter gearbeitet?« Leitner ignorierte Wieners Neugierde.

»Forstwirtschaftliche Maßnahmen beschränken sich im Winter auf den Schutz der Bevölkerung. Dazu gehört das Räumen großer Äste und umgestürzter Bäume, aber nur an Straßen und viel besuchten Gehwegen. In den Wäldern selbst ruht die Arbeit bis zur Schneeschmelze.«

»Sekunde, Herr Wiener.« Leitner, der sich inzwischen von dem Anstieg erholt hatte, nickte zufrieden und nahm seinen Kollegen zur Seite. »Warum geht unser Mann hier so zielstrebig weiter?«

Tobias schaute seinen Chef interessiert an und tuschelte: »Ist doch klar: Er wusste, dass hier überall Schnee liegt und ihn Waldarbeiter erst im Frühjahr finden können. Er kannte diese Gegend … Mensch, der Schwerte hat also recht, er wollte vor seinem Tod nicht noch überrascht werden!«

Leitner stimmte ihm zu und drehte sich zu Wiener. »Wo führt mein eingezeichneter Weg eigentlich hin? Ich meine, über die Waldlichtung hinaus?«

»Mit etwas Fantasie ist die grobe Richtung eine Erhebung, etwa vierhundert Meter über dem Meeresspiegel. Es ist die höchste in dieser Gegend, und sie trägt einen historisch interessanten Namen.«

»Und?«

»Totenberg.«

»Totenberg? Das passt ja wie die Faust aufs Auge!«, rief Tobias begeistert, »er ist zwar dort nicht mehr angekommen, aber da wollte der Kerl sterben!«

»Der Totenberg hat aber nichts mit Toten oder mit Bestattungsstätten zu tun.«

»Soll das ein Witz sein, Herr Wiener, ein Totenberg hat nichts mit Toten zu tun?« Tobias raufte sich die Locken.

Wiener lächelte. »Kein Witz. Der Name stammt von dem altgermanischen *totus* ab und bedeutet *alle*. Nach einer alten Verfügung ist der Abschnitt rund um den Totenberg schon immer öffentlicher Besitz gewesen, nur hier weiter unten gibt es Waldbesitz in privater Hand. Aus *totus* wurde irgendwann Totenberg, tut mir leid, wenn ich Sie jetzt enttäuscht habe, Herr Heuward.«

»Nö, aber danke für den sprachwissenschaftlichen Beitrag«, grinste Tobias. »Chef, ich bin ganz sicher, dass unser Mister X den Totenberg kannte. Wenn ich mich umbringen will, dann würde mich dieser Totenberg geradezu magisch anziehen! Da wollte er hin, er hätte ja sonst seinen letzten Ausflug auch im Harz oder im Göttinger Stadtwald unternehmen können, oder?«

»Sie meinen, der Mann ist hier absichtlich hochgegangen, um sich umzubringen?«, fragte Wiener, der seine Neugierde nicht verbergen konnte.

Leitner schüttelte den Kopf. »Kein Kommentar. Wie weit ist es noch zu unserer Lichtung?«

»Eine halbe Stunde Fußmarsch; wenn wir so langsam weitergehen, vielleicht auch eine Stunde.«

Tobias stöhnte auf. »Warum tun wir uns das an? Bis jetzt spricht doch alles für Suizid, nicht unser Bier. Und ich muss die ganze Zeit diesen Koffer schleppen. Lass uns die Sache abbrechen, oder?« Er schaute verzweifelt zu seinem Vorgesetzten.

»Nein.«

Langsam gingen die drei hintereinander weiter, Wiener voran, während Tobias den beiden leise schimpfend folgte.

Ein plötzliches Rascheln im Unterholz ließ Leitner aufschrecken. »Was war das?«

Wiener blieb stehen und drehte sich um. »Ein Eichhörnchen, es flieht vor uns. Haben Sie sich erschreckt?«

»Nicht mein Ding, im Wald rumzulaufen«, keuchte Leitner.

Schweigend schritten sie weiter, der Weg wurde ebener, und Leitner fiel das Laufen wieder etwas leichter.

»Stopp«, sagte Wiener plötzlich, der sich immer wieder aufmerksam umschaute, »da vorne liegt etwas … unter dem Busch. Da!«

Während Leitner noch suchend blinzelte, rannte Tobias zu der Stelle. »Es ist ein Zweieurostück«, rief er den beiden zu, öffnete den Koffer, zog sich Latexhandschuhe über und ließ das Fundstück vorsichtig in einen kleinen Clipbeutel rutschen. »Hat Landers' Polizeitruppe übersehen«, grinste er, »der wird Augen machen.«

»Abwarten«, erwiderte Leitner, »Prägedatum?«

»Ich wusste, dass du das fragst: Jahrgang 2002, das Jahr, in dem der Euro als Bargeld eingeführt wurde.«

Sie schlängelten sich weiter durch den schier endlosen Wald, Leitner fiel es immer schwerer, mit Wiener Schritt zu halten. »Sind Sie sicher, dass wir hier richtig sind?«

»Ja«, antwortete Wiener, ohne sich umzuschauen, »es kommt Ihnen nur so lang vor, weil wir uns der Lich tung in einem völlig anderen Winkel nähern.«

Dann endlich brach der Wald auf, die riesigen Buchen, Fichten und Eichen wichen. Vor ihnen lag eine Fläche mit hohen Gräsern, Farnen und niedrigem Baumbestand. Überall leuchtete es in einer weiß-rötlichen Blütenpracht.

»Das ist ja ein Anblick«, staunte Tobias.

»Prunus avium«, sagte Wiener leise.

»Was sagten Sie gerade, es klang wie ein freundlicher Gruß aus der Römerzeit?« Tobias schien wieder gute Laune zu haben.

»Sie haben Humor, Herr Heuward. *Prunus avium* ist die botanische Bezeichnung für die wilde Vogelkirsche.«

»Überall Prunus avium. Was hast du jetzt vor, Max?«

»Einmal durchgehen.«

»Muss das sein?«, fragte Wiener mit missmutigem Gesichtsausdruck, »es ist eine ökologische Nische, eine Kostbarkeit, in der Menschen nichts zu suchen haben.«

»Wir machen hier keinen Spaziergang.«

Wiener nickte unwillig und zog einen metallenen Zeigestab aus der Tasche, den er in voller Länge auszog. »Gehen Sie jetzt vorsichtig hinter mir her. Wie Sie sehen, stehen hier teilweise sehr hohe Brennnesseln. Es ist ein Gebiet, das von Rot- und Schwarzwild zum Äsen aufgesucht wird. Nicht auszuschließen, dass wir auf Wildschweine treffen. Einer Bache mit Jungen möchte ich lieber nicht begegnen, weil wir hier kaum Deckung finden würden. Ich schlage vor, dass wir beim Durchqueren ruhig sind, dann kann ich auf alle Umgebungsgeräusche achten. Sind Sie bereit, meine Herren?«

Er nahm die aufmerksame Dexi an die kurze Leine und drückte eine Gruppe beinhoher Brennnesseln zur Seite. Nach einer Weile blieb er stehen und zeigte auf eine Stelle mit niedrigem Unterholz. Leise sagte er: »Sehen Sie sich das an. Hier stehen völlig verkrüppelte Fichten und Buchen. Sie werden immer wieder von Wild angegangen und haben keine Chance, jemals auszuwachsen. Ein typisches Zeichen für ständigen Wildwechsel.«

Vorsichtig gingen sie weiter, Schritt für Schritt; die beiden Ermittler achteten darauf, in Wieners Fußspuren zu treten. Wieder schien eine Ewigkeit vergangen zu sein, dann erreichten sie das Ende dieser Lichtung, die Bäume nahmen schnell wieder ihre imposante Größe an.

Leitner nahm Tobias zur Seite. »Frau Schultz hatte recht, eine Landung von Fluggeräten ist wohl auszuschließen.«

Tobias zuckte mit den Achseln. »Alle haben recht, was wollen wir also noch hier, Max? Mit der Münze haben wir vielleicht wieder etwas vom Toten. Akzeptier doch endlich, dass dein Abschlussbericht völlig in Ordnung geht.«

Wiener versuchte zu lauschen und schwieg.

»Vielleicht.« Leitner strich sich niedergeschlagen durch den Dreitagebart. »So einen beschissenen Fall habe ich noch nicht erlebt.«

Tobias verschränkte die Arme. »Mag ja sein. Und was jetzt? Ich meine, so einen netten Ausflug könnten wir vielleicht öfter mal einlegen, zwischen den vielen Vernehmungen, Besprechungen und Protokollen.«

»Eine Sache bleibt noch.« Leitner überhörte die spitze Bemerkung seines Mitarbeiters.

»Und was bitte?«

Leitner wandte sich an Wiener. »Wir haben die Lichtung von West nach Ost durchquert. Stimmt das?«

Wiener lächelte ihn an. »Ja, so in etwa.«

»Dann bitte noch mal von Süd nach Nord. Wir gehen außen herum und dann …«

»Och, nö. Das ist doch vollkommener Unsinn«, schimpfte Tobias, und Wiener fügte leise hinzu: »Ist das wirklich erforderlich?«

»Dies ist eine polizeiliche Ermittlung, meine Herren«, konterte Leitner, »ich hatte mir vorgenommen, diese Lichtung genauer unter die Lupe zu nehmen. Für Sie, Herr Wiener, ist sie ein ökologisches Wunderwerk, für mich ist sie einfach eine Lichtung mit Leiche. Habe ich mich jetzt deutlich genug ausgedrückt?« Mit gereiztem Blick schaute er in die Runde und erntete zögerliche, stumme Zustimmung.

Wiener wollte sich gerade in Bewegung setzen, da hielt ihn Leitner zurück. »Stopp. Sie hatten doch die ersten Knochenfunde am südöstlichen Rand dieser Waldnische entdeckt?«

»Das ist korrekt, das habe ich auf meinen Karten kontrolliert.«

»Da anhalten.«

Leitner ließ sich von Tobias den Koffer geben. Langsam und schweigsam machten sie sich wieder auf den Weg, Wiener vorweg, dann Tobias, der so tat, als ginge ihn dies alles nichts mehr an.

»Hier ist die Stelle«, sagte Adolf Wiener plötzlich, blieb stehen und wartete auf den Hauptkommissar.

»Ich habe Knochenfunde aus der Asservatenkammer dabei. Dexi soll sie untersuchen.« Leitner hielt ihm eine Plastiktüte entgegen.

Wiener versuchte, das Tier zu sensibilisieren, ließ sie an den Knochen schnüffeln und wiederholte diesen Vorgang mehrmals. »Dexi hat keine Ausbildung als Spürhund«, gab er zu bedenken. Er ging ein Stück weg von den beiden anderen, noch etwas weiter, dann … »Es geht los«, rief Wiener, »sie will auf die Lichtung!«

Der Förster konnte Dexi kaum zurückhalten, und die beiden beeilten sich, Schritt zu halten. Die Hündin blieb immer wieder kurz stehen, einen Moment lang hatte Leitner den Eindruck, als wüsste sie nicht weiter. Sie senkte den Kopf auf den Boden, dann reckte sie ihn wieder hoch. Zog kräftig am Halsband und änderte ein paarmal ihre Laufrichtung. Irgendwann blieb sie stehen, drehte sich um und wedelte kräftig mit dem Schwanz. Wiener gab ihr eine Belohnung. »Wenn sie mit dem Schwanz wedelt, muss hier etwas sein«, sagte er in seiner besonnenen Art, »wenn ich mich nicht täusche, sind wir etwa in der Mitte dieser Waldnische.«

Unbeobachtet von Wiener zog Leitner seinen Kollegen zu sich und flüsterte ihm ins Ohr: »Dann sind wir in der Nähe, wo das Skelett gefunden wurde.«

Wiener drehte sich um, bat Tobias, Dexi zu halten, und stocherte vorsichtig mit dem Zeigestock in den hohen Farnen, die direkt an einem kleineren Wildkirschbaum standen.

»Sehen Sie was?«, fragte Tobias aufgeregt.

»Hier ist ein Erdloch.« Um sicherzugehen, dass Dexi nicht zufällig stehen geblieben war, ging er mit der Hündin weiter und ließ sie nochmals an den Knochen schnüffeln. Augenblicke später zog Dexi wieder an die gleiche Stelle und bellte einmal leise. Wieder erhielt sie eine Belohnung.

»Dexi ist so erzogen, dass sie eigentlich nicht bellt. Sie hat hier irgendeine Witterung aufgenommen, das steht jetzt fest.«

»Wir müssen dieses Erdloch aufgraben«, wies Leitner an, »wie viele Clipbeutel haben wir dabei, Tobias?«

»Jede Menge. Darf ich, Herr Wiener?« Tobias zog einen Klappspaten aus dem Koffer. Widerwillig übernahm Wiener das Graben selbst, und Tobias hockte sich mit Plastiktüten daneben.

»Packen Sie auch Pflanzen ein«, ordnete Leitner an.

Wiener öffnete vorsichtig die Decke des Erdloches, um den Eingang nicht zu verschütten.

»Haben Sie keine Angst, dass Sie das Tier angreift?«, fragte Tobias besorgt, »da könnte doch auch 'ne Schlange drin sein.«

»Nein. Wenn dieses Erdloch noch bewohnt ist, dann gibt es weitere Ausgänge. Selbst wenn sich hier eine Kreuzotter eingenistet hätte, das Tier wäre längst vor uns geflohen.«

Leitner nahm die gefüllten Tüten entgegen und verstaute sie im Koffer.

»Hier ist etwas«, sagte Wiener.

Tobias war wieder voll bei der Sache. »Was denn?«

»Ein verlassenes Nahrungsdepot.«

»Ich verstehe nicht?«

»Kerne. Kerne von Prunus avium. Ein ungewöhnlich großes Exemplar ist dabei.«

»Sonst noch was?«

»Nein, nur noch verwelktes Grün, auf dem die Kirschen gelagert wurden.«

»Alles einpacken.« Leitner begann, an seiner Mission zu zweifeln und sah sich schon den bitteren Vorwürfen von Jochen Torheim ausgesetzt. Kirschkerne! Sein Chef durfte überhaupt nichts davon erfahren.

Er bat Wiener, noch weiterzugraben, bis dieser aufstand und seinem Unmut Luft machte. »Der Boden ist hier vollständig verwurzelt und wird immer fester. Die Gänge sind längst eingefallen, ich denke, dass dieses kleine Erdloch schon länger nicht mehr bewohnt ist. Ich höre jetzt auf, die Natur unnötig zu zerstören. Was suchen Sie hier eigentlich, Herr Leitner?«

»Etwas, was hier nicht hingehört«, sinnierte der. Er deponierte die letzten Proben im Koffer; es war offensichtlich, dass Wiener und auch sein Kollege ein weiteres Umgraben dieser Stelle ablehnten und ohnehin die gesamte Aktion infrage stellten. »Wir beenden die Suche. Aber wir gehen noch nach Norden. Dann zurück zum …«

»Und was ist mit dem Scheißkoffer?«, schimpfte Tobias, »ich schleppe dieses schwer beladene Ding nicht mehr.«

»Kommen Sie, Herr Heuward, wir wechseln uns zu dritt damit ab«, versuchte Wiener zu schlichten, der die Spannung zwischen den beiden Kriminalisten spürte.

Tobias lächelte ihn erstaunt an und verpackte den Spaten. »Das ist aber verdammt nett von Ihnen.«

Wiener nickte nur, schnappte sich den Koffer und ging mit Dexi wieder voraus. Sie durchquerten den Rest der Lichtung in nördlicher Richtung.

Leitner beobachtete Wiener, wie er die Gegend um sich herum aufmerksam studierte. Vielleicht würde er noch etwas Sinnvolles entdecken, einen entscheidenden Hinweis auf diesen eigenartigen Toten, der Leitner längst wieder Magenbeschwerden verursachte. Gab es denn nichts, das wenigstens zur Aufdeckung der Identität dieses Mannes beitragen konnte? Leitner hatte sich niemals auf das Glück verlassen, aber in diesem Fall schien ihm wohl nichts anderes übrig zu bleiben.

Während sie langsam nordwärts zogen, ging er vorsichtig hinter seinem Kollegen her und prägte sich diese ökologische Nische genau ein. Tobias schlich gelangweilt vor ihm her, trat wütend gegen einige Äste, die dabei zerbrachen.

Die Äste …

Plötzlich hatte Leitner einen eigenwilligen Gedanken. Er erinnerte sich an eine beiläufig formulierte Passage in Doktor Schwertes Abhandlung.

Am Ende der Lichtung wollte Leitner den Koffer von Wiener übernehmen. Tobias, der dies mitbekommen hatte, ging sofort dazwischen. »Lass mal, Max. Ich nehme den Koffer doch, du bist nicht so fit wie ich und wahrscheinlich von unserer kleinen Inspektion schwer enttäuscht.«

»Das mit dem Koffer wäre gut«, erwiderte Leitner.

»Na endlich«, stöhnte Tobias auf, als wenig später Wieners Geländewagen in Sicht kam. Zügig fuhren sie damit zum Parkplatz zurück.

»Bevor Sie wegfahren, Herr Wiener, müssen Sie sich noch etwas anschauen«, sagte Leitner, während er den mitgebrachten Ordner durchblätterte.

»Wenn es sich um irgendwelche grauenhaften Fotografien handelt, würde ich Sie bitten, darauf zu verzichten«, meinte Wiener ablehnend.

»Es sind einfache Computerskizzen unserer Kollegen, ich brauche Ihren fachlichen Rat«, versuchte ihn Leitner zu beruhigen, »hier ist es. Eine Rekonstruktion vom Stirnbereich des Toten. Die Stirn war oberhalb der linken Augenpartie vollkommen zerschmettert. Könnte dies ein Tier verursacht haben?«

Wiener, der froh schien, dass es sich um Zeichnungen und nicht um Fotos handelte, dachte nach. »Ist diese Fraktur plötzlich eingetreten oder nach und nach, Sie verstehen, wie ich das meine?«

»Verstehe. Die Struktur der Risse weist darauf hin, dass diese Verletzung durch ein einziges Ereignis eingetreten ist.«

»Woher wissen Sie das?«

»Die Forensik hat sich ziemlich weit entwickelt.«

»Dann ist es ganz einfach. Es gibt eine Reihe von Wildtieren, die eine solche Schlag- oder Trittkraft besitzen, aber die leben bis auf eine Ausnahme nicht in unserer Klimazone.«

»Was wäre die Ausnahme?«

»Ein ausgewachsener Braunbär. Ein Braunbär verfügt über Kräfte, die man sich nicht vorstellen kann.«

»Gab es denn hier in der Gegend welche, in den letzten fünfzehn Jahren?«

»Ein ganz klares Nein, Herr Leitner. Wir Forstwirte stehen untereinander in regem Kontakt, ich hätte davon sicherlich erfahren. Es gab im gesamten Naturpark Münden, der immerhin aus vier riesigen Waldflächen besteht, keine exotischen Tiere in Ihrem Sinn, nur einmal in 2003 einen Wolf. Aber ein Wolf könnte diese Art Verletzung nicht verursachen.«

»Kann dies ein anderes Tier gewesen sein, zum Beispiel, nachdem unser Unbekannter schon tot am Boden lag?«

»Allesfresser, wie zum Beispiel Raben oder Krähen. Aber die wiederum könnten sich nur Stück für Stück vorarbeiten. Wildschweine würden sich diese Mühe erst gar nicht machen, sie sind faul und nicht ausdauernd im Fressverhalten; sie nehmen alles zu sich, aber es muss einfach sein und schnell gehen. Vielfraße, die hier nicht nachweisbar sind, scheiden ebenfalls aus.«

Zufrieden bedankte sich Leitner für Wieners Engagement.

Sie waren kaum allein und losgefahren, da meldete sich Tobias zu Wort. »Wir haben uns nun fast den ganzen Tag um die Ohren gehauen, finden ein Geldstück, einen kleinen Tierbau mit ein paar Scheißkernen, und du wirkst so … wie soll ich sagen … irgendwie freudig erregt.«

»So was in der Art bin ich auch.«

»Darf ich einen bescheidenen Anteil daran haben, mein Herr und Gebieter?«

»Lass den Unsinn, jetzt nicht, später. Wir bringen die Sachen erst mal zu Landers, er soll seine Kontakte zum LKA ausspielen, damit wir schnelle Laborergebnisse bekommen.«

»Was versprichst du dir von der heutigen Aktion, jetzt mal ganz ehrlich?«

»Neue Erkenntnisse«, grinste Leitner, zog sein Diensthandy aus der Tasche und wählte Landers' Nummer.

Kapitel 13

2015
Frankfurt/Main

Gegen 9.00 Uhr holte Conny Matthias vom Hauptbahnhof ab. Sie fuhren zunächst in die Zentrale der Versicherung, die in der Nähe des Frankfurter Bankenviertels lag.

In ihrem Büro zog Conny einen Aktenordner aus der Schrankwand. »Weil die Transporte so komplex sind, habe ich einen Logistikplan entwickelt. Schau mal.« Sie hatte Buchstaben festgelegt, mit denen alle Umzugskisten, aber auch Schreibtische und größere Gegenstände in Stuttgart markiert werden mussten. *A* stand für die Zentrale, die Buchstaben *B* bis *H* für sieben weitere Anlieferungsadressen im Großraum Frankfurt. Eine nachfolgende Zahl sollte die Etage beschreiben, in der die Gegenstände abzustellen waren. Ein Ausrufezeichen als Anhang wies auf Transporte hin, die mit Priorität zu erledigen waren. »Also, auf einem Schreibtisch ist *A3!* auf einem Kreppbandstreifen notiert. Was bedeutet das für deine Transporteure, Matthias?«

»Ist doch völlig klar, schnellstmöglich in die Zentrale, dritte Etage.«

»Und *A-1*?«

»Auch klar. Zentrale, Keller, keine Priorität. Tolles System, ich bin stolz auf dich.«

»Und ich bin auf dich stolz, weil du Logistik und Kalkulation eines solchen Projektes beherrschst. Davon habe ich null Ahnung.«

Sie brauchten den ganzen Tag, um die sieben anderen Standorte anzufahren und einen Aktions- und Terminplan zu entwickeln.

Nach Feierabend gingen sie in ein kleines, griechisches Restaurant, um den Abend ausklingen zu lassen. Sie sprachen erneut ausgiebig über frühere Zeiten und Matthias' familiäre Situation.

»Birte zu verlassen ist für mich jetzt kein Problem mehr, sie lehnt mich komplett ab, tut keinen Handschlag mehr für mich. Außerdem scheint sie eine Freundin zu haben, die wahrscheinlich lesbisch ist und die sie wohl öfter trifft. Aber meine adoptierten Kinder kann ich auf keinen Fall im Stich lassen, die beiden liegen mir sehr am Herzen.«

»Matthias, falls wir wieder zusammenkommen würden … natürlich habe ich längst begriffen, dass ich dich nicht für mich allein haben kann. Die Kinder gehören zu dir, das ist vollkommen klar.«

»Ich weiß überhaupt nicht mehr genau, warum wir uns damals aus den Augen verloren haben, war das meine Schuld, wegen der ewigen Fahrerei?«

»Das spielt jetzt keine Rolle mehr, ich bin einfach nur froh, dich wiedergetroffen zu haben.«

Die Nacht verbrachten sie in Connys Wohnung, und Matthias bekam eine Ahnung davon, was er in den vergangenen Jahren versäumt hatte.

Kapitel 14

2003
Göttingen, etwa 12 Jahre zuvor

Frustriert warf Tonne sein mit teils uralten Telefonnummern gefülltes Oktavheft durch den kleinen Flur.

Seitdem Rocco Ende April abgehauen war, hatte es keinerlei Kontakt mehr zwischen den beiden gegeben. Tonne brauchte unbedingt Roccos Nachnamen, um vielleicht seine Adresse herauszufinden. Er hatte nur Rocco notiert und konnte sich an den vollständigen Namen nicht mehr erinnern.

Genervt trat er gegen einen großen Stapel schmutziger Wäsche, schaute in seinen klapprigen Kleiderschrank und stellte fest, dass er keine frischen Unterhosen mehr hatte.

Wieder ging er alle Buchstaben des Alphabets durch und versuchte, Namen zu konstruieren, doch es war aussichtslos.

Tonne schob ein paar Textilien mit dem Fuß zum Wäschestapel zurück, ging in die Küche und griff sich eine Dose Bier aus dem Kühlschrank. Nach einem kräftigen Schluck schlich er zu seinem Ohrensessel und ließ sich hineinfallen. Im Fernsehen lief eine Quizsendung, bei der die Teilnehmer jemanden als Telefonjoker anrufen durften, um auf die richtige Lösung zu kommen. Als ein Mann eine Frau anrief, brachte ihn dies plötzlich auf eine Idee: Susan! Wenn sich Rocco auch bei ihr mit Vor- und Zunamen vorgestellt hatte, dann sollte sie diese noch wissen. Sie lebte schließlich davon, sich Namen sofort einzuprägen! Das würde er heute Abend gleich regeln! Seine Laune verbesserte sich schlagartig, wobei ihm plötzlich Susan nicht mehr aus dem Kopf ging. Sie war eine gute Freundin oder bildete er sich dies nur ein? Er wusste eigentlich nicht viel von ihr, sie redete selten über sich selbst.

Tonne stopfte Socken, Unterhosen, T-Shirts und Hemden in die Waschmaschine. Dabei versuchte er sich vorzustellen, Susan und er wären ein Paar. Was würde sie wohl sagen, wenn sie das erste Mal in seine Wohnung käme? Gott, wie sieht das denn hier aus! Jetzt wird erst mal aufgeräumt, das Geschirr abgewaschen, überall Staub gewischt und anständig gesaugt. So in etwa würde sie wohl reagieren.

Er verwarf den Gedanken. Wieso ging er davon aus, dass Susan eine gute Freundin war? Sie bediente alle Gäste freundlich, half den Besoffenen in ihre Klamotten. Sie konnte aufmerksam zuhören, wenn sie dafür Zeit hatte. Sich mit Susan zu verabreden traute er sich nicht, er hatte viel zu große Angst vor einer Abfuhr. Aber vorstellen durfte man sich alles, die Gedanken waren schließlich frei. Lächelnd schloss er die Luke der Waschmaschine und legte ein Handtuch darunter, da immer Wasser austrat.

Die letzten drei schrecklichen Wochen kamen ihm in den Sinn. Immer wieder hatte er einhundert oder zweihundert Dollar gewonnen, um diese in den folgenden Tagen wieder zu verlieren. Mehrere Versuche, sich für größere Geldturniere zu qualifizieren, schlugen fehl. Schon dreimal musste er sich vom Pokerkonto Geld auszahlen lassen, ohne zuvor auch nur einen Cent Gewinn gemacht zu haben. Sein restliches Vermögen schrumpfte zusehends, und ständig lagen ihm Leute in den Ohren, denen er noch irgendetwas schuldete: Allen voran Frau Richthöfer, sein Anwalt und neuerdings auch das *NoName*, wo er einen kleinen Deckel von zweihundert Euro angehäuft hatte. Zu allem Überfluss nannte ihn seine Vermieterin Jürgen oder Kurt und fragte ihn in jedem Telefonat, wann er endlich ihre Spüle reparieren würde. Seine Korrekturversuche in dieser Angelegenheit endeten neuerdings darin, dass Frau Richthöfer bitterlich weinte. Das gab ihm jedes Mal den Rest.

Die leere Bierdose landete mit einem Kick im randvollen Mülleimer. Dann startete er seinen PC. Heute sollte es sein, heute musste es sein! Es ging auf 14.00 Uhr zu, er hatte noch viel Zeit, bis das *NoName* öffnete. Die fünfzig Euro, die neben seiner Tastatur lagen und die er heute in der Kneipe abbezahlen wollte, mussten unbedingt her. Wenigstens fünfzig Euro, die er morgen nicht wieder verlieren durfte!

Schnell rief er die Webseite seines Pokerdienstes auf, tippte seine Zugangsdaten ein und kontrollierte den lädierten Kontostand. Dann wählte er den Bereich der Geldspiele, darunter *Texas Hold'em*, und suchte nach einem Tisch in den offenen Runden, in denen man jederzeit ein- und aussteigen konnte. Durch Anklicken eines Tisches konnte man die frei erfundenen Kunstnamen der Mitspieler, deren Nationalität und aktuelle Chipstände einsehen. Er klickte ein wenig hin und her, bis er einen Tisch fand, an dem EXODUS spielte.

Schon mehrere Male war Tonne diesem EXODUS im Netz begegnet. Er war Brasilianer, ein aggressiver Gegner, der hohe Beträge riskierte und häufig bluffte. Die anderen Mitspieler kannte Tonne nicht: TOPPOKE, EUMEL und PHILOSOPH.

Interessiert schaute Tonne dem Spiel zu. EXODUS hatte etwa fünfundsiebzig Dollar. Falls er nicht selbst Chips nachgelegt hatte, musste er bereits fünfundzwanzig Dollar gewonnen haben.

Der PHILOSOPH pausierte gerade. TOPPOKE, ein Niederländer, und EUMEL aus Deutschland machten Fehler beim Setzen, die der Brasilianer schamlos ausnutzte. Er spielte öfter *All-In* und beeindruckte damit die anderen.

Nachdem EXODUS fast hundert Dollar am Tisch hatte, loggte Tonne sich ein. Sofort erschien sein Nickname WALDSCHRAT an einem der freien Plätze des virtuellen Tisches. Tonne wollte mit dem Höchsteinsatz spielen, die fünfzig Dollar vom Konto legte das System in entsprechender Menge an Chips bereit.

»Ein bisschen von deiner Kohle muss ich dir leider abnehmen«, sagte Tonne entzückt zum Bildschirm, »also bleib jetzt schön am Tisch sitzen und spiel mit dem Onkel Tonne.«

EXODUS blieb.

Der Brasilianer spielte weiterhin den bekannten aggressiven Stil, erhöhte bei fast jeder Möglichkeit die Wetteinsätze. Tonne war sich sicher, dass der Brasilianer noch nie etwas vom Abwägen der Chancen und Risiken beim Pokern gehört hatte, sein Spielprinzip schien denkbar einfach: mit hohen Einsätzen die Gegner zu schocken und zum Aussteigen zu zwingen. Hatte man einen solchen Gegner durchschaut, stiegen die eigenen Gewinnchancen an, das wusste Tonne.

EUMEL, der andere Deutsche, schien dagegen ein Angsthase zu sein. Nach etwa einer Stunde hatte er sein Geld verloren und holte sich noch einmal Chips im Wert von zwanzig Dollar, um weiter mitspielen zu können. In der Zwischenzeit hatten sich drei weitere Spieler am Tisch eingeloggt, waren aber nach einigen Verlusten schnell wieder verschwunden.

Gegen 16.00 Uhr hatte Tonne Chips im Wert von einhundertfünf Dollar zusammen. Er drückte auf die Pause-Taste, um sich von den rasend schnell ablaufenden Pokerrunden zu erholen. Wenn er jetzt aussteigen würde, hätte er fünfundfünfzig Dollar mehr auf seinem Pokerkonto. Was tun?

Ja, es war genug für heute. Er verließ den Tisch, kontrollierte seinen Kontostand, der jetzt um den Gewinn höher war, und fuhr den Rechner herunter.

Am Kühlschrank öffnete er sich ein Dosenbier und leerte danach lustlos die Waschmaschine. Da er auf seinem Miniatur-Wäscheständer nicht genug Platz hatte, breitete er seine Unterhosen auf dem Rand der Badewanne aus. Eine davon musste er umständlich trocken föhnen, um sie anziehen zu können.

Weitere eineinhalb Stunden verbrachte Tonne anschließend in seinem gemütlichen Sessel und schaute einen Western. Die Knallerei ging an ihm vorbei, da ihm Rocco im Kopf herumspukte. Rocco und Susan waren die beiden einzigen Menschen, die ihm wirklich etwas bedeuteten. Selten hatte Tonne so viel gescherzt und gelacht wie in der kurzen Zeit mit Rocco. Er fehlte ihm. Susan musste sich einfach an Roccos Nachnamen erinnern!

Aufgeregt schaute er auf die Uhr. Das *NoName* öffnete um 18.00 Uhr, also in etwa zwanzig Minuten. Er verspürte Hunger, da er außer einer dicken Scheibe Salami und einem trockenen Toastbrot noch nichts gegessen hatte. Die fünfzig Euro neben seinem Rechner stopfte er in die Hosentasche, griff nach seiner alten Lederjacke und verschwand zur Dönerbude.

»Bitte?«, sprach ihn der übermüdet wirkende junge Mann an.

»Einen Döner mit viel Fleisch und wenig Salat.«

»Zum Mitnehmen?«

»Ja.«

»Hähnchen oder Lamm?«

»Lamm.«

»Zaziki?«

»Ohne.«

»Scharf?«

»Wenig scharf, wie immer«, antwortete Tonne geduldig.

Es hatte angefangen zu regnen. Während er auf sein Essen wartete, beobachtete er die Tropfen, die gegen die große Fensterscheibe prasselten und wie Tränen auf einer Wange in langen Bahnen herunterliefen. Nachdem er seinen Döner von dem einsilbigen Verkäufer entgegengenommen hatte, verließ er die grelle, mit ramponierten Hockern und kahlen Wänden ausgestattete Lokalität und klappte den Kragen seiner Lederjacke hoch. An der gegenüberliegenden Bushaltestelle stand ein großer Baum, unter dem er Schutz suchte und sein Fleischpäckchen verschlang.

Schnellen Schrittes ging er die dunklen Straßenzüge hinunter und freute sich schon auf sein großes Pils, auf Susan, Ede, die Sportler und auf den Nachnamen von Rocco. Er bog um die letzte Ecke und versuchte, durch seine vollgeregnete Brille die Leuchtreklame vom *No-Name* zu erkennen. Zu seinem großen Erstaunen war sie nicht eingeschaltet.

Hastig drückte er die große Messingklinke am Eingang herunter. Es war eigenartig, Susan war doch immer pünktlich.

Im regengeschützten Eingang putzte er sich die Brille.

Es war bereits 18.15 Uhr, niemand war zu sehen. Irgendetwas stimmte hier nicht.

Geduldig wartete er. Gleich musste jemand kommen.

Der Regen ließ nach, er verließ den schützenden Eingangsbereich und ging zur Fensterfront. Hinter den in barocken Mustern eingefassten, bunten Scheiben sah alles aus wie immer. Er klopfte an die feuchten Scheiben. Kein Licht, keine Bewegung. Nichts.

Dann entdeckte er den Zettel. Eine kleine Notiz, die man von innen mit Klebeband an die Scheibe gedrückt hatte. Da stand, in zittrigen Lettern geschrieben: *Wegen Geschäftsaufgabe geschlossen.*

Tonne traute seinen Augen nicht. Er putzte ein zweites Mal die Brille, las einmal, zweimal und noch einmal: *Wegen Geschäftsaufgabe geschlossen.*

Geschlossen, sein *NoName* geschlossen! Er schlug gegen die Scheiben, Tränen der Verzweiflung rannen ihm übers Gesicht und vermischten sich mit den Regentropfen.

»Nein, nein, nein«, schrie er, »wo bist du? Susan!« Wieder trommelte er gegen die Scheiben.

Ein Fenster oberhalb der Gaststätte öffnete sich, und eine ältere Frau lehnte sich weit hinaus. »Hallo, Sie da unten, ja, Sie. Machen Sie hier nicht so einen Krach!«

Tonne schaute nach oben. »Halt die Fresse, du blöde Kuh«, brüllte er zu ihr hoch. Die Frau schloss schnell das Fenster und löschte das Licht.

Er setzte sich im Eingangsbereich auf den Boden und wischte sich die Tränen aus dem Gesicht. Was sollte er jetzt bloß tun? Wo waren die alle? Wie sollte er nun Rocco finden?

Das *NoName* antwortete nicht. Alles Licht blieb aus, alles war aus.

Langsam trottete er davon. Drei Straßen weiter gab es eine Eckkneipe, in der er vor Jahren einmal gewesen war.

Er riss die Tür auf, drei ältere Herren mit hochroten Köpfen stritten sich über die Bundesliga, niemand nahm Notiz von ihm. Eine gelangweilte, ältere Frau mit Lockenwicklern im Haar stand an den Zapfhähnen und schaute ihn teilnahmslos an.

Er bestellte ein großes Pils und einen Schnaps.

»Welchen Schnaps? Wir haben Ouzo, Bommerlun…«

»Scheißegal.«

Niemand war da, mit dem er seine Sorgen teilen konnte. Wenigstens die Lockenwickler-Wirtin könnte sich doch um ihn kümmern, aber die war die ganze Zeit mit den drei Herren beschäftigt.

Tonne trank und trank, irgendwann hatte er nur noch schwimmende Leere im Kopf, zahlte und torkelte nach Haus.

Am nächsten Tag wachte er erst gegen 13.00 Uhr auf, leerte benommen eine Kanne Kaffee und setzte sich an seinen Rechner. Er pokerte wie ein Besessener, trank zwischendurch jede Menge Dosenbier. Verlor bis zum Abend über fünfhundert Dollar und saß wieder bei der Lockenwickler-Wirtin und den drei alten Bundesligahelden. Die ihm ein großes Pils spendierten, als er am Tresen anfing, bitterlich zu weinen.

Kapitel 15

2015
Göttingen

Die beiden Ermittler saßen wieder an Leitners Schreibtisch. Der junge Mann wirkte zerfahren und ungeduldig. »Du hast mir immer noch nicht erzählt, was du an unserem Ausflug in den Naturpark Münden so geil fandst. Das hat doch überhaupt nichts gebracht, oder?«, meckerte er und setzte den erneut auseinandergenommenen Kugelschreiber wieder zusammen.

»Neue Erkenntnisse, sagte ich bereits auf der Rückfahrt.«

»Ja, aber was denn bloß?« Tobias fuhr sich verzweifelt durch die Locken.

»Denk nach. Woher stammt die Fraktur am Schädel?«

»Wissen wir doch, Aufprall auf großen Stein, Baum oder Fußtritt eines Sauriers. Siehe Doktor Schwertes Analyse und Frederikes Kommentar zu diesem Thema«, zitierte Tobias gelangweilt.

»Stell dir die Lichtung im Winter vor.«

»Hä? Moment.« Tobias schloss die Augen, der Kugelschreiber schrappte an seinem Kopf hin und her. »Ja, bin so weit.«

»Geh durch die Lichtung. Was siehst du?«

»Überall tiefen Schnee und kahle Prunus … Dingsbums.«

»Und weiter? Tobias, denken!«

Er brauchte eine ganze Weile. »Mensch, große Steine gibt es da überhaupt nicht!«, rief er aus. »Und große, umgefallene Bäume schon gar nicht! Der kann nur weich gefallen sein, wie in ein Daunenbett.«

»Ich bin darauf gekommen, als du vor mir her getrottet bist und einen großen, morschen Ast weggetreten hast.«

»Warte, jetzt lass mich mal: Nach Auskunft unseres Försters kann es auch kein Tier gewesen sein, Flugobjekte scheiden auch aus, dann bleibt ja nur …« Tobias hielt inne.

»Was?«

»Der Mensch bleibt übrig. Menschliche Gewalteinwirkung. Aber dann ist Doktor Schwertes Analyse doch völliger Blödsinn!«

»Ist sie eben nicht.«

»Wie jetzt? Ich verstehe nur noch Bahnhof.«

»In der Analyse fehlt nur ein winziges Detail. Konnte Doktor Schwerte nicht erkennen.«

»Und was, bitte?«

»Es erklärt alles«, sinnierte Leitner.

Tobias knallte seinen Kugelschreiber auf den Schreibtisch. »Max, ich werde gleich wahnsinnig, sag doch endlich, was du meinst.«

Leitner machte eine Handbewegung, um ihn zu beruhigen. »Ganz einfach: Der Mann wurde verfolgt.«

»Wie bitte? Spinn ich? … Mister X wurde verfolgt?«

»Ja.«

»Von wem?«

»Wieder einfach: von jemandem, der ihn umbringen wollte.«

»Aber der Kerl wollte sich doch selbst umbringen!«

»Ja.«

»Hey super, das kann sich nur ein Irrer einfallen lassen, ein Selbstmörder wird umgebracht, das ist mir einfach zu hoch, das ist Schwachsinn!«

»Vorsicht, keine Beamtenbeleidigung. Denk nach, du willst Kommissar werden«, grinste Leitner.

Tatsächlich wurde Tobias ruhiger. »Bin dabei, warte … Mister X will sich auf dem Totenberg den Rest geben und geht von irgendwo los. Die Spuren im Schnee sind sowohl für eine Verfolgung als auch für den Rückweg eines Mörders ideal. Später sind alle diese Spuren weg. Kein Mensch kann eine Verfolgung nachweisen, nicht einmal annehmen.«

Leitner nickte. »Weiter.«

»Äh … die fehlende Kleidung: Der Mörder hat sie auf dem Rückweg eingesammelt.«

»Alternative?«

»Sekunde … Ja, das ist es! Er hat den Toten entkleidet und dann die Sachen mitgenommen. Ritual oder Spurenvernichtung. Tiere müssten also eigentlich gar nichts weggeschleppt haben. Ist ja geil, was sagst du dazu?«

»Nicht schlecht.«

Tobias strahlte. »Ich kann noch besser: Die Bierflaschen und Flachmänner stammen dann wohl doch von Mister X, warum sollte sich ein Mörder bei der Verfolgung seines Opfers besaufen? Mensch, das waren immerhin fünf Flachmänner plus Biere. Wenn ich einen umbringen will und so viel trinke, dann würde ich glatt danebenschlagen. Saufen würde ich hinterher, wenn überhaupt. Oder?«

Entspannt lehnte sich Leitner in seinem Sessel zurück und glättete vorsichtig die wenigen Haare, die er noch auf dem Kopf hatte. »Sehe ich auch so.«

»Weiter: Man kann also annehmen, dass die einheitlichen DNA-Muster auf den Pullen, wie von Landers vorgetragen, wohl dem Opfer zuzurechnen sind, da es sich um eine vollkommen einsame und abgelegene Waldgegend handelt. Den Waldarbeitern und dem Förster war nichts aufgefallen. Der Alkohol muss vom Toten stammen!«

»Ziemlich logisch.«

Tobias schlug sich an die Stirn und tigerte unruhig durch das Büro. »Mensch, Max …«

»Was ist jetzt wieder?«, schreckte Leitner hoch.

»Chef, wir haben noch etwas übersehen!«

Leitner stutzte und forderte ihn zum Weitersprechen auf.

»Wenn der Mörder die Kleidung eingesammelt hat, dann wird er alles mitgenommen haben, was er noch so im Schnee finden konnte. Spuren beseitigen, das ist das Ziel!«

»Mach weiter.«

»Der sammelt natürlich auch die Flaschen ein! Und Kippen, die Mister X nicht hinter die Bäume oder in Büsche geworfen hat.«

Leitner klatschte dreimal anerkennend in die Hände.

»Dann hat unser Mister X wohl noch mehr gesoffen als bislang angenommen. Wenn du dir auf deinem letzten Weg richtig einen ins Gehirn ballerst, dann schmeißt du auch mal die ein oder andere Flasche in hohem Bogen weg …«

»Daran habe ich überhaupt noch nicht gedacht«, staunte Leitner. »Moment.« Er hob die Hand, um Tobias' Gedankenflut zu unterbrechen. »Das heißt im Umkehrschluss, dass unsere Kollegen nur das finden konnten, was abseits vom direkten Weg des Toten lag. Das bedeutet ferner, dass der Unbekannte nicht exakt den Weg gegangen ist, den vor allem die Flachmänner aufzeigen.«

Tobias grinste. »Richtig erkannt, mein großer Meister.«

»Lass das.«

Tobias schlug mit beiden Fäusten auf Leitners Schreibtisch. »Das ist auch der Grund, warum der Kerl den Totenberg nicht mehr erreicht hat, da bin ich jetzt fest von überzeugt. Der übermäßige Alkoholkonsum hat ihm mittendrin einen Strich durch die Rechnung gemacht. Er landete eben auf dieser Lichtung und fühlte sich vielleicht schon am Ziel, also auf dem Totenberg.« Er fuhr sich aufgeregt durch die Locken. Nach einigem Zaudern fragte er leise: »Wie soll der Mörder eigentlich diese vielen Sachen getragen haben? Der hat doch keinen Einkaufswagen durch den Schnee gezogen.«

»Wer sagt denn, dass es *ein* Verfolger war?«

»Du meinst …«

»Natürlich, das können mehrere Leute gewesen sein. Es gab genau einen Mörder, denn laut Forensik gab es nur eine tödliche Verletzung, das heißt nach unserer jetzigen Annahme nur einen Schlag, der den Schädel in Trümmer gelegt hat. Einen Mörder und ein oder mehrere Helfer.« Leitner rieb sich nachdenklich den Dreitagebart. »Ein Problem habe ich noch.«

»Was denn?«

»Die Schlaftabletten. Wieso wurden sie nicht mitgenommen? Wieso finden unsere Leute einen Clipbeutel ohne Inhalt mit Spuren von Schlafmitteln?«

»Lösung folgt«, sinnierte Tobias, der seine Stirn zwischen beiden Händen vergrub. »Äh … kannte Mister X seinen Mörder?«

»Ich habe mit deiner kompetenten Freundin, Frau Schultz, telefoniert und ihr meine neuen Annahmen dargestellt. Es ist auszuschließen, dass es sich um einen Mord ohne Motiv handelt. Mörder und Opfer kannten sich.«

»Warum weiß ich nichts davon?«

»Weil ich erst Klarheit haben will, bevor ich etwas in die Welt posaune.«

Tobias verdrehte die Augen, dachte weiter nach. »Also, unser Toter hat den Clipbeutel weggeworfen.«

»Wenn der noch mit Tabletten gefüllt war, dann hätten die Verfolger den mitgenommen.«

»Nein.«

»Wieso nein?« Leitner starrte ihn an.

»Mister X wollte sich umbringen. Als er seine Verfolger schon nah bei sich spürte, hat er die Schlaftabletten eingenommen und sie mit einem letzten Bierchen runtergespült. Die Verfolger werden seine Absichten nicht gekannt haben, sie gingen davon aus, dass er vor ihnen flüchtete.«

»Und was ist mit der Tüte?«

»Wenn es windig war, hat er sie einfach wegfliegen lassen.«

»Nehmen wir an: kein Wind?«

»Ganz einfach, wie du immer zu sagen pflegst: Er hat die leere Tüte schnell noch im Schnee vergraben.«

»Nicht schlecht, sie ist später weggeflogen.«

»Frag mich was, ich antworte dir.«

»Wir sind ein Stück weitergekommen. Leider alles nur Annahmen.«

»Und was machen wir jetzt?«, fragte Tobias.

»Wir warten auf Landers' Ergebnisse, dann reden wir weiter. Bis dahin hältst du die Klappe, klar? Torheim weiß noch nichts davon. Niemand, außer dir und Landers. Und jetzt bitte keinen Gebieter, General oder König mehr, da ist die Tür.«

Tobias grinste frech und verschwand.

Kapitel 16

2015
Göttingen

Der Zug wurde ruckartig langsamer. An den quietschenden und knarrenden Geräuschen der Achsen und den Pendelbewegungen des Zuges bemerkte Matthias, dass sie in Kürze den Hauptbahnhof in Göttingen erreichen würden.

Er öffnete seine Augen und war für einen Augenblick vom gleißenden Sonnenlicht derart geblendet, dass er seine Umgebung kaum wahrnehmen konnte. Sein Mund war trocken; irgendwo auf der Strecke zwischen Frankfurt und Göttingen musste er eingeschlafen sein.

Außer ihm war niemand in seinem Zugabteil. Er rieb sich die Augen, stand auf und rekelte sich, um seine schlaftrunkene Trägheit abzuschütteln.

Sofort musste er wieder an Conny denken. Und wieder glaubte er zu träumen. Sie hatten sich inzwischen schon mehrfach getroffen und, sooft es ging, miteinander telefoniert.

Aber dieses erste gemeinsame Wochenende im Hochtaunus war unvergleichlich schön gewesen. Jede Sekunde hatte er in diesem Paradies mit ihr genossen, es kam ihm vor, als ob sie wochenlang zusammen gewesen wären.

Der Abschied voneinander war beiden schwergefallen. Gegen 8.00 Uhr hatte Conny ihn zum Frankfurter Hauptbahnhof gebracht und musste schnell weiterfahren, sie war ungewöhnlich spät dran. Als sie sich dann ein letztes Mal in die Arme fielen, hatte Conny feuchte Augen.

»Was hast du?«, hatte er gefragt.

»Ich habe dich lieb, Matthias«, hatte sie ihm daraufhin ins Ohr geflüstert.

»Ich dich auch, ich freue mich schon auf das Wiedersehen«, hatte er erwidert. Sie hatte nur noch still genickt, ihm einen Brief in die Jackentasche geschoben und war schnell in der morgendlichen Menschenmenge verschwunden.

Diesen Brief hatte er vor lauter Verliebtheit schon fast wieder vergessen. Schnell packte er seine Sachen zusammen, schnappte sich den Koffer aus der Ablage und beeilte sich, zum Ausgang zu kommen. Der Zug hatte die Bahnsteige bereits erreicht.

Im Bahnhof war es unruhig, aber die wenigen Lokalitäten waren fast menschenleer. Die Angestellten in den Geschäften langweilten sich mit diesem ausdruckslosen Montagmorgen-Gesicht. Wo konnte er auf die Schnelle noch etwas trinken? Er wählte einen Imbiss, bestellte einen großen Kaffee und verzog sich in die hinterste Ecke.

Es fiel ihm schwer, aber er musste sich zwingen, seine Gedanken zu ordnen. Er öffnete zunächst Connys Brief. Es war der unterschriebene Auftrag im Wert einer höheren sechsstelligen Summe. Während er ihn überflog, fiel ihm auf, dass Conny und er am Wochenende nicht ein Wort über das Umzugsprojekt verloren hatten. Das Schriftstück war für ihn eine Erlösung, da er Ernst Meywald gegenüber nun nicht mehr mit leeren Händen dastand. Schnell schaltete er sein Handy ein und wählte die Nummer der Spedition. »Ja, hallo Blümchen, hier ist Matthias. Ist der Chef zu sprechen?«

Frau Blume leitete das Gespräch weiter.

»Meywald.«

»Hallo Ernst, hier ist Matthias, wie geht's dir?«

»Was, was, was … wie es mir geht … was gibt's denn, Matze?«, donnerte Meywald durch das Telefon.

»Wir haben den Auftrag.«

»Was, was, was, klasse Mann, Matze, hast den Fisch an Land gezogen! Bleibste am Ball in der Sache? Subunternehmen organisieren und, und, und.« Er schnaufte durchs Telefon, der dicke Meywald rang wieder nach Luft.

»Na klar, Ernst. Mach dir keine Sorgen, ich mache das ja nicht zum ersten Mal. Wir sehen uns morgen im Büro, den Auftrag bringe ich dann mit.«

Matthias legte auf. Obwohl Meywald, wie immer, kurz angebunden gewesen war, spürte Matthias doch, dass er stolz auf ihn war. Vorsichtig faltete er die Auftragsbestätigung zusammen und ließ sie im Seitenfach seines Koffers verschwinden.

Er trank einen Schluck Kaffee und bemerkte, dass sein Herz plötzlich raste. Denn jetzt hatte er den schwersten Gang seines Lebens vor sich: Er musste Birte seine Trennungsabsichten darlegen und durfte damit keinen Tag länger …

Wie sollte er das bloß anstellen? Wie würde Birte darauf reagieren? Und die Kinder? Einen Moment lang spielte er mit dem Gedanken, in seine möblierte Einzimmerwohnung zu fahren, die er sich bereits angemietet hatte, um von dort aus mit Birte zu telefonieren.

Nein, das wäre unanständig und feige. Es gab kein Zurück mehr; er musste alle Kraft zusammennehmen, nach Hause fahren und es ihr direkt und schnörkellos mitteilen. Einen anderen Weg gab es nicht. Auch um Conny nicht zu enttäuschen, musste es heute sein. Jetzt!

Nervös schaute er auf die Uhr. Seine Finger zitterten. Die Kinder waren noch in der Schule. Wenn er jetzt fuhr, wären er und Birte für etwa zwei oder drei Stunden allein. Sofern nicht wieder diese eigenartige Evi anwesend war und Birte die Bluse öffnete. Die Frau würde er dann höflich bitten, das Haus zu verlassen. Es war schließlich sein Haus!

Er atmete mehrmals tief durch, um seinen Kreislauf zu beruhigen. Es machte keinen Sinn, die Sache auch nur eine Minute länger vor sich herzuschieben. Er ließ den Kaffee stehen und ging schnellen Schrittes Richtung Auto.

Beim Anblick eines WC-Schildes durchzuckte ihn noch ein anderer Gedanke: Conny benutzte ein erstklassiges, intensives Parfum. Es war möglich, dass Birte dies an ihm riechen könnte! Dann würde das bevorstehende Theater in eine völlig falsche Richtung laufen. Er drückte die Tür zum WC auf. Zu seiner Erleichterung war einer der Seifenspender in diesem grell erleuchteten Raum ausreichend gefüllt. Er entblößte den

Oberkörper, pumpte sich die schaumige, übel riechende Flüssigkeit in die Hand und wusch sich ausgiebig. Für die Haare benutzte er sein eigenes Shampoo, alles andere wäre auch wieder auffällig gewesen. Vorsichtig öffnete er den Koffer und zog sich ein Hemd an, das er am Wochenende nicht benutzt hatte. Seine kurz geschnittenen Haare hatte er in wenigen Minuten trocken geföhnt.

Dann fiel ihm die gebrauchte Wäsche ein, vor allem die Oberhemden und T-Shirts trugen Connys herrliche Duftspuren. Auch diese Kleidungsstücke feuchtete er dezent an, auch die Unterhosen. Wenige Tropfen der Seife genügten, um Connys Spuren zu neutralisieren, zur Kontrolle roch er an allen Sachen. Es hätte ja sein können, dass Birte ausnahmsweise die Wäsche doch selbst machen wollte.

Während der Autofahrt flogen seine Gedanken zwischen Conny, den Kindern und Birte hin und her. Immer wieder erwischte er sich dabei, dass er vor lauter Anspannung viel zu schnell fuhr. Vor seinem Haus atmete er erst mal tief durch, nahm den Koffer und ging einigermaßen entspannt zur Haustür.

Birte lag auf dem Sofa.

»Hallo Birte.«

Seine Frau erhob sich langsam, setzte sich aufrecht hin und strich sich durch die ungekämmten Haare. »Ich habe Migräne. Wo kommst du denn jetzt her?«, fragte sie kalt, ohne ein Wort der Begrüßung.

»Aus Frankfurt. Das mit der Migräne tut mir leid für dich.«

»Du bist doch nicht Lkw gefahren?«

»Nein, ich musste noch mal wegen dieses Großprojektes dahin. Du weißt doch, dass ich dann nicht Lkw fahre.«

»Das ganze Wochenende? Du willst mir doch nicht weismachen, dass du das ganze Wochenende gearbeitet hast?«, erwiderte sie in scharfem Ton.

Matthias stand vor der Treppe und setzte den Koffer ab. Was war bloß aus Birte geworden? Er spürte einen leichten Ekel in sich aufsteigen, angesichts der Art, wie sie sich ihm gegenüber verhielt. Keine Begrüßung, kein freundliches Wort, kein Lächeln. Sie wirkte wie innerlich abgestorben mit ihrem leeren, kalten Blick. Eindeutig, ihre Beziehung war am Ende. »Ich habe Freitag und Samstag gearbeitet und mir am Sonntag einen freien Tag gegönnt«, log er und verspürte nicht wenig Lust, ihr sofort von Conny zu erzählen. Jetzt musste er das Gespräch irgendwie auf die Scheidung lenken und vor allem seine Emotionen im Griff behalten! Gerade wollte er weitersprechen, da stand Birte auf und kam ihm langsam entgegen. »Du hast dich doch nicht etwa mit einer anderen Frau getroffen? Lüg mich bloß nicht an!«

»Nein, habe ich nicht.« Matthias ging mit dem Koffer die Treppe hinauf. »Wann kommen die Kinder?«, fragte er so beiläufig wie möglich nach unten.

»Gar nicht.«

Matthias drehte sich auf dem Treppenabsatz um, während Birte von unten mit verschränkten Armen hinaufschaute.

»Was heißt das?«, fragte er.

»Die Kinder sind bei deiner Mutter, eine Woche. Du bist ja nie da, kümmerst dich nicht um sie«, antwortete sie schnippisch.

Wieder musste er sich zusammennehmen, um nicht laut zu werden. Vor zwei Wochen hatte ihm Jessica erzählt, dass Birte die Kinder immer häufiger zu ihrer Oma Liese schickte. Jessica hatte ihrer Mutter dann ein wenig nachspioniert und diese andere Frau gesehen, die ihre Mutter häufiger besuchte. Birte selbst war es also, die sich nicht mehr richtig kümmerte! Er schluckte seine Wut hinunter. »Machst du meine Wäsche oder soll ich das selbst machen?«, fragte er mit aufgesetzt freundlicher Stimme, um das Thema erst mal zu wechseln.

»Mach das bitte selber, ich habe gestern und heute schon Berge an Wäsche gewaschen und gebügelt.«

Mittlerweile war es Normalität, dass er sich um alles selbst kümmerte. Ohne etwas zu erwidern, ging er in das Badezimmer und befüllte die Waschmaschine. Eine Weile schaute er der sich drehenden Wäsche zu, dann ging er langsam wieder nach unten. Jetzt gab es keine Ausflüchte mehr, jetzt musste er mit ihr reden!

Birte hatte sich wieder aufs Sofa gelegt und die Augen geschlossen. Schon war sich Matthias nicht mehr sicher, ob dies der richtige Zeitpunkt war, um ein solches Gespräch zu führen. Noch etwas unsicher, öffnete er die Küchentür und schreckte zusammen: Alle Einbauschränke, Küchentisch und der Boden waren mit Folie abgedeckt, die Gardinen entfernt. Auf dem Tisch stand ein Eimer mit Farbe, daneben lagen diverse Pinsel, Scheren, ein Küchenmesser und zwei Tapetenrollen.

»Was soll das denn hier werden?«, ärgerte er sich.

Birte reagierte nicht sofort, erhob sich wieder langsam vom Sofa und kam dann in die Küche. »Evi und ich wollen morgen Nachmittag die Küche tapezieren und streichen, du machst mir das ja sowieso nicht«, antwortete sie mit einem kurzen, verbitterten Lächeln.

»Bisher habe ich alle handwerklichen Arbeiten selbst erledigt! Ich brauche hier keine fremde Hilfe.« Er war wütend.

»Evi ist keine Fremde, sie ist eine gute Freundin, eine richtig gute Freundin von mir.«

»Seit Wochen höre ich von dir nur noch Evi, Evi, Evi! Sag mal, hast du was mit diesem Scheißweib?« Matthias wurde aggressiver und fixierte Birte mit einem durchdringenden Blick.

Birte errötete, verschränkte trotzig ihre Arme. »Und wenn? Das kann dir doch egal sein, oder?«

Es langte. Wütend warf er einen der Pinsel durch den Raum. »Wenn das so ist, dann kann ich's dir jetzt ja sagen!«, rief er aufgeregt. »Ich lasse mich von dir scheiden! Schluss! Aus! Peng! Verstehst du, Birte?«

Birte stand wie versteinert da. Ihr Mund öffnete sich. Sie kam langsam auf ihn zu. »Was sagst du da?«, schrie sie ihn an.

Beide standen wie zwei ungleiche Kampfhähne direkt voreinander. Matthias verschränkte seine Arme auf dem Rücken und schaute abwartend auf die einen Kopf kleinere Furie herunter. Das war mal seine Frau gewesen, jetzt kam sie ihm vor wie eine Giftschlange. Es konnte kein Zurück mehr geben! »Du hast mich richtig verstanden: Ich lasse mich von dir scheiden«, sagte er völlig entspannt.

In Birtes Augen funkelte es wild. Sie holte aus und gab ihm eine schallende Ohrfeige. In das Flimmern ihrer Augen mischten sich Tränen der Wut. »Du hast also doch eine andere?«, schrie sie wieder.

Jetzt konnte er nicht mehr an sich halten. »Ja, Birte, ja! Ich habe eine andere Frau. Eine Frau, die mich versteht und nicht ablehnt, die mich glücklich macht, im Gegensatz zu dir.« Er lächelte sie traurig an.

Außer sich vor Wut schüttelte Birte ihren Kopf hin und her, die Tränen rollten über ihre blassen Wangen. »Ich habe dir schon mal gesagt …« Sie griff nach dem Messer auf dem Küchentisch. »Ich …«, schrie sie und stach zu, »… gebe dich …«, wieder stach sie zu, »… nicht her!« Ein drittes Mal rammte sie das Messer tief in Matthias' Körper.

Das Blut pumpte im Rhythmus seines Herzschlags aus seiner Bauchhöhle. Er starrte sie fassungslos an. Sein Mund öffnete sich, als wollte er sprechen, stattdessen lief Blut aus Mund und Nase. Einen Moment lang stand er noch gurgelnd da, verdrehte die Augen, wankte hin und her. Dann krachte der große Mann tot zu Boden.

Kapitel 17

2015
Göttingen

Am anderen Ende der Leitung meldete sich eine aufgeregte Stimme: »Ja, hallo Herr Leitner … Herr Landers ist hier … Ihre Proben sind analysiert. Es ist absolut kurios. Wir hatten doch besprochen, dass ich Sie immer gleich informiere und alles mit Ihnen abstimme. Wollen Sie …?«

»Wir kommen. Sind unterwegs.«

»Ich verschiebe meine Mittagspause und warte auf Sie, Herr Leitner.« Fehlte nur noch eine anständige Verbeugung. Schnell informierte Leitner Tobias Heuward. Wenige Augenblicke später waren sie auf dem Weg zu Landers, der sie an der Eingangstür erwartete. Er führte die beiden in einen kahlen, unscheinbaren Raum, in dem Tische, Stühle, PCs und Mikroskope auf ihren Einsatz warteten. Aufgeregt hielt er den Kollegen eine Plastiktüte mit dem Zweieurostück entgegen. »Gestern Abend bekam ich das Geldstück vom Landeskriminalamt zurück, ich habe meine Kontakte spielen lassen, sonst hätten Sie lange warten müssen.«

»Gut so«, antwortete Leitner.

»Fingerspuren auf Münzen nachzuweisen, ist nur in einem aufwendigen Zink-Gold-Bedampfungsverfahren unter Vakuum-Einschluss möglich, das können wir hier nicht leisten«, sagte Landers achselzuckend.

»Und was haben Sie nun für uns?«, hakte Leitner nach.

»Das Prägedatum der Münze ist 2002, Motiv Bundesadler, Prägeanstalt war das Bayerische Hauptmünzamt in München«, dozierte Landers.

»Das wissen wir. Landers, zur Sache.«

»Entschuldigung. Trotzdem habe ich eine Frage vorweg: Haben Sie die Münze in dem Gebiet gefunden, in dem der Suchtrupp war?«

Leitner dachte einen Augenblick nach. »Sie haben doch neun Quadratkilometer um den Leichenfund herum abgesteckt und vorgegeben?«

»Das ist korrekt.«

»Dann war die Münze mittendrin. Auch das begreife ich nicht, warum die niemand entdeckt hat, sie lag doch deutlich sichtbar am Boden.«

Landers lächelte verschmitzt. »Ich wusste, dass Sie mir dies vorwerfen werden, aber was soll ...«

»Ich werfe Ihnen gar nichts vor«, fiel ihm Leitner ins Wort, »ich ärgere mich einfach immer noch über Ihre anfänglichen Alleingänge, zum Beispiel über den Einsatz der Suchtruppe ohne Diensthundestaffel. Aber das Thema hatten wir. Also?«

»Ja, tut mir jetzt auch leid. Es war mein erster Großeinsatz, ich wollte Ihnen perfekte Ergebnisse liefern, und die Frau vom BKA hat mich nervös gemacht. Also, jetzt zum Geldstück: Unter dem Mikroskop können

Sie auffällige Kratzspuren erkennen, an den Rändern. Schauen Sie hier. Wir haben einige Vergrößerungen davon auf dem Rechner.« Landers ging zu einem der Bildschirme und klickte eine Datei an. Zu sehen waren die extrem vergrößerten Ränder des Zweieurostückes aus verschiedenen Perspektiven. »Diese kleinen Kratzspuren stammen von den Schnäbeln größerer Vögel, die metallische Gegenstände gelegentlich unwiderstehlich finden.«

»Was bezeichnen Sie als größere Vögel? Aras? Strauße?«, fragte Tobias, der sich die Hand vor den Mund hielt, um sein Lachen zu verbergen.

Landers lächelte irritiert zurück. »Nicht ganz so groß. Krähen oder Eichelhäher zum Beispiel. Oder Greifvögel. Ein kleiner Spatz könnte die Münze nicht im Schnabel festhalten. Die größeren Vögel versuchen immer fester zuzubeißen, wenn sie das Objekt ihrer Begierde nicht gleich zu fassen bekommen.«

»Ich kombiniere: Eine Krähe oder ein ähnliches Viech hat die Münze als Nestschmuck benutzt«, murmelte Tobias vor sich hin und brachte Landers damit zum Strahlen.

»Sie sind richtig gut, Herr …«

»Heuward.«

»Ja, danke, Herr Heuward.«

»Danke für die Blumen, aber ich kann noch besser: Zum Zeitpunkt der Suchaktion befand sich dieses Geldstück vermutlich in einem Nest, später hatte das Tier keinen Bock mehr auf Geld und hat sich davon befreit. Ergo: Die Münze hätten wir auch mit einer noch so großen Diensthundestaffel nicht entdecken können.«

Landers strahlte. »Fantastisch.«

»So kann es gewesen sein«, bremste Leitner die beiden, »was ist nun mit den Fingerabdrücken?«

»Es waren nur Reste von Fingerspuren auf Vorder- und Rückseite. Die daktyloskopische Analyse der Grundmuster, Linien und Minuzien ergibt trotzdem eine erste Zuordnung auf insgesamt drei registrierte Personen. Das LKA will das mit dem BKA noch genauer prüfen. Auszuschließen ist allerdings, dass sie von der Leiche stammen.«

»Deswegen haben Sie uns aber nicht herbestellt?«, fragte Leitner nervös nach.

Landers' Miene verfinsterte sich. »Nein, deshalb nicht.«

»Machen Sie es nicht so spannend.«

»Sie werden es kaum glauben, aber es handelt sich um Falschgeld.«

»Hä?« Tobias fummelte sich durch die Locken.

»Ja, aber ich sollte mich ganz präzise ausdrücken: Dieses Geldstück wurde durch die Trennung von Ring und Pille entwertet. Dies ist das offizielle Verfahren der Deutschen Bundesbank bei Doppellegierungen, also bei Zweieurostücken.«

»Pille? Heißt das wirklich so?«, fragte Tobias belustigt.

»Ja, die Pille ist das Mittelteil und aus einer Messing-Nickel-Legierung, während der Ring aus Kupfernick…«

»Und woher wollen Sie wissen, dass es falsch ist?«, fiel ihm der junge Mann ins Wort, um einem längeren Vortrag von Landers vorzubeugen.

Der stutzte kurz, hustete verlegen und konzentrierte sich dann wieder auf seine Ausführungen. »Die Legierungen werden bei Fehldrucken separat eingeschmolzen und verkauft. Vor der Einschmelzung wurden aber zwei Millionen Ringe und Pillen gestohlen und einfach wieder zusammengesetzt. Das Bundeskriminalamt hat auf meine Anfrage hin bestätigt, dass es Ende 2002 eine derartige Fehlprägung von Zweieurostücken gegeben hat, die sofort wieder vernichtet werden sollten, dann aber durch Überfälle in falsche Hände gelangt sind. Oberflächlich betrachtet, können Sie kaum einen Unterschied zu einem normalen Zweieurostück erkennen. Eine äußerst gelungene Arbeit. Nur bei genauer Betrachtung und im Vergleich zu gültigen Stücken kann man einen leichten Versatz zwischen den Motiven erkennen. Bitte schauen Sie selbst.« Landers klickte eine weitere Datei an.

»Das übersteigt unsere Kompetenz, Herr Landers. Wir müssen diesen Fund weitermelden. Das mach ich«, betonte Leitner.

Landers nickte nur stumm.

Leitner tickte seinen jungen Kollegen an: »Dieses Falschgeld hat jemand mitten im Naturpark verloren, vermutlich ganz in der Nähe, wo wir es gefunden haben. Die infrage kommenden Vögel würden damit nicht kilometerweit durch die Gegend fliegen. Adolf Wiener hatte mir dies in einem anderen Zusammenhang erläutert, es ging um die Ortstreue überwinternder Vögel.«

Tobias schaute ihn mit erwartungsvollen Augen an. »Ja, und?«

»Meine These, dass unser Toter verfolgt wurde, erhärtet sich. Einer der Verfolger müsste dieses Geldstück verloren haben, vom Toten stammt es nicht, wie eben gehört.«

Tobias wedelte mit dem Zeigefinger hin und her. »Nee, nee, nee, Max. Es kann auch vollkommen anders sein: Einer der Waldarbeiter hat das Ding verloren, und zwar in den Jahren ab 2002, Anfang 2003, irgendwann.«

Leitner schaute ihn erstaunt an. »Normalerweise bin ich derjenige, der dich auf den Teppich zurückholt … du hast recht.« Er grübelte kurz. »Was würde also ein pfiffiger Kommissar jetzt tun?«

Tobias lachte auf. »Ist doch ganz einfach, wie du immer sagst: Wir brauchen die Fingerabdrücke von allen Waldarbeitern, die in den Jahren dort unterwegs waren, und lassen diese mit dem Abdruck auf der Münze vergleichen. Wir können damit sofort loslegen, die Anschriften der Betroffenen haben wir aus unserer Befragungsaktion wegen der Klamotten von Mister X.« Er hielt inne. »Bei einem Treffer finden wir möglicherweise einen potenziellen Geldfälscher. Haben wir keinen Treffer, dann kennen wir aber zumindest die Fingerabdrücke eines möglichen Mörders oder Verfolgers, klar? Die Waldarbeiter, das ist es.« Mit Stolz erfüllter Brust fügte er hinzu: »Bin ich gut?«

»Nicht schlecht. Aber du hast was vergessen.«

Tobias verzog sein Gesicht. »Was denn?«

»Denken.«

Die Falten auf Tobias' Stirn verrieten, dass er sich ernsthaft bemühte. »Du meinst doch nicht etwa … Adolf Wiener?«

»Genau. Wiener, die anderen Förster, Jäger und den Eigentümer des Waldes.«

»Aber der Wiener hat doch alles ins Rollen gebracht.«

»Das kann ja auch eine Finte sein. Wir müssen Sachen ausschließen.«

»Und wie willst du das dem Wiener verkaufen?«

»Reine Routine. Wenn Wiener unschuldig ist, wird er sofort einwilligen und sich der Prozedur unterziehen.«

Tobias nickte vor sich hin, und Leitner wandte sich wieder an Landers, der die Unterredung der beiden aufmerksam verfolgt hatte. »Was ist mit den Proben von der Lichtung?«

Landers lächelte etwas verkrampft. »Das mag ich Ihnen kaum sagen …«

Leitner schaute betont auffällig auf die Uhr.

»Ja, ich weiß. Sie haben nicht viel Zeit«, antwortete Landers eilig, »ich will es kurz machen: In den Pflanzen- und Bodenproben haben wir nichts Auffälliges finden können.«

»Aber?« Leitner fixierte Landers.

»Die Kerne, schauen Sie.« Wieder klickte Landers eine Datei an. »Wir haben von allen Kernen Querschnitte für das Mikroskop angefertigt. Hier links sehen Sie Zellstrukturen von Wildkirschen, Prunus …«

»Prunus avium. Und rechts?«, wollte Tobias sofort wissen.

»Das Profil eines Olivenkerns«, antwortete Landers leise.

»Bitte?«, riefen beide in den Raum hinein.

Leitner fasste sich als Erster. »Irrtum ausgeschlossen?«

»Irrtum ist ausgeschlossen. Einer der Kerne stammt definitiv von einer Olive.«

»Deshalb hat Wiener von einem besonders großen Exemplar gesprochen«, flüsterte Leitner seinem Kollegen zu.

Einen Moment lang herrschte ratloses Schweigen.

Leitner rieb sich am Kinn. »Haben Sie noch mehr Kuriositäten auf Lager?«

»Nein, das war's. Ich schicke Ihnen morgen meinen Bericht mit dem Bildmaterial. Soll ich die Proben und das Falschgeld hierbehalten oder wollen Sie die Sachen mitnehmen?«

»Asservatenkammer, wie immer. Wenn jemand etwas braucht, rausgeben, gegen Quittung.«

Landers nickte artig und begleitete die beiden zum Ausgang. Leitner wandte sich nochmals an ihn. »Eine Sache noch: Kann diese Olive vom Toten stammen?«

Landers öffnete die Tür. »Die Sachen wurden sorgfältig untersucht. Der Grad der Verwesung aller Kerne deutet auf eine lange Liegezeit hin. Genauere Angaben sind nicht möglich. Dass die Olive vom Toten stammt, ist nicht auszuschließen, aber auch nicht zu beweisen. Tut mir leid, Herr Leitner.«

»Gut gemacht, Landers.«

Der Mann strahlte.

Als sie sich von seinen Räumlichkeiten entfernt hatten, hielt Leitner Tobias am Arm fest. »Was hat Dexi da oben bloß erschnüffelt? Duftspuren des Toten? Nach so langer Zeit?«

»Ich weiß es nicht, Max. Vielleicht hat sie auch eine Spur von deinen Verfolgern gehabt, vielleicht war es auch nur reiner Zufall, eine Abweichung von bekannten Riechmustern, die sie in den Wäldern vorfindet. Immerhin hat sie zweimal was entdeckt. Das Problem ist nur, dass wir unsere liebe Dexi nicht zur Befragung vorladen können«, grinste Tobias leicht verzweifelt.

»Sicher ist, dass diese Olive zunächst nicht von Tieren dorthin verschleppt wurde.«

Tobias nickte stumm. »Habe ich verstanden. Und was machen wir jetzt?«

»Erstens: Torheim bekommt eine kurze Aktennotiz, ob er sich aufregt oder nicht, ist mir egal. Leitner grinste. »Zweitens: Die umliegenden Polizeidirektionen werden angeschrieben. Ob es nackte Leichen gibt, die in Wäldern aufgefunden wurden und eine ähnliche Schädelfraktur aufweisen wie dein Mister X. Der Olivenkern kann eine entscheidende Rolle spielen. Drittens: Wegen der Münze nehme ich Kontakt auf mit meinem Freund Hans Wespers. Viertens: Frau Trentov wird über die neue Lage informiert und sollte dann einer Wiederaufnahme der Ermittlungen wegen Mordverdachts zustimmen. Dann kann Torheim ohnehin nichts machen und mir mit seinem Effizienzgefasel den Buckel runterrutschen.«

Tobias lachte. »Was macht Hans Wespers noch mal?«

»Kümmert sich um Leute, die bandenmäßig Verbrechen begehen.«

»Oh Mann, ist das alles verrückt«, stöhnte Tobias.

»Stimmt. Aber Kopf hoch, ich lade dich jetzt erst mal zum Essen ein. Komm, lass uns zum Italiener gehen, ich habe richtig Hunger auf eine Pizza.«

»Hast du noch nie gemacht. Was ist denn mit dir los?«, staunte Tobias.

»Heute ist der dritte Todestag meiner Frau. Sie hatte damals immer gesagt, dass ich das Leben feiern soll, statt um sie zu trauern. Und das passiert genau jetzt!«

»Bin dabei, für dich und deine liebe Frau«, sagte Tobias zunächst kleinlaut. Aber dann salutierte er vor Leitner: »Das mit dem Essengehen ist heute wirklich Ihre beste Idee, mon général!« Dabei machte er eine derart drollige Geste, dass Leitner laut auflachen musste. »Auf geht's.«

Kapitel 18

2003
Göttingen, etwa 12 Jahre zuvor

Tonne pokerte. Er hatte bis zum Nachmittag anderen Mitspielern etwa zweihundert Dollar abgenommen. Es schienen leichtsinnige Leute zu sein, allesamt Südeuropäer, die jedes noch so schlechte Blatt mitgingen und denen es wohl auf ein paar Dollar mehr oder weniger nicht ankam. Drei von fünfen hatten ihren Einsatz bereits verspielt und waren inzwischen ausgestiegen.

Dann aber wendete sich das Blatt. Ein Franzose mit dem Namen VIPER und ein Russe, der sich MOLOTOV nannte, meldeten sich an dem virtuellen Tisch an. Sie spielten beide von Beginn an sehr stark auf, hatten einige gute Blätter und Tonnes gesamten Gewinn in kürzester Zeit unter sich aufgeteilt.

Tonne spürte, dass diese beiden ihm in jeder Hinsicht überlegen waren. Zudem ekelte er sich vor der Bezeichnung VIPER und dem kleinen Bild, das dieser dort eingestellt hatte. Er fühlte sich plötzlich schwach, spielte selbst zu passiv. Es fehlte ihm einfach der rechte Biss, diese Art kaltblütige Souveränität, wie sie nur ein selbstbewusster Zocker haben konnte. Dabei war alles ganz einfach: gute Blätter gewinnbringend durchpokern oder auf entwicklungsfähige Flops warten, bei schlechten Karten eben passen und kein Geld zum Fenster rausschmeißen. Dazu brauchte man nur drei Dinge: die richtige Einschätzung der Situation, Nerven aus Stahl und etwas, das ihm in den vergangenen Monaten vollkommen abhandengekommen war: Geduld.

Plötzlich ratterte sein Handy, Tonne klickte schnell auf den Pause-Button am Spieltisch. Irritiert suchte er das schnarrende Elektromonster zunächst in seiner kleinen Stube, dann auf Bett und Nachttisch. Bis ihm einfiel, dass er es wieder einmal neben dem WC liegen gelassen hatte. Den Gedanken, dass es Rocco sein könnte, hatte er längst begraben, der wollte wohl mit einem fettleibigen Pokerprofi nichts mehr zu tun haben. Aber wer war es dann?

»Ja?«

Eine ihm nicht bekannte, weibliche Stimme fragte vorsichtig zurück: »Tonne?«

»Ja.«

»Hey Mann, alte Schnarchnase, das Reden haste auch nicht erfunden. Ich hab geile Sachen für dich, Tonne.«

»Was denn? Und wer bist du?«, hakte Tonne nach.

»Ich bin 'ne Fee aus deiner Dreamer-Welt, bin die Sventje, nicht die Antje aus Holland, hab nix mit Käse am Hut«, kicherte es am anderen Ende der Verbindung, »am liebsten würde ich dich mal richtig durchnudeln, damit du Elefantenbaby mal aufwachst.« Nach kurzer Pause sprach sie weiter. »*Tante Helena* ist gekommen, weißte Bescheid.« Mit einem nochmaligen kindischen

Kichern endete das Gespräch, es knackte, die Fee hatte aufgelegt.

Im ersten Moment dachte er an einen dummen Scherz. Durchnudeln hatte dieses dumme Ding gesagt, Elefantenbaby, was sollte das? Er musste den Anruf trotz aller Einwände ernst nehmen, denn woher sollte dieses Mädel ausgerechnet auf *Tante Helena* kommen? Seit zwei Wochen wartete er täglich auf eine Information zwischen 13.00 und 14.00 Uhr. Ob das alles nun ernst zu nehmen war, konnte er schnell prüfen: an seinem Briefkasten. Tonne schnappte sich den Schlüsselbund und rannte kopfschüttelnd die Treppe hinunter. Es musste schnell gehen, aber die Stimme ging ihm nicht aus dem Kopf. Dieses Mädchen war keine achtzehn Jahre alt, schätzte er. Seit wann bekam er seine Infos von Kindern?

Hastig drehte er den kleinen Schlüssel in dem verbogenen Türchen um. Wieder war dort eine Plastiktüte hineingestopft, die auf beiden Seiten mit einem leuchtend roten Drachen bedruckt war. Darunter standen die Worte *be yourself.* Tonne fühlte nach einem Papier in der Tüte. Seelenruhig ging er die Treppe hoch und schloss sich in seiner Wohnung ein. Das Geld, das ihm dieser Deal einbringen würde, brauchte er dringender als je zuvor. Nachdem er, schweren Herzens, seinem Anwalt einen Haufen Bargeld hatte vorbeibringen müssen und eine von drei rückständigen Mieten an Frau Richthöfer überwiesen hatte, würde er endlich wieder Geld bekommen, das er nicht schon wieder von seinem restlichen Pokerguthaben abzweigen musste.

Er öffnete sich eine Dose Bier und entzündete eine Zigarette, trank einen kräftigen Schluck und inhalierte genüsslich den Tabakqualm.

Dann zog er vorsichtig das DIN-A4-Blatt aus der Tüte, auf dem diesmal nicht allzu viel stand. Man hatte sich nicht einmal die Mühe gemacht, den Text am Computer oder mit einer Schreibmaschine zu verfassen. Stattdessen standen da nur Buchstaben, wild aneinandergereiht, ohne Kommata und in krakeliger, roter Schrift. Die Buchstaben klebten ihm an den Fingern, das hatte jemand doch tatsächlich mit Lippenstift verfasst.

GOTONNEANNACHSTEBUSFROMHOME.
KILLINFOODERDU–.
ANVIERDEZURE21.
TUUTEMITNEHMBEYOUSELF.
HOLTAUTODICK.
S♥.

Was war das denn? Angewidert warf er diese Schmiererei zur Seite. Um sich nicht aufzuregen, trank er die Dose leer, ging zum Rechner und schaute den Zockern zu. Er staunte nicht schlecht, der Russe hatte auch der VIPER fast alles Geld abgenommen. Es gab eine Reihe von Pokertypen, mit denen Tonne nicht umgehen konnte. Und dieser MOLOTOV gehörte zweifellos dazu. Er machte sich einige Notizen und nahm sich vor, den Pokertisch sofort zu verlassen, wenn dieser Bursche irgendwann wieder auftauchen sollte.

Tonne beobachtete den Tisch noch eine Weile, sah zu, wie der Russe auch einigen neu hinzugekommenen

Spielern das Geld nach und nach aus der Tasche zog. Warum war es ihm nicht möglich, derart selbstbewusst aufzutreten?

Dann langweilte er sich. Es machte keinen Sinn, staunend zuzuschauen, wie ein Tisch-Leader agierte: wann er wie viel setzte, wann er ausstieg. Er musste entweder einen anderen Tisch auswählen und selbst spielen oder die Sache beenden. Er entschied sich für den Ausstieg und schaltete dann, nach einem skeptischen Blick auf sein mächtig geschrumpftes Pokerguthaben, den PC aus.

Missmutig schlich er in die kleine Küche und griff sich ein zweites Bier aus dem Kühlschrank. Dabei flog ein Teller von der überfüllten Ablagefläche und zersprang mit lautem Krachen in einzelne Teile.

»Ich muss endlich diesen Kram abwaschen«, schimpfte er vor sich hin, beachtete Geschirr und Scherben aber nicht weiter und trottete zu seinem Ohrensessel. Er zündete sich eine weitere Zigarette an, nahm einen ordentlichen Schluck aus der Dose und legte sich die rote Krakelei auf dem Tisch zurecht.

Kopfschüttelnd putzte er seine Nickelbrille. Noch nie hatte er etwas Vergleichbares erhalten. In all den Jahren waren die Anweisungen als klare Kommandos formuliert gewesen, in nahezu fehlerfreiem Deutsch verfasst und vor allem: unmissverständlich! Dieser Wisch dagegen erinnerte ihn an eine Rätselaufgabe. Kein Kerl dieser Welt würde auf die Idee kommen, eine so brisante Information mit einem Lippenstift auf ein Blatt Papier zu malen. Das »S« wirkte wie eine Unterschrift, was vollkommen ungewöhnlich war, noch nie hatte man diese Mitteilungen unterschrieben, alles blieb anonym.

Sollte etwa diese Sventje die Botschaft verfasst haben? Dann musste sie auch bei ihm im Hausflur gewesen sein! Denn die Überbringer dieser Nachrichten meldeten sich immer auf seinem Handy, kurz nachdem sie an seinem Postkasten gewesen waren. Um sicherzustellen, dass niemand anders diese Sachen in die Finger bekommen konnte. Es musste das Mädchen gewesen sein: Kein Überbringer der *Tante-Helena*-Nachricht hatte sich jemals mit Namen gemeldet. Auch das kleine Herzchen hinter dem »S« wirkte wie von Mädchenhand gezeichnet.

Wieder trank er Bier und holte sich Stift und Papier.

Der analytisch denkende Schachspieler kam in ihm hoch, langsam begann die Angelegenheit spannend zu werden. Er musste die Sache entschlüsseln, indem er alles, was er sofort lesen konnte, in einzelnen Worten neu aufschrieb. Am sichersten schien ihm, die Worte von rechts und links her zu separieren.

Er konzentrierte sich auf die erste Zeile.

GOTONNEANNACHSTEBUSFROMHOME.

Sofort fielen ihm einige englische Worte auf, also notierte er: GOTO NNEANNACHSTE BUS FROM HOME. Das klang schon einigermaßen verständlich, aber was bedeutete NNEANNACHSTE? Diese Buchstabenfolge ergab, wie er sie auch aneinanderreihte, keinen Sinn.

Er wurde unruhig. Wollte das Mädchen hier Spielchen mit ihm treiben, ihn für dumm verkaufen oder hatte er einen Fehler gemacht? Er las die Originalzeile wieder und wieder.

Plötzlich stieß er auf seinen eigenen Spitznamen. Es konnte also auch folgendermaßen lauten:

GO TONNE ANNACHSTE BUS FROM HOME.

Jetzt wurde es klarer. Wieder schrieb er die Zeile neu.

GO TONNE AN NACHSTE BUS FROM HOME.

NACHSTE sollte wohl NÄCHSTE heißen, es musste ein Schreibfehler sein! Die erste Anweisung bedeutete also sinngemäß, dass er zur nächstgelegenen Bushaltestelle kommen sollte. Das war die gegenüber der Dönerbude! Seine letzten Zweifel an der Ernsthaftigkeit dieses roten Buchstabensalates verflogen.

Jetzt packte ihn der Ehrgeiz, er nahm sich die letzte Zeile vor, da sie am leichtesten zu verstehen war.

Aus HOLTAUTODICK wurde HOLT AUTO DICK.

Entweder sollte er auf ein *dickes* Auto warten, also auf irgendeine extrem teure Sportwagenkiste. Oder konnte auch ein Lkw gemeint sein? Ein Lieferwagen? Möglicherweise war es wieder ein Schreibfehler. DICK konnte ja auch DICH bedeuten. Dies schien aber letztlich keine Rolle zu spielen. Er musste also zur Haltestelle gehen und dort auf einen Wagen warten. Aber woran sollte er das Fahrzeug erkennen?

Er trank die Dose Bier leer, zündete sich wieder eine Zigarette an und nahm sich die zweite Zeile vor.

KILLINFOODERDU–.

KILLIN FOOD ER DU– machte irgendwie überhaupt keinen Sinn. Essen vernichten? Noch ein Schreibfehler? Was sollte das Minuszeichen am Ende? Er probierte eine Reihe von Zeichenfolgen aus. Dann kam ihm eine Idee. FOOD musste er auseinandernehmen und anders zusammenstellen:

KILLINFO ODER DU–.

Das war es!

KILL INFO ODER DU–.

Die übliche Drohung! Das Minuszeichen sollte wohl so etwas ausdrücken wie *weg vom Fenster* oder *tot*. Dieses Mädchen schien über keine allzu großen Deutschkenntnisse zu verfügen, daher das deutsch-englische Kauderwelsch. Diese Zeile ließ ihn kalt. In allen bisherigen Anweisungen gab es immer einen Hinweis darauf, dass er das Blatt vernichten sollte. Verbrennen, nicht wegschmeißen.

Kopfschüttelnd nahm er sich die vierte Zeile vor.

TUUTEMITNEHMBEYOUSELF.

Auf der rechten Seite stand wieder etwas in Englisch. Er schrieb neu:

TUUTEMITNEHMBE YOUSELF.

Dann schrieb er es nochmals:

TUUTEMITNEHM BE YOUSELF.

Er klatschte vor Aufregung in die Hände. Natürlich! Die Tüte! Auf der Plastiktüte stand unter der Drachengrafik *be yourself*, hier mit einem Schreibfehler! Aber was sollte TUUTEMITNEHM bedeuten?

Wieder probierte er einige Wortkonstruktionen aus, bis er niederschrieb:

TUUTE MITNEHM BE YOUSELF.

Er dachte erneut an das Telefonat. Was hatte diese freche Göre gesagt? Irgendetwas wie *Fee aus einer Fantasiewelt* oder so ähnlich. Dann nannte sie sich Sventje, nicht Antje. Es dämmerte ihm: Antje aus Holland, da gab es im Fernsehen mal einen Werbespot mit holländischem Käse. Sventje hatte mit Käse nichts zu tun, musste aber aus Holland stammen.

Wenn nun Niederländer ein »Ü« aussprechen, dann schreiben sie es als doppeltes »U«. Er stellte sich eine junge Niederländerin vor, eine freche Sventje: Sie konnte ganz gut Deutsch sprechen, aber nicht richtig schreiben. Beim Wort *Tüte* konnte also nur *Tuute* herauskommen. Das musste es sein, es war also ganz simpel: Er sollte diese ungewöhnliche Plastiktüte mitnehmen. Diese Tüte diente als Erkennungsmerkmal für den Typen, der ihn mit irgendeinem Fahrzeug abholen würde. Von der Bushaltestelle gegenüber der Dönerbude. Er brauchte also nur dort zu warten.

Hochzufrieden mit sich selbst holte sich Tonne ein weiteres Dosenbier, wobei er barfuß fast in eine der Tellerscherben hineingetreten wäre.

»Scheiße«, schrie er auf, »ich muss hier dringend Ordnung machen. Morgen, ist das klar, Tonne?« Er drohte sich selbst mit dem Zeigefinger, beruhigte sich schnell wieder, schlenderte zum Ohrensessel und trank einen Schluck.

ANVIERDEZURE21 musste zwangsläufig die Zeitangabe sein, zu der die Sache über die Bühne gehen sollte. Es war die letzte wesentliche Information, die er noch brauchte. Wieder schrieb er:

AN VIER DEZ URE 21

AN und URE konnten nur wieder Schreib- oder Flüchtigkeitsfehler dieser niederländischen Maus sein. Aber wann war der 4. Dezember? Auf seiner Uhr hatte er eine Datumsanzeige, die aber seit Jahren kaputt war. Seinen Taschenkalender hatte er vor Kurzem irgendwo verloren. Auf seinem uralten Handy gab es keine Datumsanzeige. Wie konnte er das auf die Schnelle herausfinden? Das Fernsehgerät fiel ihm ein. Auf den Teletextseiten stand immer das aktuelle Datum bei den Programmübersichten.

Entsetzt schob er seine Nickelbrille hoch und rieb sich die Augen. Da stand: 04.12.2003. Das war heute!

Er spürte, wie seine Stirn feucht wurde. Nervös schaute er auf die Uhr. Es war kurz nach 15.00 Uhr, er hatte also noch genügend Zeit.

»Scheiße«, murmelte er vor sich hin, »ich muss mit dem Saufen aufhören. Heute Abend wird gearbeitet.«

Kapitel 19

2015
Göttingen

Max Leitner überlegte noch einen Moment, dann griff er zum Telefon und wählte die interne Rufnummer seines Kollegen Tobias Heuward.

»Heuward. Was gibt es, Max?«

»Kommst du mal?«

»Na klar, Chef«, säuselte Tobias mit fröhlicher Stimme. Es dauerte nur Sekunden, dann stand er in Leitners Büro und zappelte herum.

»Setz dich.«

Tobias flegelte sich der ganzen Länge nach auf den Besucherplatz vor Leitners Schreibtisch.

»Zur Sache: Es geht um den Naturparkfall und …«

»Kombiniere: Es gibt Neuigkeiten«, redete Tobias dazwischen.

Leitner schüttelte den Kopf. »Lass mich doch mal ausreden! Wieso bist du heute wieder so aufgedreht?«

Tobias grinste über das ganze Gesicht. »Das hat Gründe.«

»Welche?«

»Ich war am Wochenende in Wiesbaden. Und rate mal, was ich da gemacht habe?« Er wedelte auffordernd mit der rechten Hand.

»Doktor Schwerte hast du sicher nicht besucht.«

»Nö.«

»Wiesbaden … du hast dich mit Frederike Schultz getroffen.«

»Getroffen und versenkt, Herr Leitner. Und? Was sagst du dazu?«

Leitner musste lachen. »Ich bewundere deine Überzeugungskraft Frauen gegenüber. Ist es was Ernstes?«

»Wird man sehen. Klar, sie ist fünf Jahre älter als ich, aber sie lacht so gern über meine Sprüche. Wir waren essen, lange spazieren, tanzen und so weiter … War toll. Du solltest dir auch wieder eine Frau organisieren. Wie wäre es mit Frau Doktor Elke Stumm?«

Es war an der Zeit, das Thema zu wechseln, aber so unrecht hatte er eigentlich nicht. »Wird man sehen. Klar, sie ist einen Monat älter als ich, aber ich mache keine Sprüche, und tanzen kann ich auch nicht«, ahmte Leitner seinen jungen Kollegen nach.

Darauf war Tobias nicht gefasst, starrte Leitner mit offenem Mund an. Leitner ließ ihn starren und fragte dann grinsend nach, ob man nun arbeiten könnte.

»Ja klar.« Irritiert lächelnd zog Tobias Stift und Notizheft aus seiner Hemdtasche. »Schieß los.«

»Heute früh kam das letzte Antwortschreiben der Polizeidirektionen herein.«

»Und?«

»Es gibt einen vergleichbaren Fall, die Kollegen haben gleich die ganze Akte kopiert.«

Tobias blätterte lustlos in dem Papierstapel herum. »Du hast das alles schon gelesen?«

»Überflogen.«

»Erzähl.«

»Der Vorgang kommt von den Frankfurter Kollegen. Eine Leiche mitten im hessischen Teil des Odenwaldes, südöstlich von Darmstadt. Ein männlicher Körper, durch Tierfraß zerstört, die Liegezeit der Leiche schätzt man laut Akte grob auf zehn Jahre. Vor zwei Jahren entdeckt, Todeszeitpunkt also etwa zwischen 2002 und 2004.« Leitner machte eine kurze Gedankenpause, was Tobias wieder auf den Plan rief: »Bis jetzt habe ich aber noch keine großen Ähnlichkeiten feststellen können, ich möchte nicht wissen, wie viele Leichen noch so in unseren Wäldern schlummern und als Tierfutter …«

Leitner winkte energisch ab. »Das Wichtigste kommt jetzt: Der Tote war ebenfalls nackt, Kleidungsreste nicht vorhanden. Dazu eine Fraktur im Stirnbereich, keine Stich- oder Schussverletzungen, klingelt es jetzt?«

Tobias nickte zufrieden. »Kommt mir schon bekannter vor. Soll ich Frederike anrufen und fragen, ob sie diesen Fall kennt?«

»Frau Schultz war nicht beteiligt.«

»Woher weißt …?«

»Ich habe vorhin mit einer Hauptkommissarin Domscheid telefoniert, die die Ermittlungen geleitet hatte.«

»Und weiter?«

»Problem: Die DNA-Analyse der Leichenreste brachte keine Ergebnisse, im Labor gab es technische Probleme. Alle Proben waren verunreinigt.« Leitner griff nach den

Kopien. »Der Tote lag mitten in einem dicht bewaldeten Talkessel. Die Ermittlungen mussten eingestellt werden, es blieb beim dringenden Verdacht eines Tötungsdeliktes mit einem Schlaggegenstand.«

»Unfall, Suizid oder ein Verbrechen, alles wieder offen«, stöhnte Tobias. »Gibt's auch mal klare Fälle?«

»Dieser ist klar.«

»Hä?«

»Am Fundort, anders als bei unserer Naturparkleiche, sind Reste einiger Fußspuren unterschiedlicher Größe erhalten, die auf einen Kampf oder zumindest auf Gegenwehr des Opfers schließen lassen. Hier ist also von Fremdeinwirkung auszugehen.«

»Aber eins verstehe ich noch nicht, Max: Was hat das alles mit uns zu tun?«

Leitner lächelte ihn kurz an. »Diese beiden Fälle sind mir zu identisch.«

»Du willst doch nicht etwa …«

»Doch«, fiel ihm Leitner wieder ins Wort, »ich rolle auch diesen Fall wieder auf. Stell dir vor, wir würden dort fündig werden.«

»Olivenkerne?«

»Zum Beispiel. Die Verfolgungsthese im Naturpark würde sich weiter erhärten.«

Tobias fuhr sich durch die Locken. »Ich bin heute etwas denkfaul. Wieso?«

»Ganz einfach. Dass zwei unterschiedliche Personen hier in Deutschland in weit auseinanderliegenden und unzugänglichen Wäldern Oliven herumtragen und verzehren, ist auszuschließen. Es kann sich nur um ein und dieselbe Person handeln.«

»Ja, einleuchtend. Ich esse auch gern Oliven, aber nicht unbedingt in Wäldern. Diese Oliven müssten dann ja vom Mörder oder einem Komplizen stammen.«

»Richtig. Wir könnten dann also von einem zweifachen Verbrechen ausgehen. Ferner hätten wir erste Anhaltspunkte für ein Täterprofil. Möglicherweise finden wir im Odenwald auch noch irgendetwas anderes, was uns bei der Aufklärung hilft.«

»Hut ab. Aber … eine Frage: Haben die Frankfurter Kollegen den Tatort nicht abgesucht?«

»Doch, aber nur in unmittelbarer Nähe des Fundortes, wie mir Frau Domscheid berichtete. Sie fanden nichts, nur die Fußabdrücke. Sie hatte noch zwei weitere Einsätze und sah keine Veranlassung, die Anwesenden unnötig lange aufzuhalten, man wollte über die DNA weiterkommen. Von den Fußspuren am Tatort gibt es nachgefertigte Muster. Im Odenwald waren drei Personen beteiligt, ein Opfer und zwei Verfolger.«

»Woher weiß man das?«

»Drei verschiedene Schuhgrößen und Muster.«

»Verstanden. Was wirst du jetzt unternehmen?«

»Sobald Frau Domscheid mit der Staatsanwaltschaft gesprochen hat, schicken wir eine Diensthundestaffel mit weiteren Kollegen los. Frau Domscheid sagte mir am Telefon, dass ein Forstwirt eine große Kastanie mit schweren Schäden gemeldet hat, also mit Rinden- und Stammabrieb. Und mit Vertiefungen am Boden.« Leitner hielt kurz inne. »Der Baum wurde von einem Auto gerammt, mitten im Wald.«

»Hat man das Fahrzeug gefunden?«

»Das wird man nicht mehr finden.«

Der junge Mann brauchte einen Moment. »Klar, es waren ja zwei Verfolger. Nach dem Mord haben die Kerle das Fluchtauto irgendwo hingebracht und entsorgt.«

»Genau. Frau Domscheid und ich haben beschlossen, den Waldabschnitt von dort aus bis zum Leichenfundort durchkämmen zu lassen. Luftlinie etwa zehn Kilometer.«

»Und was ist, wenn nicht? Ich meine, wenn sie nichts weiter finden?«, fragte Tobias leise.

»Den Versuch ist es wert, immerhin haben wir zwei Tote und mindestens einen Mord.« Leitner stand auf und lief nachdenklich im Büro herum. »Ich habe noch mehr für dich zum Thema Naturpark Münden.«

»Und was?«

»Das Zweieurostück.«

»Was ist damit?«, drängelte Tobias.

»Die Aktion mit den Fingerabdrücken ist negativ.«

»Seit wann weißt du das?«

»Vor einer Stunde hat Landers angerufen.« Leitner unterbrach seine Runden und setzte sich wieder an den Schreibtisch. »Also, das Falschgeld stammt nicht von unserer Leiche im Naturpark, nicht von Wiener oder dem Waldeigentümer, nicht von Forstleuten, Jägern und Arbeitern … Also, aus meiner Sicht gibt es jetzt genau drei Möglichkeiten, Tobias.«

»Ich glaube, ich weiß, was du meinst. Lass mich mal versuchen. Fall eins: Das Falschgeld wurde von einer völlig unbeteiligten Person verloren, vielleicht einem Obdachlosen.«

»Deine Bewertung?«

»Das kann man fast ausschließen, Max. Die Fundstelle ist viel zu weit abgelegen. Unser Feldweg, den wir zweimal hochgefahren sind, ist kilometerweit weg.«

»Weiter?«

»Fall zwei: Eine Mister X verfolgende Person hatte die Münze bei sich, ohne zu wissen, dass es Falschgeld war. Es ist nicht ganz auszuschließen. Theoretisch kann jeder von uns mal so was im Geldbeutel haben, wer kann das noch überprüfen, bei der Vielfalt der europäischen Münzen? Die Wahrscheinlichkeit dürfte aber exotisch klein sein.«

»Die dritte Möglichkeit?«

»Diese Person gehört einem Geldfälscherring an, aber das wäre dann nicht unser Bier, oder?«

»Das stimmt. Was ich fast vergessen hätte, dir zu erzählen: Ich hatte vergangene Woche ein kurzes Telefonat mit meinem Freund.«

Tobias nickte wissend. »Hans Wespers, der Mann für das organisierte Verbrechen. Ja, und?«

»Also, die Kollegen sind da an einer ganz heißen Sache dran, in Zusammenarbeit mit fast allen Landeskriminalämtern und dem BKA. Es gibt einen Geldfälscherring, der von Deutschland aus agiert. Unser Geldstück stammt auch aus diesem Rattennest.«

Tobias verdrehte die Augen. »Ist ja schön, dass wir den Kollegen mit einem weiteren Fundstück unter die Arme greifen konnten. Aber was hilft uns das?«

»Ein kleiner Nebensatz von Hans. Es ist nicht nur Geldfälscherei im Spiel, sondern auch Prostitution, Menschenhandel und Drogen. Eine richtig scharfe

Bande, die nicht vor Morden zurückschreckt, drei gehen schon nachweislich auf deren Konto.«

»Auch erschlagen?«

»Erschossen, das waren andere Täter.«

»Das heißt, wenn wir die Möglichkeit des zufälligen Falschgeldbesitzes ausschließen, dann sollte die Münze also von einem Gewaltverbrecher stammen.«

»Genau, es ist und bleibt ganz einfach: Unser Toter wurde verfolgt und erschlagen.«

Tobias nickte. »Leider fehlen uns die Beweise. Sag mal, darüber haben wir noch nicht gesprochen: Ist es möglich, dass unser Mister X mit Weibergeschichten oder Drogen zu tun hatte?«

Leitner zuckte mit den Achseln. »Möglich.«

»Müssen wir jetzt etwa die Akte abgeben? Genau jetzt, wo wieder Bewegung reinkommt?«

»Besprechen wir mit Hans.«

Tobias wurde zappelig und sprang von seinem Sitzplatz auf. »Worauf warten wir dann noch? Auf, lass uns gehen!«

»Augenblick. Hans ist ein paar Tage im Urlaub. Geduld, Tobias. Außerdem müssen wir uns vorher noch mit der Sache im Odenwald beschäftigen.«

Tobias beruhigte sich und verließ pfeifend das Büro. Leitner versuchte, sein Magendrücken mit einer Tablette zu bekämpfen.

Kapitel 20

2003
Göttingen, etwa 12 Jahre zuvor

Es ging auf 21.00 Uhr zu. Die dunklen, wenig beleuchteten Häuserfronten wirkten trostlos, fast bedrohlich. Nur die Dönerbude gegenüber erstrahlte in grellem Neonlicht, das ihn blendete.

Seit einer halben Stunde beobachtete er den Laden, der ihn an ein leeres Aquarium erinnerte. Kein Kunde in Sicht. Nur der junge Mann, der ihn immer bediente, schien einen kleinen Kunststofftannenbaum aufstellen zu wollen, der, wie jedes Jahr, vollkommen verloren in der großen Schaufensterfläche sein vorweihnachtliches Dasein fristen sollte.

Tonne blickte wieder die Straße entlang und rieb sich die eiskalten Hände; vor lauter Aufregung hatte er seine Handschuhe vergessen.

Ein Fahrzeug näherte sich, fuhr langsam an die Bushaltestelle heran.

Er schwenkte einmal die *be yourself*-Tüte, sein Herz schlug schneller. Es war ein verrosteter Kleintransporter, ein Nachkriegsmodell, das ihn an alte französische Filme erinnerte. Das Vehikel hielt an. Mit rasendem Puls schlich er darauf zu und riss die Tür auf.

Im Licht der Dönerbude konnte er den Fahrer gut erkennen. Ein schwarz gekleideter, schlanker, blasser Mann starrte ihn mit kalten Augen an. Er hatte schulterlanges Haar, über einen Mittelscheitel herabfallend. Tonne erschrak, als er das umgekehrte Christuskreuz auf dessen Stirn entdeckte. Der Kerl war ihm schon einmal begegnet: Am Steuer saß das Gespenst, der Schwarze Tod, nur ohne Sonnenbrille, was aber bei den kalten, dunklen Augen nicht weniger grausam wirkte.

»Einsteigen!«, donnerte ihm der Mann mit tiefer Bassstimme entgegen.

»Ha… hallo«, stotterte Tonne, ohne eine Antwort zu erhalten. Zitternd vor Aufregung und Kälte atmete er tief durch, stieg ein und versuchte, die Beifahrertür zu schließen.

»Fester, Mann.« Der Langhaarige schien gereizt.

Tonne drückte die Tür wieder auf und knallte sie dann mit aller Kraft zu. Sofort und ruckartig startete der Schwarze Tod das Fahrzeug, es knatterte aus dem Auspuff. Die gesamte Inneneinrichtung dieses motorisierten Schrotthaufens schien sich in Bewegung zu setzen, alles zitterte und erbebte vom unrund laufenden Motor. Schnell schnallte Tonne sich an und bemerkte, dass es im Fahrzeug genauso kalt war wie draußen, aber Tonne traute sich nicht, nach einer Heizung zu fragen. Seine Brille beschlug, schnell schob er sie auf die Stirn hoch. Auch die Scheiben auf seiner Seite ließen keinen Weitblick mehr zu; um sich irgendwie abzulenken, hauchte er seine zu Eis erstarrten Finger an.

Dieser schwarze Mann und die Klapperkiste machten ihm Angst. Seine verstohlenen Blicke zur Seite wurden nicht erwidert, der Typ ignorierte ihn und schwieg. Nur ganz allmählich gaben die Scheiben wieder einen Blick nach draußen frei, und Tonne beruhigte sich.

Das ständige Anhauchen der Finger brachte nichts. Er steckte seine Hände in die Seitentaschen des Parkas, der ihn einigermaßen wärmte. Dann nahm er allen Mut zusammen und sprach diesen dunklen Kerl an. »Ich heiße Tonne. Und du? Und wo fahren wir eigentlich hin?«, fragte er vorsichtig hinüber.

Der Mann schüttelte den Kopf, wobei die langen, schwarzen Haare hin und her schwangen. Er würdigte Tonne weiterhin keines Blickes. »Nicht quatschen. Keine Namen, haben momentan genug Probleme«, polterte die hohle Stimme, »rauch 'ne Ziggi, komm runter, Mann.«

Tonne nickte ergeben, zog Feuerzeug und Zigaretten aus dem Parka. »Möchtest du auch eine?«, fragte er freundlich.

Das bleiche Gesicht mit dem Stirnkreuz blickte kurz zu ihm herüber. Es zuckte einmal in dessen Gesicht. »Zum letzten Mal, nicht quatschen, Mann«, grollte er und touchierte Tonnes Kinn mit seiner fast fleischlosen, dünnen Faust.

Tonne zuckte zusammen. War das noch ein Mensch? Oder schon ein Gespenst seiner selbst, der Tod auf zwei Beinen? Er stellte sich diese düstere, hagere Gestalt mit einer Sense in den Händen vor, ließ aber schnell davon ab. Denn er musste sich konzentrieren. Hastig zog er an seiner Zigarette, putzte sich die Nickelbrille und versuchte, sich Bushaltestellen und markante Gebäude einzuprägen. Sie hatten Göttingen nicht verlassen, aber wo waren sie jetzt? Er kannte die Gegend nicht.

An einer Ampel bogen sie in ein Industrieviertel ab. Einige größere Firmen hatten ihre weithin sichtbaren Leuchtreklamen eingeschaltet, die er sich ebenfalls merkte. Auf einem der Grundstücke entdeckte er einen mächtigen, hell erleuchteten Tannenbaum, der ihn sofort an seine Mutter erinnerte, die damals für ihn große Christbäume schmückte und seine Geschenke darunterlegte. An Heiligabend, Punkt 18.00 Uhr, durfte er hineinstürmen, während sie *Stille Nacht, heilige Nacht* auf dem verstimmten Klavier spielte. Tonne wischte sich eine Träne von der Wange und hoffte, dass dieses Ungeheuer nichts davon mitbekam. Dann riss er sich wieder zusammen und stellte fest, dass die Lichter in dieser Gegend allmählich spärlicher wurden. Es wurde dunkel, die Straßen schmal und holprig.

Plötzlich stoppten sie. Der Langhaarige wühlte unter seinem Sitz und kramte etwas hervor. Ein Ballen aus Packpapier, eingeschnürt mit einem dicken Faden. »Einpacken.«

So schnell es ihm mit seinen steifen Fingern möglich war, stopfte Tonne das Paket in die Plastiktüte.

»Haste Uhrzeit dabei?«, fragte der düstere Bass, der die Gegend aufmerksam beobachtete und dann zu Tonne schaute.

»Habe ich. Ich habe eine Armbanduhr, die auch …«

»Jetze zuhören. Geh da hoch«, fuhr das Gespenst dazwischen und zeigte mit seinen dürren Fingern auf eine vor ihnen liegende kleine Nebenstraße. »Da hoch, dann nächste Straße rechts, dann links, dann wieder rechts. Dann kommt 'ne kleine Kreuzung mit 'nem großen Baum. Da versteckste dich. Ein weiß lackiertes Auto mit Schweizer Kennzeichen kommt. Gehste hin. Man fragt dich, obste Bobby heißt. Dann sagste: Nein, ich bin Xaver. Dann gibste die Tüte rein und kriegst deine Kohle. Verstanden, Mann?«

Tonne traute sich nicht zu antworten und nickte nur, obwohl er nicht wusste, wie ein Schweizer Autokennzeichen aussah. Gerade wollte er aussteigen, da zog ihn der Kerl zurück. »Stopp. Wenn was ist, die Bullen oder so, hau ab und versteck dich. Der Wagen kommt dreimal: erste Mal um 22.00 Uhr, dann 23.00 Uhr, dann 24.00 Uhr. Immer gleiche Stelle. Dann muss das Ding gegessen sein. Klar?«

Tonne nickte wieder und war froh, diesen lebenden Tod endlich loszuwerden. Kopfschüttelnd schaute er dem knatternden Nachkriegstransporter nach, der jeden Moment auseinanderzubrechen drohte. Dann wurde es ganz still.

Er schaute sich um. Nirgends ein Auto oder ein Mensch. Es war unheimlich. Die wenigen Straßenleuchten, die in dieser Gegend noch funktionierten, warfen nur ein spärliches Licht auf die verlassen wirkenden Büro- und Fabrikgebäude. Er warf die Zigarette in einen Gully und setzte sich in Bewegung. Unter einer Laterne schaute er auf die Uhr. Es war erst 21.30 Uhr, bereits der erste Termin war locker zu schaffen.

Um seine Finger vor der Kälte zu schützen, wickelte Tonne sich den Griff der Plastiktüte um das linke

Handgelenk und steckte beide Hände so tief wie möglich in die Seitentaschen seines Parkas.

Vorsichtig ging er die schmale Straße hoch, überall hatten sich aus Pfützen kleine Eisflächen gebildet, auf denen er immer wieder fast ausrutschte. Die Wolkendecke riss auf, und der Mond erhellte die Umgebung durch sein schummriges, kaltes Licht. Jetzt erst konnte er die heruntergekommenen Gebäude genau erkennen, überall waren die Fensterscheiben eingeschlagen, alles wirkte verdreckt und verrostet. Hier arbeitete bestimmt niemand mehr.

Allmählich spürte er das Gewicht des Paketes; sein linkes Handgelenk schmerzte. Tonne blieb kurz stehen, zog das Paket aus der Tüte, klemmte es unter den linken Arm und ließ die Tüte in der Brusttasche seines Parkas verschwinden.

Er wich den Eisflächen aus, versuchte schneller zu gehen, ließ dann aber davon ab. Bei jedem Schritt knirschte es unter seinen Fellschuhen, der gesamte Gehweg schien glatter zu werden. Er begann, bis zehn zu zählen. Bei zehn blickte er sich um, ob ihm jemand folgte. Zudem beobachtete er das Gelände vor sich genauer und hielt Ausschau nach Versteckmöglichkeiten.

»Eins … zwei …«

Auf seiner Seite befand sich ein lang gezogenes, heruntergekommenes Bürogebäude. Obwohl alle Fensterscheiben zerschlagen waren, konnte er hier nirgends einsteigen, da die gesamte Front vergittert war. Wenn er es richtig deutete, schloss sich danach eine sehr hohe Mauer an, die für ihn auch nicht zu überwinden war.

»Fünf … sechs …«

Ein paar Meter vor ihm, auf der gegenüberliegenden Seite, lag eine große, offene Toreinfahrt. Vorsichtig wechselte er die Straßenseite; die alte Pflasterstraße war noch rutschiger als die schmalen Gehsteige.

»Acht … neun … zehn.« Blitzschnell drehte er sich um. Aus der Ferne hörte er Motorengeräusche von fahrenden Autos, zu sehen war nichts. Oder doch? War dort hinten, am Anfang der Straße, nicht etwas weggehuscht? Sein Herz fing an zu rasen. Eine innere Stimme sagte ihm, dass er so schnell wie möglich diese Toreinfahrt erreichen musste.

»Drei … vier …«

Die Geräusche schienen näher zu kommen; so schnell er konnte, schlitterte er weiter.

»Fünf … sechs …«

Die Geräusche wurden lauter.

Dann sah er es.

Ein dunkles Auto mit ausgeschaltetem Licht kam langsam um die Ecke, direkt auf ihn zu. Der Kurier konnte es nicht sein, es sollte ein weißes Auto sein. Er musste sich verstecken, sofort!

An der Toreinfahrt drehte er sich noch mal kurz um. Ein zweites, dunkles Fahrzeug kam aus der anderen Richtung auf ihn zu …

Noch ungläubig rückwärtsstarrend machte er ein paar Schritte in die Toreinfahrt hinein und stolperte über eine Metallschiene. Sein verschnürtes Päckchen flog ihm aus dem Arm und riss auf, weißes Pulver rieselte auf den Boden. Mit der rechten Hand wollte er sich abfangen, dabei stürzte er auf einen spitzen metallischen Gegenstand, der ihm sofort Höllenschmerzen verursachte. »Scheiße«, jammerte Tonne und wischte sich das Blut am Parka ab. Verstecken! Verstecken! Verstecken, pochte es in ihm.

Schmerzverzerrt setzte er seine heruntergefallene Nickelbrille wieder auf, erhob sich von dem eiskalten Boden und sah sich um. Überall auf dem Hof verteilt lagen irgendwelche Kleinteile, die ihm aber keine Deckung boten. Etwa zwanzig Schritte links von ihm lag ein umgestürzter Transporter, dahinter war sein Versteck!

Er ließ das kaputte Päckchen am Eingang liegen und stolperte in die Richtung, wieder wischte er sich das Blut am Parka ab. Dann hockte er sich hinter den Transporter, sein Atem raste, seine Hand brannte.

Die beiden Fahrzeuge kamen schnell näher, stoppten, er hörte Türen zuklappen und leises Stimmengewirr.

»Polizei! Kommen Sie mit erhobenen Händen heraus. Sie haben keine Chance zu entkommen!«

Jetzt war es aus! Seine rechte Hand pochte, ließ ihn vor Schmerzen torkeln, seine Finger waren von der Kälte taub.

»Polizei! Komm schon! Und Hände hoch! Zackig!«, rief ein anderer.

Einen Moment lang zögerte Tonne noch, dann stand er auf, trottete vor das Fahrzeug und hielt seine Hände hoch. Fünf Männer kamen auf ihn zu, alle mit Waffen in den Händen, die auf ihn gerichtet waren.

»Ich bin schwer verletzt, ich blute an der Hand«, jammerte Tonne.

»Wir kümmern uns gleich darum. Erst näher kommen, Hände oben lassen, zack, zack«, sagte einer der Männer, der schnell hinter ihm war und seinen Körper nach Waffen absuchte. »Der ist sauber«, rief der Mann in die Runde, drehte sich vor ihn und hielt ihm seinen Ausweis hin. »Ich bin Kommissar Mueller. Sie sind vorläufig festgenommen. Versuchen Sie nicht wegzulaufen, wir machen von unseren Schusswaffen Gebrauch, sofort! Haben Sie verstanden?«

»Ja … nein, ich … ich hau nicht ab«, stammelte Tonne ängstlich, »aber woher wissen Sie …?«

»Wir stellen die Fragen. Sind Sie allein oder haben Sie hier in der Gegend noch einen Kumpel?«, fragte der Kommissar forsch und schaute Tonne durchbohrend an.

»Ich … ich bin allein unterwegs.«

»Name?«

»Ich … äh … Tonne.«

»Wollen Sie mich verarschen?«, entgegnete Mueller barsch.

»Verzeihung. Ich heiße eigentlich … also, Torsten Tonnwald, aber alle …«

»Wie lautet Ihr Auftrag, Herr Tonnwald?«, unterbrach ihn der Mann abrupt.

Tonnes Hand brannte, als ob sie auf einem Grill lag. Vollkommen benommen sah er noch, dass sich einer der Beamten um sein aufgerissenes Päckchen kümmerte, ein anderer mit einem Verbandskasten auf ihn zukam, während Mueller seine Pistole unentwegt auf ihn richtete.

Wie in Trance antwortete er: »Ich … nächste Straße links, nein … Kreuzung, großer Baum. Rechts, links, … weißes Auto, Schweiz …« Er hörte noch Stimmen. Sie murmelten etwas von einer Schweizer Bande, die sie zackig erledigen wollten, von einem Arzt, dann ließen ihn die Schmerzen ohnmächtig werden.

Kapitel 21

2015
Friedland

Instinktiv hatte sie ihre blutverschmierte Wäsche in der Küche ausgezogen, dort liegen gelassen und war wimmernd nach oben gelaufen. Sie duschte ausgiebig, dann zog sie sich frische Sachen an. Birtes Kopf schien zu zerbersten, sie nahm zwei Schmerztabletten ein und stolperte wieder nach unten.

»Du wirst zu keiner anderen mehr gehen!«, schrie sie in die Küche. »Oh Gott, was habe ich gemacht?« Sie weinte und warf sich auf die Couch. Was sollte sie jetzt bloß tun? Es war entsetzlich, sie hatte ihren Mann erstochen …

Sie nahm ein Taschentuch und wischte sich die Tränen aus dem Gesicht, schlich dann langsam zum Telefon. Es tutete einige Male, dann hörte sie die vertraute Stimme. »Evi Suderbach.«

»Ja … Birte hier.«

»Hallo, mein Schätzchen, schön, dich zu hören.«

»Wir … wir wollten doch … morgen die Küche streichen«, stammelte sie in den Hörer.

»Ja, natürlich. Das bleibt doch dabei, oder?«

»Ja.«

Evi war außer sich vor Freude. »Ich habe eine richtig schöne Nachricht für dich.«

»Und was?«, fragte Birte teilnahmslos.

»Der Miguel ist wieder aufgetaucht und hat mir einen Brief geschrieben. Er konnte fliehen, und beide Familien freuen sich, dass wenigstens er heimkehren konnte. Sie zünden jeden Tag eine Kerze für Jesus Salvatore an. Ist das nicht toll, Birte?«

»Toll«, stöhnte Birte. Was interessierten sie diese beschissenen Südamerikaner, die waren ihr vollkommen egal. Sie hatte jetzt andere Probleme. »Ich habe eine Bitte an dich.«

»Ja?«

»Kannst du heute schon kommen … jetzt gleich?«

»Ich arbeite, Schätzchen. Habe erst um 18.00 Uhr Feierabend.«

»Bitte«, weinte Birte.

»Was ist denn bloß los? Du interessierst dich nicht für Miguel und Jesus Salvatore, obwohl du solch einen Anteil genommen hast, als ich dir diese Geschichte erzählt habe?«

»Es ist was passiert …« Birte schluchzte weiter.

»Moment, bleib mal dran.« Evi legte das Handy beiseite, und Birte hörte, wie sie mit jemandem sprach, es dauerte eine ganze Weile. »Birte?«

»Ja?«

»Ich komme mit dem Motorrad, das geht am schnellsten. Ich bin gleich bei dir, mein Schätzchen.«

Die beiden beendeten das Gespräch.

Es vergingen keine fünfzehn Minuten, dann klingelte es an der Tür. Birte schaute durch den Spion, es war Evi.

Die beiden nahmen sich in den Arm und küssten sich, dann wollte Evi zur Sache kommen. »Mit mir kannst du alles bereden, nun raus mit der Sprache: Was hast du auf dem Herzen?«

Birte druckste herum, dann atmete sie tief durch. »Ich habe … Matze …«

»Was denn nun?«, fragte Evi geduldig nach.

»Ich habe Matze umgebracht!«, rief Birte, fiel Evi in die Arme und brach schluchzend zusammen.

Evi ließ ihr Zeit, dann drückte sie Birte von sich weg. »Du hast was?« Entsetzt und ungläubig starrte sie Birte an. »Du hast deinen Mann umgebracht?«

Birte reagierte nicht, die Tränen rollten über ihr Gesicht und tropften auf ihre Bluse.

»Warum hast du das getan?«

»Weil er sich scheiden lassen wollte, es war ein Versehen, ich wollte das doch gar nicht«, wimmerte Birte leise und hielt sich wieder an Evi fest.

»Du bringst deinen Mann um, nur weil er sich scheiden lassen will? Ich begreife dich nicht. Und wo ist das passiert?«

»In … in der Küche … ich wollte das nicht … wirklich nicht, das musst du mir glauben«, schluchzte Birte.

»Wann kommen die Kinder aus der Schule?«

Birte beruhigte sich. »Sie sind eine Woche bei meiner Schwiegermutter.«

»Gott sei Dank«, sagte Evi erleichtert, »lass mir bitte einen Moment Zeit. Setz dich auf das Sofa, lass mich nachdenken, ich mach das schon.« Sie brachte Birte zum Sofa, die verzweifelt in sich zusammensackte. Evi zog ihre Schuhe aus, nahm sich ein Taschentuch aus ihrer Jeans und öffnete vorsichtig die Küchentür.

Birte wollte die Geräusche aus der Küche ignorieren, aber es ging nicht. Ein paarmal fluchte Evi, dann kam sie aus der Küche zurück und schlüpfte wieder in ihre Schuhe. »Du hast Glück gehabt, das Blut ist nirgends drangekommen, alles ist auf den Folien. Tisch, Schränke, Wände und das Fenster haben nichts abbekommen.«

Birte schaute Evi aus ihren verquollenen Augen an. »Wieso Glück?«

»Ja, weißt du denn nicht, dass du Blutspuren nicht einfach wegwischen kannst? Wenn die Polizei käme, könnten die jede kleinste Blutspur sichtbar machen.«

Birte starrte wie abwesend vor sich hin. »Das wusste ich nicht. Was hast du jetzt vor, Evi? Ich habe ziemliche Kopfschmerzen.«

Evi setzte sich neben sie. »Dann nimm eine Tablette ein. Hast du sie in der Küche?«

»Nein, oben.«

»Also, dann geh gleich nach oben. Vorher brauche ich ein paar Sachen von dir.«

»Was? … Was für Sachen?«

»Ich brauche einen langen Arbeitskittel, von deinem Mann, wegen der Größe.«

»Drei davon hängen in der Garage, Matze hat die immer angezogen, wenn er was in der Garage zu tun hatte.«

»Okay. Dann brauche ich zwei, drei Paar Latexhandschuhe und Gummistiefel.«

»Gummistiefel sind in der Garage, Handschuhe findest du im Vorratsraum neben der Gästetoilette.«

»Dann brauche ich jede Menge Müllbeutel, am besten die großen blauen, die undurchsichtig sind. Und eine Schere.«

Birte liefen wieder Tränen über das Gesicht. »Müllbeutel sind auch bei den Vorräten … Schere liegt auf dem … Küch…« Sie verbarg ihr Gesicht in den Händen, die Tränen liefen ihr zwischen den Fingern hindurch und tropften zu Boden.

Evi vermied es, ihr den Arm um die Schulter zu legen. Birte spürte, wie abweisend Evi plötzlich war.

»Noch was: Wie viel Mehl hast du im Haus?«

Birte starrte sie wieder entgeistert an. »Sechs oder … sieben Pakete, die Kinder essen so gern Pfannkuchen, sind auch in dem Raum. Was … was willst du denn damit?«

Evi rückte etwas von ihr ab und schnaufte einmal kurz durch. »Am besten ist es, wenn du dich hinlegst, im Schlafzimmer. Fahr aber vorher noch den Wagen in die Garage, wärst du so lieb?«

»Welchen meinst du denn, meinen Wagen?«

»Nein, ich meine den großen Wagen deines Mannes. Wenn du ihn abgestellt hast, lass das Garagenlicht brennen und mach das Garagentor zu. Dann kommst du vorne herum, zur Haustür. Geh auf keinen Fall von der Garage aus durch den Gang zur Küche, hast du mich verstanden?« Evis Stimme klang hart.

»Ja, Evi, mache ich.«

Birte schlich zum Flur, griff sich Matthias' Autoschlüssel und fuhr das Fahrzeug in die Garage, verschloss diese und ging durch den Garten zur Haustür zurück. Sie war zu. Sie klingelte, aber Evi reagierte nicht. Sie klingelte ein zweites, ein drittes Mal. Dann hörte sie Schritte, und Evi öffnete ihr mit versteinertem Gesicht. Birte fiel auf, dass sie bereits Gummihandschuhe trug.

»Warum hast du die Dinger da an?«

»Birte, ich glaube einfach, dass es für uns beide besser ist, wenn ich hier nirgends Fingerabdrücke hinterlasse. Ich habe vorhin geklingelt, meine Fingerabdrücke waren auf der Klingel, aber jetzt sind es deine, deshalb habe ich nicht gleich geöffnet, verstehst du?«

»Nein.«

Evi versuchte zu lächeln. »Ich komme gleich wieder, muss gerade mal das Motorrad um die Ecke fahren. Schlüssel nehme ich mit. Ich bin gleich wieder da.« Evi verschwand mit einem kleinen, blauen Päckchen unter dem Arm.

»Was hast du da?«, rief ihr Birte nach.

»Ein bisschen Werkzeug, das ich nachher noch brauche«, erwiderte Evi und verschwand.

Birtes Gedanken überschlugen sich: Was sollte jetzt bloß aus Evi und ihr werden? Sollte sie zur Polizei gehen und sich stellen? Oder würde Evi sie anzeigen? Dann käme sie für viele Jahre ins Gefängnis. Was sollte in diesem Fall aus den Kindern werden? Wie sollte das Leben ohne Matze überhaupt weitergehen? Matze hatte eine Lebensversicherung abgeschlossen, mit dem Geld kämen sie eine Weile über die Runden, später könnte sie vielleicht als Küchengehilfin arbeiten. Aber dazu war es notwendig, dass sie das Verbrechen vertuschen mussten.

Da Birte außerstande war, einen klaren Gedanken zu fassen, entschied sie sich, einfach abzuwarten. Evi schien irgendeinen Plan zu haben, jedenfalls machte sie einen solchen Eindruck.

Birte hörte Schlüssel an der Tür klappern, dann stand Evi wieder bei ihr im Wohnzimmer, die Handschuhe hatte sie nicht ausgezogen.

»Gehst du jetzt zur Polizei?«, fragte Birte vorsichtig, der wieder Tränen auf die Wangen liefen.

»Ganz ehrlich, Birte. Ich bin … ich habe eben einen Moment lang mit dem Gedanken gespielt. Aber ich hatte mal versprochen, dir immer zu helfen, was es auch sei. Also helfe ich dir auch jetzt, aber meine Grenze ist erreicht. Wegen einer Scheidung einen Kerl umzulegen, ich komme nicht darüber hinweg.« Evi öffnete die Küchentür und griff nach einer großen Plastiktüte. »Nimm deine schmutzigen Sachen mit hoch, ich habe sie dir in diese Tüte getan. Wasch alles auf 60 Grad, auch wenn einiges dabei einlaufen sollte. Pass auf, dass nirgends Blut drankommt.«

»Was hast du denn jetzt vor?«

Evi setzte sich mit einigem Abstand zu Birte hin und schaute sie traurig an. »Geh jetzt nach oben, stell die Maschine an, die Tüte wieder zu mir, nimm dann eine Tablette und versuch ein bisschen zu entspannen. Damit deine Kopfschmerzen weggehen. Du musst jetzt sehr stark sein, Birte.«

Kapitel 22

2003
Göttingen, etwa 12 Jahre zuvor

Noch während der Fahrt war er wieder zu sich gekommen. Kommissar Mueller bestellte über Funk einen Arzt ins Präsidium, der Tonne eine Spritze gegeben und den Verband erneuert hatte.

Nun saß er, von den Schmerzen befreit, allein an einem kleinen Holztisch. An der Tür zu diesem fensterlosen Raum standen zwei Polizeibeamte in Uniform, die sich so leise unterhielten, dass Tonne trotz angestrengten Lauschens kein Wort verstand.

Er sah sich um. Von der Decke surrte das kalte Licht von sechs Neonröhren, die den Raum grell erleuchteten, was ihn kurz an seine Dönerbude erinnerte. Fußboden und Wände waren kahl, alles an diesem Raum wirkte trist und abstoßend. Nur die wohlige Wärme, die den Raum ausfüllte, tat ihm gut. Allmählich wurde ihm bewusst, was geschehen war und wo er sich befand. Es musste ein Verhörraum sein, in dem er saß. Und die beiden Polizisten bewachten ihn, damit er nicht einfach abhauen konnte.

Ein Gefühl der Enge überkam ihn, seine Gedanken flogen hin und her, noch nie hatte er eine derart deprimierende Situation erlebt. Wie hatten die ihn bloß so schnell erwischen können? Es war doch sonst immer alles gut gegangen. Würde man ihn jetzt in den Knast stecken? Aber was hatte er eigentlich Böses getan? Wenn er die Sachen nicht verteilen würde, dann käme ein anderer, der dies erledigen würde. Also, warum sollte er sich verrückt machen? Und warum …

Ruckartig flog die Tür auf. Ohne ihn eines Blickes zu würdigen, schritt Kommissar Mueller auf den Platz links neben ihm zu, ließ sich auf den Stuhl fallen und verschränkte die Arme.

Tonne musterte ihn mit nervösen Blicken, er hatte das Gefühl, dass sich dieser Mann innerlich diebisch darüber freute, ihn auf frischer Tat erwischt zu haben.

Es folgte ein ruhigerer Herr mit leicht ergrautem Haar, der die beiden Polizisten begrüßte und dann Tonne gegenüber Platz nahm. Er legte ein kleines Aufnahmegerät auf den Tisch und schaltete es ein. »Wir zeichnen das Gespräch auf. Bitte sagen Sie noch einmal Ihren Namen und Ihre Anschrift und sprechen Sie laut und deutlich.«

Tonne stotterte die gewünschten Daten zusammen.

»Lauter«, brummte Mueller in scharfem Ton, »und ein bisschen zack, zack, wenn ich bitten darf.«

Tonne wiederholte seine Sätze, diesmal etwas lauter.

Dann wandte sich wieder der Ältere an ihn. »Ich bin Kriminalhauptkommissar Wespers. Den Kollegen Mueller kennen Sie ja bereits.«

Nachdem Tonne genickt und nach Aufforderung durch Mueller ein »Ja« hinterhergequält hatte, setzte Wespers seine Rede fort. »Wie geht es Ihrer Hand, Herr Tonnwald?«

Der Mann war ihm sofort sympathisch und hatte, ganz anders als dieser scharfe Mueller, eine beruhigende Ausstrahlung. Tonnes Hände waren durch die angenehme Temperatur des Raumes schnell wieder warm geworden, nur in der rechten Hand verspürte er ein heftiges Pochen seiner Wunde.

»Die Höllenschmerzen sind weg«, antwortete Tonne ruhig und betrachtete seinen Verband, aus dem nur noch die Fingerspitzen hervorschauten.

»Dann lassen Sie uns zur Sache kommen. Erzählen Sie bitte mal von Ihren Geschäften.«

Tonne starrte ihn fragend an. »Was soll …?«

»Zack, zack, Ihre Geschäfte, wer beauftragt wen, wie werden Sie eingeschaltet und informiert, wie erfolgt die Übergabe? Nun mal los, Mann, reden Sie schon.«

Tonne zuckte zusammen, Wespers bemerkte dies und machte eine Handbewegung in Richtung Mueller. »Lassen Sie mal, Mueller. Herr Tonnwald weiß sicherlich, was wir von ihm wissen wollen.«

Die beiden Männer schwiegen, und Tonne fühlte, dass er keine andere Wahl hatte, als alles offenzulegen. »Ja, äh … wie das anfängt? … Ich kriege irgendwann einen Anruf, und man fragt mich … fragt, ob es mir gut geht.«

»Was bedeutet das?«, hakte Wespers nach.

»Das ist so 'ne Art Code: Wenn ich *nicht so gut* sage, dann bin ich aus dem Geschäft raus.«

»Und wenn Sie *gut* antworten, was ist dann?«

»Dann muss ich jeden Tag mit einem weiteren Anruf rechnen, zwischen 13.00 und 14.00 Uhr.«

Als Tonne wieder schweigen wollte, ging Mueller grimmig dazwischen. »Interessant, was Sie da sagen. Und was bedeutet dieses *Tante-Helena*-Gefasel?«

Tonne lief es eiskalt den Rücken herunter. »Woher wissen …?«

Mueller grinste. »Meinen Sie, wir schlafen auf Bäumen? Wir observieren Sie schon eine ganze Weile, Herr Tonne«, spöttelte er, »weiter, zackig.«

Tonne wurde wütend. »Sie hören meine Telefonate ab? Das ist eine Unverschämtheit. Das ist doch … Verletzung der Persönlichkeitsrechte, oder so was!« Er schlug wütend mit der rechten Hand auf den Tisch, was er sofort bereute. Ein stechender Schmerz zuckte durch seinen Körper, was seine Wut noch steigerte. »Was mache ich denn Böses? Ab und zu ein paar Sachen von A nach B bringen, Geld verdienen und abends in der Kneipe Pils trinken. Ich erschlage keine Leute, klaue kein Geld, ich bin doch ein ganz normaler Bürger dieses Landes!«, brüllte er.

Gerade wollte Mueller dazwischengehen, da stoppte Hans Wespers seinen Kollegen erneut. »Wir haben Ihre Telefonverbindungen nur kurzfristig überwacht, soweit zu diesem Thema. Ich kann Ihren Unmut ja nachvollziehen, aber haben Sie denn keinerlei Unrechtsbewusstsein?«

Tonne liefen Tränen der Verzweiflung über die hochroten Wangen, die er schnell mit seinem Verband wegwischte.

»Herr Tonnwald, Sie sind hier in einem Verhörraum der Kriminalpolizei, Bereich organisierte Kriminalität. Sie wurden festgenommen mit fünf Kilogramm reinstem Kokain, Marktwert mindestens 350.000 Euro! Und Kokain ist eben nicht eine beliebige Ware, die Sie mal eben von A nach B transportieren.« Wespers räusperte sich. »Wir könnten Sie bereits mit wenigen Gramm hier festsetzen, und das mussten Sie von Anfang an gewusst haben!«

Tonne nickte nur vorsichtig, und Wespers sprach ruhig weiter. »Darüber hinaus betreiben Sie das Glücksspiel in größerem Stil und schulden dem Finanzamt eine beachtliche Summe. Mit dem Onlinepokern machen Sie sich möglicherweise strafbar. Wussten Sie das?«

Es war nicht zu glauben, die Ärsche wussten alles! Jetzt fand er auch den älteren Mann unsympathisch.

»Antworten Sie, wenn mein Kollege Ihnen eine Frage stellt, ein bisschen zackig«, donnerte ihn Mueller von der Seite an.

Tonne wurde wieder unsicher, sein Herz begann zu flattern. »Ich dachte … man kann … dass man pokern darf«, stotterte er leise.

Wespers ließ ihn einige Augenblicke in Ruhe und fuhr dann fort: »Das denken viele. Aber das ist hier und heute nicht unser Thema … Konsumieren Sie eigentlich selbst Drogen, Herr Tonnwald?«

»Ganz früher … heute nicht mehr. Nein, ich … ich trinke nur noch Pils und auch mal …«

»Was war nun mit dem *Tante-Helena*-Gefasel, Herr Tonne?«, ging Mueller dazwischen.

Tonne schaute ihn verzweifelt an, konnte dessen durchdringendem Blick nicht standhalten. Schnell schaute er irgendwo ins Leere. Dieser Mann wollte ihn plattmachen, mit seinen Gefühlen spielen, sich in seiner Überlegenheit suhlen wie ein Schwein im Matsch. Er bemerkte, dass seine Fingerspitzen zitterten. »*Tan… Tante Helena* … ja … ist auch ein Code«, stotterte er und erläuterte dann, so gut wie möglich, den Ablauf.

»Und diese schriftlichen Anweisungen in Ihrem Postkasten sind natürlich immer völlig anders?«, fragte Wespers nach.

»Ja«, antwortete Tonne kleinlaut.

»Sie kennen vermutlich weder denjenigen, der Ihnen Bescheid gibt, dass Sie Übergabepläne im Postkasten haben, noch denjenigen, der Ihnen die Ware wieder abnimmt. Stimmt das, Herr Tonnwald?«

»Das ist meistens … das ist so.«

»Wann bekommen Sie Ihr Geld?«

»Äh … Geld … ach so, ja. Das bekomme ich in bar, direkt bei der Übergabe. Immer tausend Euro.«

»Haben Sie eigentlich gewusst, was Sie da so durch die Gegend tragen und welcher Wert dahintersteckt?«

»Äh … nein. Habe mir nie Gedanken darüber gemacht«, antwortete Tonne und schüttelte den Kopf, »wirklich nicht, das … das müssen Sie mir glauben.«

»Ich glaube Ihnen, Herr Tonnwald. Noch etwas anderes: Sie kennen doch einen jungen Mann namens Rocco Rune?«

Tonne zuckte wie elektrisiert zusammen. Rocco! Den kannten die also auch! Seinen Freund, mit dem er so viele schöne Abende im *NoName* verbracht hatte. Er spürte, wie seine Stirn langsam feucht wurde. Rune hieß er! Rocco Rune.

»Zack, kennen Sie Rocco Rune?« Mueller schlug einmal kurz und vernehmlich mit der Handfläche auf den

Tisch, während Tonne sich den Schweiß von der Stirn wischte. »Ja … war mal ein … g… guter Freund von mir«, stammelte er sich mühsam zusammen. Es war bald nicht mehr auszuhalten, diese Fragerei, diese Enge, das grelle Licht, dieser wilde Zack-Zack-Mueller, die Bewacher an der Tür.

»Wissen Sie denn was von ihm? Wo er jetzt ist?«, fragte Tonne, wobei er seine Tränen nicht unterdrücken konnte.

Hans Wespers schüttelte fast mitleidig den Kopf. »Das wollen wir ja gerade von Ihnen …« Er brach ab und schaute kurz zu Mueller, dann sprach er weiter. »Das können wir Ihnen ruhig mitteilen: Dieser Rocco Rune ist spurlos verschwunden. Kannten Sie ihn näher, Herr Tonnwald?«

Unter Tränen erzählte Tonne von seinen Treffen im *NoName*, von feuchtfröhlichen Abenden, Schachpartien und endlosen Diskussionen über Gott und …

»Das genügt, wussten Sie von seinen Drogengeschäften?«, fiel ihm Mueller ins Wort.

Tonne konnte diesen Mann nicht mehr anschauen. »Nein, aber das wissen Sie doch sowieso, Sie hören doch mein Telefon …«

»Herr Tonnwald«, unterbrach ihn Wespers energisch, »bleiben Sie sachlich. Einer der Gründe, warum wir Sie jetzt festgenommen haben, ist Ihr Kontakt zu diesem Rune. Er hat, anders als Sie selbst, in großem Stil nicht ganz einwandfreies LSD hergestellt und mehrfach gestrecktes Kokain verkauft.«

Tonne schüttelte sich. »Ich weiß nichts.«

»Wir suchen ihn wegen fahrlässiger Tötung in mindestens zwei Fällen. Haben Sie nun noch Kontakt?«

»N… nein.«

»Ihr angeblicher Freund ist ein Drogenpanscher, ein Verbrecher der übelsten Sorte. Er wird Ihnen, wie allen seinen Bekannten, erzählt haben, dass er in Göttingen Mathematik studiert. Stimmt das?«

»Ja.«

»Alles gelogen, der Kerl ist mit siebzehn von der Schule geflogen, war niemals irgendwo eingeschrieben. Hat sich stattdessen ein kleines Vermögen ergaunert.«

Tonne konnte das Gehörte kaum mehr aufnehmen. Sein Freund, der immer so nett und fröhlich gewesen war, sollte ein Lügner und Verbrecher sein? Unglaublich, so wie viele andere vor ihm hatte wohl auch Rocco ihm eine Freundschaft nur vorgespielt. Somit hatte Tonne nicht einen einzigen Freund in den letzten zehn Jahren gehabt, nicht einen!

Hans Wespers schwieg, auch Mueller blieb ruhig, die beiden schienen ihm einen Augenblick Zeit geben zu wollen.

Dann räusperte sich Wespers. »Geht es wieder?«

»Was geht wieder?«, fragte Tonne irritiert.

»Zurück zu Ihnen. Was ich noch gern wissen möchte: Irgendwann muss Sie doch jemand in die Abläufe eingeweiht haben, mit Ihnen wenigstens die beiden Codes abgesprochen haben. Sie müssen diese Person öfter als einmal getroffen haben. Und genau dieser Bursche interessiert uns! Sie sind dran.«

Wieder durchzuckte es Tonne: Ali. Jetzt musste es raus. Obwohl er am ganzen Körper zitterte, verspürte er plötzlich eine Art Erlösung und konnte ruhiger sprechen. »Ist schon lange her. Ein gewisser Ali tauchte in meinen Studentenkreisen auf. Der Typ kannte mich sogar noch unter dem Namen Toto, später dann als Tonne, weil ich so dick geworden war, wissen Sie? Ali ist ein widerlicher Kerl, der uns damals mit allem Stoff versorgt hat, den jeder so haben wollte. In der Zeit hat er mich gefragt, ob ich mitmachen würde.«

»Interessant. Können Sie diesen Ali beschreiben?«

»Ja, ich versuch's.« Tonne überlegte kurz, die letzte Begegnung der beiden lag Jahre zurück. Während er über Ali sprach, beobachtete er, dass Wespers Mueller fragend anschaute und dieser dann den Kopf schüttelte. Sie schienen diese finstere Gestalt nicht zu kennen.

»Berichten Sie bitte weiter, Herr Tonnwald«, sagte Wespers, als Tonne verstummte.

»Dieser Ali hat eiskalte, schwarze Augen, ein ziemlich kantiges Gesicht, überall Narben. Ich krieg die Panik, wenn ich daran zurückdenke, aber noch grässlicher sind seine Tätowierungen auf den Händen.« Tonne schüttelte sich.

»Was für Tätowierungen?«

»Eine Schlange und das Wort *KILL* auf den Fingern. Und er hat noch eine komische Angewohnheit. Er …«

In diesem Moment sprang die Tür auf und ein aufgeregter Mann kam hereingestürzt. Unter seinem aufgeknöpften Mantel trug er einen Jeansanzug mit gelbem T-Shirt.

»Nein«, schrie Tonne auf, es war der nichtssagende Jeansvogel aus dem Bus! Man hatte ihn also doch verfolgt! Für einige Momente kam er sich vor wie der größte Depp auf Erden.

Seine Reaktion auf den Mann nahm niemand zur Kenntnis, stattdessen sprangen Mueller und Wespers von ihren Stühlen auf und eilten mit dem Jeansvogel vor die Tür. Sie blieb halb offen, sodass Tonne die drei Männer sehen und ihr hektisches Tuscheln hören konnte. Dann liefen zwei von ihnen weg. Hauptkommissar Wespers drückte die Tür wieder auf, stoppte das Aufnahmegerät und setzte sich zu Tonne.

»Wir haben einen Einsatz. Sie, Herr Tonnwald, können jetzt gehen. Sie erhalten eine schriftliche Vorladung zu einem Termin, den Sie unbedingt einhalten sollten. Ich muss mich darauf verlassen können, sonst behalte ich Sie gleich hier.«

Tonne reichte Wespers die linke Hand zum Zeichen der Verständigung, versprach hoch und heilig, den Termin pünktlich wahrzunehmen, und verschwand; mit jedem Schritt in der wiedergewonnenen Freiheit fielen ihm ganze Steine von der Seele. So schnell er im Schnee vorwärtskam, hastete er zur Dönerbude und anschließend zur Kneipe mit der Lockenwickler-Wirtin.

An diesem Abend trank er so viel, dass er größte Schwierigkeiten hatte, seinen Heimweg zu finden.

Kapitel 23

2015
Friedland

Benommen von ihren Kopfschmerzen, stapfte Birte die Treppe hoch. Im Badezimmer wollte sie die Tüte in die Trommel entleeren. Da fiel ihr auf, dass sich Matzes fertig geschleuderte Wäsche noch darin befand, die sie zunächst im Schlafzimmer aufhängte. Dann erst kam ihre blutverschmierte Wäsche an die Reihe, die Tüte brachte sie, wie es Evi gesagt hatte, zu ihr hinunter. Wieder schlich sie hoch, nahm zwei Schmerztabletten ein und schloss sich im Schlafzimmer ein.

Matzes Wäsche auf dem Ständer war wichtig, alles musste so normal wie möglich aussehen, sie könnte dann einfach behaupten, dass Matze verschwunden sei oder so was … Selbst diesen Gedanken brachte sie nicht zu Ende, wie betrunken krabbelte sie mit all ihren Sachen ins Bett und deckte sich bis zur Nasenspitze zu. Die Wärme beruhigte sie, aber die blutigen Bilder und Evis Verhalten machten ihr zu schaffen. Was würde Evi jetzt von ihr denken? Was tat sie da unten? Birte wusste es nicht, sie wusste ohnehin gar nichts mehr und schlief vor Erschöpfung ein.

Ein schrilles Geräusch riss sie aus ihren wilden Träumen. Noch vollkommen benebelt hörte sie ohrenbetäubenden Lärm und nervtötendes Quietschen. Oh Gott, das war Matthias' Motorsäge! Sie nahm ein zweites Kissen und begrub sich darunter. Aber das Geräusch verstummte nicht, sie hielt sich die Ohren zu, es pochte in ihrem Schädel: Du hast deinen Mann umgebracht … du hast deinen Mann … Sie zählte, wie oft Evi die Säge laufen ließ. Fünfmal, dann herrschte wieder Totenstille.

Angeekelt warf Birte das zweite Kissen auf die Seite und erhob sich ganz langsam aus ihrem Bett. Die Kopfschmerzen hatten etwas nachgelassen.

Dann schoss ihr ein Gedanke durch den Kopf. Die Nachbarn! Ein älteres Ehepaar, beide Rentner, bestanden seit Jahren auf ihre tägliche Mittagsruhe zwischen 13.00 und 15.00 Uhr! Wenn diese alten Leute die Säge gehört hatten, würden sie in Kürze an der Tür klingeln und sich beschweren. Was sollte sie dann bloß sagen?

Ein kurzer Blick auf den Wecker neben ihrem Bett verriet ihr, dass es 13.15 Uhr war! Schnell rannte sie ins Badezimmer, um sich das Gesicht zu waschen und ihre strubbeligen Haare zu kämmen. Dann ging sie langsam die Treppe hinunter. Wenn die Nachbarn zu Hause waren, musste es jeden Augenblick an der Tür klingeln.

Sie nahm auf dem Sofa Platz und legte sich eine plausibel klingende Entschuldigung zurecht. Sie wartete minutenlang, ihr Kopf pochte weiter, aber es geschah nichts. Kein Klingeln, keine ellenlangen Diskussionen über Mittagsruhe, nichts.

Die Küchentür ging ganz langsam auf, und Evi betrat die Stube, nachdem sie vorsichtig Gummistiefel und Arbeitskittel ausgezogen hatte. Nach wie vor trug sie Gummihandschuhe. Birte bemerkte, dass sie diese gewechselt haben musste, erst waren sie rosa, nun blau. »Was war das für ein Lärm, Evi?«

»Ich wollte … deinen Mann«, Evi stockte und schluckte mehrmals, »… er ist zu schwer, jetzt habe ich ihn endlich im Wagen.« Evi setzte sich auf die Sessellehne, Birte gegenüber, der wieder Tränen über das Gesicht liefen.

»Was habe ich … ich getan, Evi?«, schluchzte sie.

Ihre schöne Freundin wirkte wieder sachlich und schüttelte leicht den Kopf. »Das ist nun nicht mehr zu ändern. Sei bloß froh, dass die Kinder nicht da sind, dann hättest du jetzt ein Megaproblem.«

Birte nahm ein Taschentuch zur Hand, wischte ihre Tränen weg und schnäuzte sich kräftig die Nase. »Das bin ich doch. Und ich bin so glücklich, dass du da bist, ich wüsste jetzt nicht mehr ein noch aus. Mit den Kindern, das wird ein Drama werden, nächste Woche … Aber was ich jetzt mal wissen will: Was soll denn jetzt, mit … mit Matze und so weiter, passieren?«

»Das wollte ich dir gerade erzählen. Du musst dich jetzt zusammenreißen und genau zuhören.«

»Ist gut, mach ich.«

»Aber noch eine Kleinigkeit vorweg, Birte«, sagte Evi leise, »wenn wir das hier hinter uns haben, dann verschwinde ich für immer.«

Birte starrte sie entgeistert an. »Du willst mich verlassen?«

»Ja, Birte. Und versuch nicht, mich umzustimmen, du kennst mich, es gibt kein Zurück.«

Birte errötete und spürte, wie sie wütend wurde. »Das begreife ich jetzt nicht. Jahrelang warst du doch diejenige, die sich immer mit mir treffen wollte, du wolltest mit mir Sex haben, du wolltest am liebsten mit mir allein auf dieser Welt leben, ohne Männer.« Ihr tropften wieder Tränen der Verzweiflung auf ihre Bluse.

Evi wartete auf den richtigen Moment, um weiterzusprechen. »Das ist ja alles richtig, was du sagst. Aber ich kann nicht mit einer Mörderin zusammenleben.«

»Du bist doch selber eine Mörderin!«, schrie Birte sie an. »Was war das denn? In Kolumbien?«

Evi schüttelte energisch den Kopf: »Nein, nein, nein. Die Geschichte in Kolumbien war reine Notwehr, sollte ich mich vielleicht vergewaltigen und töten lassen?« Sie winkte ab. »Im Gegensatz zu dir habe ich ja noch Miguel als Zeugen, dass ich mit diesem schmierigen Kerl allein in der Hütte war. Aber du hast nichts mehr! Nichts mehr außer zwei Kindern, denen du den Papa weggenommen hast, wofür sie dich hassen werden. Du hast deine Existenz zerstört, du hast deinen Mann hingerichtet! Seit ich Matthias in der Küche liegen sah … ich … ich habe einfach Angst vor dir, Birte.«

Stille.

Birte starrte sie aus dunklen Augenhöhlen an, ihr Gesicht war fast blau vor Blutleere, ihre Haare zerzaust, das Wrack einer Frau.

Nach einer Weile sprach Evi weiter und richtete ihren Zeigefinger auf sie: »Also, entweder reißt du dich jetzt richtig am Riemen und ich erkläre dir, wie wir die Leiche beseitigen. Oder ich fahre sofort weg und lasse dich allein in diesem Elend.«

Birte nickte ängstlich.

Dann erläuterte Evi ihren Plan.

Kapitel 24

2003
Göttingen, etwa 12 Jahre zuvor

Tonne wälzte sich ganz langsam aus seinem Bett und wankte ins Bad. Seine rechte Hand war noch verbunden, sodass ihm nichts anderes übrig blieb, als sich minutenlang mit seiner linken Handfläche das eiskalte Wasser ins Gesicht, dann wieder über seine Haarstoppeln und seinen Oberkörper zu spülen. Nachdem er sich umständlich abgetrocknet hatte, suchte er seine Nickelbrille und fand sie schließlich unter dem Stubentisch.

Obwohl es bereits Mittag war, konnte er sich an fast nichts erinnern, nicht einmal daran, ob die ältere Dame hinter der Kneipentheke wieder Lockenwickler in den Haaren gehabt hatte oder nicht.

Vor sich hin dösend, kochte er einen starken Kaffee. Das heiße Getränk hauchte ihm neues Leben ein. Ein Blick aus dem Fenster in die verschneite Umgebung erinnerte ihn sofort wieder an seine Mutter. An die Adventszeit, Weihnachten, die liebevoll verpackten Geschenke, auf die er nun schon seit so vielen Jahren verzichten musste. »Ich weiß nicht, wie es weitergehen soll«, sagte er leise zur Kaffeetasse, »eigentlich habe ich doch gar nichts mehr.«

Sein Handy rappelte. Er schaute sich um, es lag auf dem Küchentisch und war kurz davor, auf den Boden zu knallen. Er drückte auf die grüne Taste. »Ja?«

»Tonne?«

Einen Augenblick lang dachte Tonne, dass es diese Sventje war, die Stimme klang ein wenig piepsig, aber doch sehr viel dunkler als die der Niederländerin. Es war nicht Sventje, irgendjemand verstellte seine Stimme. »Ja.«

»Alter, du musst verschwinden«, piepste es am anderen Ende der Verbindung.

»Was muss … wer spricht denn da?«, fragte Tonne unruhig.

»Ey, noch mal. Wer hier is, spielt keine Geige, du solltest verduften, kleiner Tipp von mir.«

»Ich verstehe immer noch nicht«, sagte Tonne vorsichtig.

»Tonne, hör jetze zu: Ali ist richtig stinkig auf dich. Der macht Kleinholz aus dir. Wollt dich nur warnen, hau endlich ab, ey, sofort! Ich leg auf.«

»Hallo?«

Die verstellte Stimme war verschwunden. Was war das denn? Mit zittrigen Händen schaltete Tonne das Handy ab. Ali macht Kleinholz … Trotz seines übermäßigen Alkoholkonsums war Tonne jetzt hellwach. Sofort erinnerte er sich an sein letztes Gespräch mit diesem Ali. Tonne hatte ihn gefragt, was denn passieren würde, wenn mal ein Geschäft platzen sollte. Daraufhin hatte Ali eine große, schwarze Olive zwischen den

Fingern zerquetscht, bis der dunkle Saft seinen hochgehaltenen Arm heruntergelaufen war.

Tonne schüttelte sich. Hastig trank er den Rest aus seiner Kaffeetasse.

Gerade hatte ihn ein Fremder vor Ali gewarnt, das konnte kein schlechter Scherz sein. Seine Stirn wurde wieder feucht. Tonne brauchte nicht lange zu grübeln: Er hatte ein großes Geschäft vermasselt. Was hatte der Hauptkommissar gesagt? Es ging um mindestens 350.000 Euro!

Tonne schlich in die Küche, schaltete die Kaffeemaschine ab und goss sich den restlichen Kaffee in die Tasse. Er musste nachdenken, aber sein Gefühl sagte ihm, dass dies schnell gehen sollte.

Während er das heiße Getränk schlürfte und ein Stück Salami aß, ging er seine Lage durch. Seine Konten waren derart geschrumpft, dass er bald kein Geld mehr haben würde. Über Kredite brauchte er nicht nachzudenken, vor einem Jahr hatte ihn ein Banker schallend ausgelacht, als er einen Kreditantrag gestellt und als Beruf Pokerspieler angegeben hatte. Sein Anwalt hatte zwar das Geld bekommen, das Tonne ihm schuldete, war aber mit der Finanzamtssache noch nicht fertig; weitere Rechnungen würden folgen. Sollte das Finanzamt den Prozess gegen ihn gewinnen, müsste er Einkommensteuer nachzahlen, die er nicht mehr aufbringen konnte.

Wegen der ewig rückständigen Mietzahlungen hatte er eine Räumungsklage seiner Vermieterin am Hals, er hätte sich längst um eine andere Wohnung kümmern müssen. Die Frist zur Räumung war bereits Mitte November abgelaufen, es war nur noch eine Frage der Zeit, bis man ihn mit all seinen Klamotten vor die Tür setzen würde.

Pokern konnte er künftig wohl auch nicht mehr, er musste sich eingestehen, dass er in diesem Punkt versagt hatte.

Geradezu grausam aber war, dass er keine Bekannten oder Freunde hatte, mit denen er über alles sprechen konnte und wo er sich einige Zeit vor diesem Ali hätte verstecken können. Der Mann von der Kripo fiel ihm ein. Aber was konnte der schon ausrichten? Würde er ihn mit nach Hause nehmen und ihn, mit einer Knarre auf dem Tisch, bewachen? Nein, man müsste ihn schon in eine Zelle stecken. Schutzhaft nannte sich so was, glaubte er. Tonne schüttelte sich bei diesem Gedanken.

Langsam ging er zu seinem Rechner, fuhr ihn hoch und loggte sich in seinem Pokerprogramm ein. Er wählte irgendeinen Tisch und schaute verzweifelt zu, wie das System immer wieder neue Karten verteilte und die Chips hin und her geschoben wurden. Die Bilder verschwammen von seinen Tränen. »Auf Wiedersehen, ihr Scheißzocker«, rief er in sein Wohnzimmer, wischte sich durchs Gesicht, loggte sich aus und fuhr den Rechner wieder herunter.

Jetzt musste es schnell gehen.

Aus seinem Kleiderschrank zog er den uralten, großen Rucksack hervor und stopfte seine Sammlung an Schlaftabletten, die er sorgsam in einem Clipbeutel aufbewahrt hatte, in eine der zahlreichen Seitentaschen. Fingerhandschuhe verschwanden in einer zweiten Tasche. Dann schlüpfte er in seine Sachen und wählte seine warmen Fellschuhe und einen Pullover mit riesiger Kapuze. Der Verband an seiner rechten Hand störte ihn. Schnell wickelte er das Stoffband ab und warf es auf sein Bett. Die Blutung war gestillt. Er bewegte sein Handgelenk, es zwackte noch, die Schmerzen waren aber zu ertragen.

Dann zog er seinen Parka über und kontrollierte sein Bargeld. Er hatte noch knapp einhundert Euro, das sollte für sein Vorhaben genügen. Das ausgeschaltete Handy stopfte er in eine weitere Seitentasche des Rucksacks.

Wenige Augenblicke später verließ er das Haus, ohne sich noch einmal umzuschauen, die Kapuze tief in das Gesicht gezogen.

Am Hauptbahnhof gab es einen Discounter, in dem er sich zwölf halbe Liter Pils, eine Reihe Flachmänner und Zigaretten besorgte. Zum Abschied wollte er sich gutes Pils gönnen, nicht diesen billigen Fusel aus Dosen.

Um 13.50 Uhr fuhr der Bus in den nördlichen Teil des Naturparks Münden. Sein Ziel war Niemetal am Nordrand des Bramwaldes, wo er aufgewachsen war. Um dort hinzugelangen, musste er unterwegs noch einmal umsteigen.

Wie immer setzte er sich in die letzte Reihe. Etwa auf der Hälfte der Strecke schaute er sich vorsichtig um. Drei Pkws folgten dem Bus, zwei rötlich lackierte Kleinwagen und ein größeres, hellgrünes Fahrzeug mit drei schwarzen Streifen auf der Motorhaube. Da Tonne nie selbst Auto gefahren war und auch keine Automarken unterscheiden konnte, prägte er sich Größe, Form und Farbe der Wagen ein. Aber wozu?

In seiner Nähe saß niemand, so konnte er unbemerkt eine Flasche Pils öffnen. Er drückte sich tief in die Rückbank, auch der Busfahrer sollte nichts davon mitbekommen. Neben einem kräftigen Schluck genehmigte er sich einen ersten Schnaps. Diesen Tag wollte er noch mal in vollen Zügen genießen. Der Schnaps beruhigte ihn; je weiter sie sich von Göttingen entfernten, desto mehr hellte sich seine Stimmung auf. Alle konnten ihm jetzt den Buckel runterrutschen, mit jedem Schluck Schnaps prostete er sich leise zu.

»Prost Ali.«

Schnaps.

»Prost Rocco, du verdammter Bastard.«

Schnaps.

»Prost, Herr Hauptkommissar Wespers, leider kann ich Ihren Termin, wann immer dieser sein soll, nicht wahrnehmen.«

Dann musste er umsteigen, schnell trank er die beiden Flaschen aus und ließ sie auf der Rückbank liegen.

Jetzt erst bemerkte er, dass es angefangen hatte zu schneien. Er zog seine Kapuze tief in das Gesicht hinein und beobachtete die dicken Flocken, wie sie zur Erde niederfielen.

Der zweite Bus ließ nicht lange auf sich warten, und nach kurzer Fahrt hatte er Niemetal erreicht. Hier hatte sich bereits eine dünne Schneedecke gebildet.

Tonne lief an dem Haus vorbei, in dem seine Mutter und er gewohnt hatten, hielt sich aber nicht lange auf. Zu viel hatte sich verändert.

Sein eigentliches Ziel war der Totenberg, eine etwa vierhundert Meter hohe Erhebung. Als Kind kannte er in dieser Gegend jeden der wenigen Wege, geradezu jeden Baum, jeden Strauch. Er und seine damaligen

Freunde waren fast täglich im Wald gewesen, Sommer wie Winter. Hier hatten sie Cowboy und Indianer gespielt, mit wilden Verfolgungsjagden. Oder sie waren einfach zum Totenberg hochgelaufen, auf dessen Hochebene zwei kleine Fachwerkhäuser standen, die sie *Hexenhäuschen* getauft hatten. Immer wieder waren sie dort und erzählten sich die schauerlichsten Geschichten. Hier hausten gruselige Geister mit riesigen Eckzähnen, furchterregende Räuber mit überlangen Krummsäbeln und riesige, tödlich giftige Schlangen.

Bevor Tonne von einem schmalen Weg in den verschneiten Wald abbiegen wollte, schaute er sich noch einmal um. Der Schreck fuhr ihm durch die Glieder, einen Moment lang fragte er sich, ob er von gestern noch betrunken war und Gespenster sah. Schnell putzte er seine Nickelbrille, schaute noch einmal hin. War es Zufall oder hatte er vielleicht schon Wahnvorstellungen? Nein, er war sich ganz sicher. Am Rand der Straße, die er verlassen hatte, stand es – das hellgrün lackierte Fahrzeug mit den drei schwarzen Streifen. Die Farbe des Wagens hob sich auffällig von den anderen Autos ab, die fast alle zugeschneit waren. Dieses Auto musste beiden Bussen gefolgt sein! Und war ihm bis an den Waldrand gefolgt.

Konnte man ihn nicht einmal auf seinem letzten Weg in Ruhe lassen? Gott sei Dank verhinderte ein Schlagbaum die Weiterfahrt. Wenn es nun so sein sollte, dann musste man ihm eben zu Fuß folgen. Und das würde er diesem Kerl schon schwer machen.

Er beschloss, nicht weiter darüber nachzudenken, und wollte sich stattdessen ganz auf sein Vorhaben konzentrieren. Bald würde es dämmern und dann schnell dunkel werden. Er schaute kurz zum Himmel, der nur aus Schneeflocken zu bestehen schien. Man konnte davon ausgehen, dass auch der Mond nicht allzu viel Licht spenden würde. Tonne hatte einen Vorteil. Als Kinder waren sie oft im Dunkel des Waldes umhergezogen, er konnte sich an bestimmten Baumformationen und an den Hügeln orientieren, auch ohne viel Licht.

Schnell streifte er seine Fingerhandschuhe über, schnappte sich den schweren Rucksack und stapfte durch den Schnee weiter auf dem schmalen Waldweg.

Es war nicht sonderlich kalt, aber es schneite immer heftiger; Tonne musste sich die Kapuze tief ins Gesicht ziehen, damit seine Nickelbrille nicht ständig nass wurde. So schnell es ging, lief er zunächst auf dem Weg weiter, der sich jetzt in lang gestreckten Kurven aufwärts schlängelte.

Nach einer ganzen Weile stoppte er und schaute sich noch einmal um. Soweit er das in dem Schneegestöber überblicken konnte, war ihm niemand gefolgt. Nun konnte er beruhigt weiter vordringen, direkt in den Wald hinein.

Nachdem er eine kleine Bodenwelle überwunden hatte, stand er in einer wenige Meter großen, baumfreien Senke und erinnerte sich wieder an die Kindheit. Hier hatten sie einmal versucht, als Cowboy und Indianer ein kleines Lagerfeuer zu entzünden. Tonne suchte den Baumstumpf, auf dem sie damals saßen, wischte den Schnee weg und bemerkte, dass alles vermodert war.

Es war an der Zeit, weiterzutrinken und die Kindheit zu feiern. Er zündete sich eine Zigarette an, öffnete eine

Flasche Pils, trank sie zügig aus und nahm sich einen Schnaps. Nachdem auch diese kleine Flasche leer war, warf er sie in hohem Bogen in den angrenzenden Wald.

Dann setzte er seine Wanderung fort. Immer wieder kreisten seine Gedanken um seine drei kleinen Freunde von damals; er hatte das Gefühl, dass sie neben ihm liefen und herumtollten. Was waren sie damals fit gewesen! Je weiter er kam, desto schwerer fiel ihm das Laufen im Schnee. Tonne musste nun häufiger pausieren, öffnete eine Flasche nach der anderen, warf sie fort oder ließ sie einfach liegen, wenn sie leer waren.

Irgendwann lehnte er sich an einen großen Baum und schaute schnaufend zurück. Es war dunkel geworden, der leuchtend weiße Schnee ließ nur noch den Blick in der direkten Umgebung zu, alles andere war grau und schwarz.

Dann sah er plötzlich ein Licht aufblitzen, es zuckte hin und her. Das musste eine Taschenlampe sein, diese Lichtkegel kannte er von früher, wenn er und seine Freunde im Dunkeln unterwegs waren.

»Ihr Vollidioten, lasst mich doch endlich allein«, schrie er in Richtung des Lichtes, das sofort erlosch. Wütend warf er eine halb volle Flasche Pils in weitem Bogen gegen einen Baum, wo sie mit lautem Krachen zerschellte.

Der Alkohol machte sich bemerkbar, nur sein unbändiger Wille zwang ihn weiter durch die Schneedecke. Alles um ihn herum begann sich zu drehen, er sprach mit seinen kleinen Freunden und scherzte mit ihnen.

Dann erreichte er endlich eine Lichtung mit niedrigem Baumbewuchs. In dieser Gegend wollten sie einmal eine Prinzessin herbeizaubern … Lachend schlug er seinen Freunden vor, dass sie sich hier zum Übernachten ein schönes Plätzchen suchen sollten, zum Totenberg konnten sie morgen weitergehen.

Tonne leerte noch eine Schnapsflasche, warf sie weit von sich, dann torkelte er weiter. Seine Schritte wurden schwerer, die kleinen kahlen Bäume um ihn herum fingen an zu tanzen. Nun waren er und seine Freunde genug gewandert.

Mit letzter Kraft zog er den Clipbeutel aus dem Rucksack und spülte die fünfzehn Schlaftabletten einzeln mit Pils hinunter, dann verschloss er die leere Tüte und vergrub sie im Schnee.

Plötzlich war das tanzende Licht wieder da.

Tonne war so betrunken, dass er nicht mehr geradeaus schauen konnte. Zwei dunkle Hosenbeine kamen näher oder waren es vier? Alles tanzte, drehte, überschlug sich.

»Al… alte Socke, will… willste auch 'n Schluck? Kannste auch 'n … Schnaps …« Weiter kam er nicht, man hatte ihm etwas in den Mund geschoben, er schluckte es schnell hinunter, spülte mit eiskaltem Pils nach und ließ die Flasche fallen, dabei riss ihm jemand die Brille vom Kopf.

Dann ging alles rasend schnell.

Ein dumpfer Knall. Er sah seine Geburt, seine Mutter, seine Freunde, die Drogenpartys, seine Deals, bunte Pokerchips. Dutzende Pokernamen rauschten an ihm vorbei, dann der Pfeife qualmende Ede, die beiden Fußballexperten, die laut grölenden Handballer, Susan, Rocco, endlose Schachpartien, das umgekehrte Christuskreuz, die Lockenwickler-Wirtin, der Zack-Zack-Mueller. Dann riss der Film, und er sackte tot zu Boden.

Kapitel 25

2015
Göttingen

Jochen Torheim schritt auf seinen Schreibtisch zu, auf dem eine kleine handschriftliche Notiz lag. »Ganz schnell zum Briefing, ich muss gleich weg. Haben Sie Stift und Papier dabei?«

»Merke ich mir«, antwortete Leitner gelassen und wunderte sich wieder einmal über seinen Chef. Wenn dieser es so eilig hatte, dann hätte auch eine kurze Information per Telefon genügt. Aber Torheim legte neuerdings Wert auf – von ihm so genannte – kurze *visuelle Kontakte,* die Leitner überflüssig fand. Denn sie hatten regelmäßige Besprechungen, arbeiteten in Teams und hatten damit auch genug Begegnung untereinander. Das Problem lag bei Torheim selbst, der diesen Runden immer öfter fernblieb.

»Der Einsatzort ist in der Nähe von Varrigsen, südlich von Alfeld, westlich der B 3, hier sind die genauen Daten«, sagte Torheim schnell und reichte Leitner den Zettel. »Es handelt sich um einen Bauernhof, auf dem es in der Nacht einen Brand gab. Die Feuerwehr hat nach den Löscharbeiten eine Leiche entdeckt. Die

Spurensicherung ist bereits vor Ort, wie heißt der neue Kollege?«

»Landers.«

»Genau, der Herr Landers ist mit einem Team vor Ort. Nehmen Sie den Heuward mit, der Mann braucht drei Dinge: Praxis, Praxis und Praxis.« Das sollte wohl witzig sein, aber Leitner reagierte nicht, woraufhin Torheim seine drei ausgestreckten Finger zurückzog und verschwand.

Auf dem Rückweg zu seinem Büro spürte Leitner wieder seinen Magen. Vor der Tür kam ihm der gut gelaunte Tobias entgegen.

»Einsatz, Tobias. Willst du fahren?«, fragte Leitner mürrisch.

»Klar, Chef. So schlechte Laune am frühen Morgen?«

»Keine. Können wir? Hast du deinen Ausweis?«

»Alles dabei, wir können sofort los.«

Die beiden verließen das Gebäude. Im Auto berichtete Leitner vom kurzen *visuellen Kontakt* mit Torheim.

»Unser Effizienz-Prediger ist doch völlig abgehoben, hat der überhaupt jemals einen Kriminalfall bearbeitet? Oder ist er von der Schulbank direkt in der oberen Etage gelandet? Ich meine, Daten für einen Einsatz aufnehmen und gleich wieder jemandem aufs Auge drücken, ist doch keine Kunst.«

Leitner schwieg. Tobias konzentrierte sich wieder ganz auf seine rasante Fahrt; schnell hatten sie ihr Ziel erreicht.

Vor ihnen lag ein riesiges Gelände, auf dem früher einmal Landwirtschaft betrieben worden war. Alles wirkte heruntergekommen, die Felder waren von

Unkraut überwuchert. Kleine Baum- und Strauchgruppen hatten sich bereits einen Teil der Fläche zurückerobert, die ihnen der Mensch genommen hatte. Hinter einer Baumgruppe lagen zwei verwahrloste Gebäude und etwas entfernt davon eine ausgebrannte Halle, deren Wellblechdach teilweise eingestürzt war.

Die Polizei hatte das Gelände großräumig abgesperrt. Am Anfang des Feldweges hatten sich die beiden Ermittler ausgewiesen und bahnten sich nun den Weg durch ein Wirrwarr durcheinanderlaufender Personen und quer stehender Fahrzeuge von Polizei, Feuerwehr und Spurensicherung. Endlich standen sie auf dem Hof.

Leitner ging auf einen der Feuerwehrleute zu, begrüßte ihn und stellte sich vor. »Wohnt hier noch jemand?«

»Nein, schon ewig nicht mehr.«

»Kennen wir die Eigentümer?«

»Nein.«

»Ist die Halle von euch abgesichert worden, ich meine, wegen der Einsturzgefahr?«

Der Mann bestätigte dies mit einem kurzen Nicken und wischte sich etwas Schweiß aus dem rußigen Gesicht. »Auf uns ist Verlass.«

Max Leitner und Tobias Heuward gingen langsam auf das übel zugerichtete Gebäude zu. Überall dort, wo die Flammen nach außen geschlagen waren, hatten sie dunkle, schwarzgraue Rußspuren an den ursprünglich wohl gelb gestrichenen Wänden hinterlassen. Die riesige Wellblechkonstruktion des Daches hatte sich verformt und war stellenweise nach außen heruntergebrochen. Beim Näherkommen erkannte Leitner, dass das Mauerwerk mit schweren Eichenbohlen versetzt war.

Dieses Fachwerk war fast durchgängig mit weißem Schaum bedeckt, der langsam herunterlief und einige verkohlte Holzflächen freilegte. Einen Teil des Daches hatten die Feuerwehrleute bereits abgetragen, die Einzelteile hatte man neben dem Eingang der Halle aufgestapelt.

Leitner blinzelte in das riesige Bauwerk hinein, das nur schwer einzusehen war, da kleinste Windstöße eine Menge Staub und Asche aufwirbelten.

Landers schien sie bereits zu erwarten, kam direkt aus den Staubwolken auf sie zu und zog seinen Mundschutz herunter. »Guten Morgen, die Herren«, sagte er mit geschäftiger Miene.

»Mal sehen, ob es ein guter wird«, lächelte ihn Tobias freundlich an.

»Das will ich doch hoffen, Herr …«

»Heuward, Tobias Heuward. Wie der Tankwart, der Heu …«

»Zur Sache, was haben Sie für uns?«, ging Leitner, dem nicht nach Small Talk zumute war, dazwischen.

»Ja, kommen Sie«, sagte Landers artig und ging mit den beiden ein paar Schritte in die Halle. Sie blieben stehen. Jetzt erst sahen sie es: Mitten in der Halle stand ein vollkommen ausgebranntes Fahrzeug. Ein widerlicher Gestank, ein Gemisch aus verbranntem Benzin, Gummi und Holz, schlug ihnen entgegen.

»Im Fahrzeug liegt eine Leiche. Dies sind die Momente, in denen ich meinen Beruf regelrecht hassen könnte«, murmelte Landers leise.

»Wieso? Wir sehen doch ständig Leichen?«, hakte Tobias nach.

»Aber nicht solche. Es ist ein Mann auf der Ladefläche, ziemlich groß, schätze etwa zwei Meter. Arme, Beine und der Kopf wurden abgetrennt, einzeln in Folie oder Plastiktüten verpackt und wohl mit Benzin überschüttet. Wir machen gerade Röntgenaufnahmen von den Körperteilen, beziehungsweise von dem, was davon übrig geblieben ist. Wollen Sie sich das anschauen? Dann muss ich Ihnen aber einen Gesichtsschutz holen.«

Tobias wurde blass im Gesicht, schüttelte kurz mit dem Kopf und lief aus der Halle.

»Wollen Sie?«, fragte Landers den Hauptkommissar.

»Nein. Machen Sie Ihre Röntgenaufnahmen. Was ist mit dem Fahrzeug? Haben wir Fahrgestellnummer, Nummernschilder?«

»Die Fahrgestellnummer wurde mit einem Trennschleifer herausgeschliffen. Die Nummernschilder sind abmontiert worden, die genaue Markenbestimmung wird auch noch dauern. Sämtliche Kunststoffteile sind geschmolzen, die Reifen verbrannt. Die Karosserie ist durch die Hitzeeinwirkung vollkommen verzogen. Das Feuer wurde durch jede Menge trockenes Holz und Stroh verstärkt, was hier noch eingelagert war. Die Halle war im Ursprungszustand sicherlich nicht luftdicht, aber Sie können sich die Angelegenheit vorstellen wie eine Art Dampfkessel, daher auch die hohe Temperatur, die man jetzt noch verspürt. Durch die gewaltige Feuersbrunst haben sich die Wellbleche verzogen, das Dach ist teilweise weggeplatzt und eingestürzt, was zu einer extremen, weithin sichtbaren Feuerwelle geführt haben muss.«

»Wer hat die Sache gemeldet?«

»Das müssen Sie die Kollegen fragen, die hier ortskundig sind. Sobald wir Neuigkeiten haben, melde ich mich bei Ihnen.«

»Gut.« Zufrieden schritt Leitner auf einen der Streifenwagen zu.

»Morgen«, grüßte er die beiden Polizisten und zeigte seinen Ausweis, »wissen Sie, wer das Feuer gemeldet hat?«

Einer der beiden Beamten nickte. »Ein jüngeres Ehepaar vom benachbarten Bauernhof. Die Frau konnte nicht schlafen, hat das Feuer entdeckt und sofort gemeldet. Wir haben die beiden noch in der Nacht besucht und befragt.«

»Hat die Frau irgendetwas beobachten können?«

»Ja. Etwa fünf Minuten vor dem Feuerschwall ist ein Motorrad mit überhöhter Geschwindigkeit an ihrem Haus vorbeigejagt, wie auf der Flucht. Mit zwei Personen, daran kann sie sich genau erinnern. Sie hatte die Haustür geöffnet, um frische Luft zu schnappen. Sonst keine weiteren Details.«

»In welche Richtung fuhr das Motorrad?«

»B 3, Richtung Göttingen.«

Leitner reichte den Männern seine Visitenkarte. Sie sagten zu, ihm den Bericht unverzüglich zur Verfügung zu stellen. Dann ging Leitner zum Fahrzeug zurück, wo ihn der leichenblasse Tobias bereits erwartete.

»Soll ich zurückfahren?«

»Nee, Max, geht schon wieder.«

Unterwegs erzählte Leitner von dem Motorrad.

»Das schränkt ja den Kreis der Täter mächtig ein«, witzelte Tobias, »und was machen wir in diesem Fall?«

»Erst mal den üblichen Kram.«

Kapitel 26

2015
Frankfurt/Main

Sie spürte wieder diese Unruhe. Sie hatte ihn in den letzten Stunden mehrfach versucht zu erreichen. Jedes Mal, wenn sie seine Handynummer gewählt hatte, kam diese monotone Meldung, dass der gewählte Teilnehmer zurzeit nicht erreichbar sei. Was war bloß los? Hatte Matthias seinen Provider gewechselt? Dann hätte er ihr dies doch bestimmt mitgeteilt. Oder wollte er plötzlich, aus heiterem Himmel, nichts mehr mit ihr zu tun haben? Sollte sie sich derart in ihm getäuscht haben? Immer wieder hatte er sich gemeldet, mal tagsüber, mal abends, wann immer er dafür einen Moment Zeit fand. Nicht ein Mal hatte er sie vergessen. Seit ihrem letzten gemeinsamen Wochenende, das beide in vollen Zügen genossen hatten, war plötzlich Funkstille.

Je länger sie darüber nachdachte, desto kurioser erschien ihr diese Angelegenheit. Es ließ nur einen Schluss zu. Es musste etwas passiert sein!

Conny zog den Ordner mit den Stuttgarter Umzugsunterlagen aus dem Schrank. Das oberste Dokument war ihre eigens verfasste Auftragsbestätigung an die Spedition Meywald in Göttingen. An zweiter Stelle lag das von Matthias formulierte Angebot. Mit schnellen Fingern tippte sie die darauf angegebene Rufnummer.

»Spedition Meywald, Sie sprechen mit Frau Blume.«

»Conny Neumann, Astona Versicherungsgruppe. Kann ich Herrn Dassow sprechen?«

»Ach, Frau Neumann, ich erinnere mich. Wir hatten auch schon mal miteinander telefoniert. Geht es um Ihr Umzugsprojekt in Stuttgart?«, fragte Blümchen vorsichtig.

»Ja, auch, Frau Blume. Aber ich müsste dringend Herrn Dassow sprechen.«

Am anderen Ende der Leitung wurde es ruhig. »Ich … ich gebe Ihnen mal unseren Chef.«

Es knackte, dann tutete es dreimal. »Meywald«, brüllte es ihr ins Ohr. Conny erschrak und nahm instinktiv den Telefonhörer etwas zur Seite.

»Conny Neumann, Astona Versicherungsgruppe. Ich möchte gern Herrn Dassow sprechen.«

»Was, was, was … Herrn Dassow. Worum geht es denn?«, brüllte der Mann weiter.

»Es geht um unser Umzugsprojekt von Stuttgart nach Frankfurt, Herr Dassow hat doch dafür die …«

»Ach, die Versicherungssache«, redete Meywald dazwischen, »mit wem spreche ich?« Seine Stimme wurde ruhiger.

»Ich bin Conny Neumann und habe die Verhandlungen mit Ihrem Herrn Dassow geführt. Kann ich ihn jetzt bitte sprechen, und zwar sofort!«, erwiderte Conny entnervt.

Am anderen Ende wurde es ganz ruhig. »Frau Neumann … wir haben da ein Problem«, sagte Meywald nun leise.

»Wieso ein Problem?«

»Tja, wie soll ich Ihnen das erklären … Seitdem er bei Ihnen in Frankfurt war, ist er spurlos verschwunden und …«

»Verschwunden?«, fragte Conny besorgt.

»Ja, verschwunden. Matze, also Herr Dassow, hatte sich Montag noch mal kurz bei mir gemeldet, hatte von der Auftragsbestätigung Ihrerseits gesprochen, wollte Dienstag reinkommen, seitdem nichts mehr. Zu Hause ist er nicht, nirgends zu erreichen«, schnaufte Meywald, »seine Frau weiß auch nichts.«

Conny konnte das Gehörte kaum glauben. »Haben Sie die Polizei eingeschaltet?«

»Was, was, was … Polizei?«, brüllte Meywald erneut, »nein, noch nicht«, fügte er dann etwas kleinlaut hinzu.

»Danke für die Auskünfte, Herr Meywald, wegen der Umzugssache hören Sie wieder von mir.« Sie legte einfach auf. So schnell sie konnte, verstaute sie ihre Sachen und rannte Richtung Fahrstuhl. Sie kannte nur noch ein Ziel: die Polizeidirektion in Frankfurt.

Dem Beamten, der ihre Vermisstenanzeige entgegennahm, erzählte sie alles, auch von dem schönen Wochenende im Hochtaunus.

»Machen Sie sich nicht zu viele Sorgen«, hatte der freundliche Beamte zu ihr gesagt, »das klärt sich bestimmt bald auf.«

Aber sie machte sich welche. Sogar riesengroße Sorgen. Was war ihrem Matthias nur zugestoßen? Einen

Moment lang überlegte sie, ob sie nach Göttingen fahren sollte, ließ dann aber davon ab. Denn am nächsten Tag erwartete sie wieder viel Arbeit.

Sie fuhr nach Hause und legte sich sehr früh zu Bett. Stundenlang lag sie wach, dachte sehnsüchtig an Matthias, bis sie vor Übermüdung einschlief.

Kapitel 27

2015
Göttingen

Wollen Sie rüberkommen?«, fragte Sven Landers, »ich habe ein paar interessante Neuigkeiten für Sie.«

»Wir kommen.«

»Ich verrate Ihnen so viel: Es wird Sie umhauen.«

»Schauen wir mal.«

Die beiden beendeten ihr Telefonat. Schnell informierte Leitner Tobias, wenige Minuten später waren sie auf dem Weg.

»Was gibt's Neues, Max?«

»Weiß nicht. Landers macht es wieder spannend, es soll mich umhauen.«

Landers erwartete sie, wie schon beim letzten Mal, vor den Laborräumen und führte die beiden Kriminalisten zu einem der Rechner, an dem bereits drei Bürostühle bereitstanden. »Bitte nehmen Sie Platz.«

Die drei Männer setzten sich, und Landers begann sofort zu reden, seine Anspannung war deutlich zu spüren. »Kurz vorweg: Wir haben Nachtschichten eingelegt, um Ihnen zügig Ergebnisse liefern zu können. Es war wirklich aufregend, aber jetzt der Reihe nach: Ich berichte Ihnen erst einmal, was wir zur Leiche aus der Halle herausfinden konnten: Größe etwa zwei Meter, plus minus wenige Zentimeter. Das Alter des Mannes schätzen wir zwischen fünfundvierzig und unter sechzig. Interessant sind die Röntgenaufnahmen. Sehen Sie das?«

Landers hatte während seiner Ausführungen mehrere Bilddateien geöffnet und fummelte mit dem Zeigefinger auf dem Monitor herum.

»Und?«, warf Tobias ein.

»Hier. Der Mann hat drei Einstiche im Bereich Pankreas, Duodenum und …«

»Könnten Sie das bitte gleich übersetzen? Ich habe mein Abi nämlich unter anderem in Hebräisch abgeschlossen und nicht in Latein«, unterbrach ihn Tobias freundlich lächelnd.

Landers schaute ihn kurz an und wandte sich dann seinen Computerbildern zu. »Verzeihung«, murmelte er irritiert. »Äh … wenn Sie sich den Mann von vorne vorstellen, hat er drei Stichverletzungen im Bereich Bauchspeicheldrüse, Zwölffingerdarm und Lunge und eine ausgeprägte Blutansammlung unterhalb des Thorax, äh … des Brustkorbes. Das deutet darauf hin, dass der Thorax bei den Einstichen mit verletzt wurde, was ziemlich schnell zum Tode geführt haben muss.«

»Aber ich dachte, alles im Fahrzeug war verbrannt«, hakte Tobias nach, »wie konnten Sie diese Verletzungen dann noch nachweisen?«

»Die Körperteile waren mehrfach in reißfestem Kunststoff eingewickelt, was die zerstörerische Kraft des Feuers etwas abgehalten haben muss. Außerdem kann der

Brand im Fahrzeug auch erstickt sein, denn die Fenster waren geschlossen und sind vermutlich erst durch die Hitze in der Halle zerstört worden. Wer diesen Mann beseitigen wollte, kann kein Profikiller gewesen sein, zu viele Fehler, verstehen Sie?«

Leitner nickte. »Todesursache sind die Stichverletzungen?«

»Ja.«

»Ist davon auszugehen, dass Tötungsdelikt und Verbrennung zeitlich und örtlich auseinanderliegen?«, wollte Tobias wissen.

»Ich möchte es noch genauer formulieren. Es muss drei Phasen gegeben haben: Tötung, Verstümmelung und Verbrennung. Zwischen diesen dürften viele Stunden gelegen haben, die meiste Zeit zwischen Zerstückelung und Verbrennung. Aufgrund dieser zeitlichen Intervalle darf man also von zwei oder drei Tatorten ausgehen. Soll ich Ihnen das näher erläutern?«

»Nicht erforderlich«, antwortete Tobias schnell, »Sie haben doch bestimmt noch mehr für uns, oder?«

»Natürlich haben wir noch mehr«, antwortete Landers stolz. »Der Tote muss vor seinem Killer gestanden haben.«

»Warum?«, bohrte Tobias interessiert nach.

»Werden Menschen auf dem Boden liegend erstochen, ergeben sich in der Regel inexaktere Verletzungsmuster, ich bleibe dabei, der Mann stand vor dem Täter.«

»Klingt interessant«, meldete sich Tobias wieder zu Wort.

Landers nickte mit leuchtenden Augen. »Freut mich. Aber wir haben noch mehr: Die Präzision der Einstiche lässt darauf schließen, dass der Mann schnell und ohne jede Gegenwehr getötet wurde.«

Tobias hob den Zeigefinger. »Er hat also nicht mit einer solchen Attacke gerechnet oder rechnen können?«

»Das lässt sich annehmen.«

»Dann müssen sich Täter und Opfer gekannt haben«, sinnierte Tobias weiter.

»Auch das dürfen Sie …«

»Können Sie etwas zur Tatwaffe sagen?«, fragte Leitner dazwischen.

»Ja. Die Stichwunden stammen von einem Gegenstand mit gleichbleibend dicker Klinge. Allerdings sind sie so lang, dass Taschenmesser oder ähnliche Dinge nicht infrage kommen.«

»Vielleicht ein Dolch?«, warf Tobias ein.

»Nein, Dolche haben zum Griff hin breiter werdende Klingen.«

»Also, was dann?«

»Wenn Sie mich fragen, handelt es sich um ein Messer in der Länge eines Brotmessers, allerdings mit glatt geschliffener Klinge.«

Tobias hob ein zweites Mal seinen Finger. »Bisher haben wir noch nicht allzu viele Fakten, Herr Landers. Sie haben meinem Chef gesagt, dass es ihn umhauen würde. Sie müssen doch noch mehr auf Lager haben?«

Landers machte ein geradezu feierliches Gesicht, es schien ihm Freude zu bereiten, die beiden einen Moment lang zappeln zu lassen. »Die Fingerspuren konnten wir nicht mehr abnehmen. Die extreme Hitze und der Kunststoff haben dies verhindert.« Er zeigte ein Bild des rechten Arms, ein zweites von der Hand des Toten und machte wieder eine kurze Pause.

»Sie spannen uns auf die Folter.« Leitner bemühte sich, möglichst freundlich zu klingen.

»Das ist nicht meine Absicht. Wenige Minuten, bevor ich Sie angerufen habe, erhielt ich einen Anruf. Die DNA konnte problemlos ermittelt und zugeordnet werden.«

Leitner machte eine nervöse Handbewegung. »Und?«

»Also gut: Der Tote in der Halle hat mit der Naturparkleiche zu tun.«

»Bitte?« Leitner starrte ihn ungläubig an, und von Tobias kam nur ein: »Hä, wie jetzt?«

»Ja, ich war mir erst nicht ganz sicher und habe einen Kollegen in Hannover um Überprüfung gebeten. Es bleibt dabei: Die beiden Toten stehen in einem verwandtschaftlichen Verhältnis zueinander. Also, entweder sind es Brüder oder Vater und Sohn, das gibt der DNA-Abgleich natürlich nicht her. Was sagen Sie dazu?«

Die beiden schauten sich kopfschüttelnd an, Leitner strich sich über den Dreitagebart.

Es dauerte einen Moment, dann fing sich Tobias zuerst. »Das hat meinen Chef jetzt umgehauen, glaube ich jedenfalls. Und das bedeutet ja, dass wir mit der Identifizierung dieser Leiche auch in der Naturparkgeschichte endlich Klarheit bekommen, wow, geil«, jubelte er und riss die Arme hoch.

Leitner blickte von seinen Notizen auf. »Klarheit? Weiß ich noch nicht. Klingt aber Erfolg versprechend.«

Leitner gab Landers die Hand. »Sie haben nicht zu viel versprochen. Danke für die schnellen Infos. Tobias, wir müssen sofort zurück ins Büro! Eine letzte Frage noch, Landers. Was ist mit dem Fahrzeug?«

»An dem Wagen sind wir noch dran.«

»Sie melden sich bei Neuigkeiten?«

»Das verspreche ich Ihnen, Herr Leitner.«

Leitner trieb seinen jungen Kollegen an. »Wir sehen uns in zehn Minuten in meinem Büro.«

Sie trennten sich, und Leitner schluckte in seinem Büro die Magentablette, die ihn von seinen Schmerzen befreien sollte.

Exakt zehn Minuten später stand Tobias in der Tür. »Da bin ich, Chef, pünktlich wie ein Maurer.«

»Setz dich.«

Tobias flegelte sich in seiner ganzen Länge auf den Besuchersessel.

»Was würdest du jetzt unternehmen?«

»Wie … ich?«

»Mach schon.«

»Ja, was soll ich sagen? Ich würde … Vorrangiges Ziel ist die Identifikation der Leiche. Ich überprüfe alle Vermisstenanzeigen neueren Datums auf Männer im Alter um fünfzig Jahre, die von der Größe her passen könnten. Wenn ich die genaue Typbezeichnung von der verbrannten Kiste habe, dann klappern wir die infrage kommenden Autohändler im Großraum Göttingen ab. Vielleicht kommen wir über diesen Weg weiter. Und die Zulassungsstelle werde ich aufsuchen, falls der Wagen von privat an privat verkauft wurde. Soll ich weitermachen, du machst so ein erstauntes Gesicht?«

»Kümmere dich um die Vermisstenanzeigen.«

»Ich?«

»Ja, mach.« Leitner schaute auf die Uhr und verspürte immer noch ein leichtes Drücken in der Magengegend. »Leider muss ich jetzt weg.«

»Darf ich fragen, was du vorhast? Reine Neugierde eines angehenden Kriminalkommissars.«

»Das ist kein Geheimnis. Ich muss mich mal wieder um das Tagesgeschäft kümmern.«

»Geht das auch genauer?«, grinste Tobias.

»Ja. Ich fahre jetzt zur Uniklinik, der Chefarzt der Onkologie hat sich selbst angezeigt. Eine Krebspatientin ist wegen eines ärztlichen Kunstfehlers verstorben, möglicherweise. Ich muss abklären, ob hier ein Tötungsdelikt vorliegen könnte, eine Obduktion erforderlich ist oder ob die Leiche zur Bestattung freigegeben werden kann. Ist das genau genug?«

Tobias nickte zufrieden. Während Leitner seine Tasche packte, fiel ihm noch etwas ein: »Hast du schon was gehört zum Thema Odenwald?«

»Die hessischen Kollegen sind dabei. Die Gegend wird systematisch und großräumig abgesucht. So jedenfalls hat es mir Frau Domscheid zugesagt. Jetzt muss ich aber, Tobias.«

Kapitel 28

2015
Göttingen

Die beiden Kinder waren auf Birtes ausdrückliches Bitten hin für weitere vier Wochen bei ihrer Oma Liese untergebracht, bei der Jessica heute auch ihren elften Geburtstag feierte. Ganz gegen ihre sonstigen Gewohnheiten überließ ihre Schwiegermutter den Kindern großherzig die Stube, die diese in kürzester Zeit in ein wahres Tollhaus verwandelt hatten. Der Raum war mit zahllosen Luftschlangen geschmückt, die kreuz und quer im Zimmer hingen. Überall flogen Berge von Konfetti durch die Gegend. Zur Party eingeladen waren ferner viele Stofftiere, die überall herumlagen, unter anderem auch Celinas Riesenteddy, den sie auf Omas Fernsehsessel postiert hatte.

Früh am Morgen hatte Birte Wäsche für die Kinder eingepackt und war, gleich nachdem die Kaufhäuser geöffnet hatten, in die Stadt gefahren, um das von Matthias versprochene Handy für Jessica zu kaufen. Sie tat dies unter größter Anspannung und erlitt am Kaufhauseingang einen Migräneanfall. Noch im Kaufhaus hatte sie eine starke Schmerztablette eingenommen und fuhr, leicht benebelt, zu ihrer Schwiegermutter.

Gleich an der Haustür stürmte Jessica auf sie ein. »Wo ist Papa?«

»Ich weiß es nicht, Jessica. Aber ich habe dir das Geschenk von Papa mitgebracht. Und von mir bekommst du die drei T-Shirts, die du dir gewünscht hast.«

Aus einer Ecke schrie Celina: »Ich will, dass Papa herkommt, Papa, Papa, Papa!«

Ihre Schwiegermutter kam langsam auf sie zu. »Wie siehst du denn aus, Birte? Du hast ja ganz dunkle Ringe unter den Augen.«

»Ich habe die Nacht kaum geschlafen, Mutter. Kann ich dich kurz allein sprechen?«

»Natürlich, oh Gott, was ist denn passiert?«

Die beiden gingen in die Küche, während sich Jessica über ihre Geschenke hermachte.

Birte flüsterte ihrer Schwiegermutter zu, dass sich Matthias einige Tage nicht gemeldet hatte und dass sie sich größte Sorgen machte. Die grauhaarige Dame schlug die Hände über dem Kopf zusammen und redete auf sie ein, dass sie zur Polizei gehen müsse, heute noch, unbedingt heute noch. Jessica und Celina, die die angespannte Situation natürlich mitbekamen, fingen an zu weinen. Bis es Jessica zu viel wurde und sie wie wild auf ihrem neuen Handy herumtippte. »Wie ist Papas Handynummer, Mama?«

»Die habe ich nicht im Kopf.«

»Hast du die Nummer, Oma?«

»Nein, mein Kind. Die kenne ich leider nicht.«

»Scheiße«, murmelte Jessica leise, aber doch so deutlich, dass es alle mitbekamen.

Dann trat eine bedrückende Stille ein, bis die beiden Kinder wieder herumturnten, als sei nichts gewesen.

Am frühen Mittag verabschiedete sich Birte, ihr Kopf dröhnte vor Schmerz. Sie ging, nein, sie floh, nicht ohne die nochmalige Anweisung ihrer Schwiegermutter, sofort zur Polizei zu gehen.

Zu Hause warf sie sich weinend und völlig verzweifelt auf die Wohnzimmercouch, schlief vor Erschöpfung ein und wachte kurz vor 15.00 Uhr wieder auf.

Ihre Migräne war abgeklungen, trotzdem hatte sie weiterhin Kopfschmerzen.

Sie ging zum Esstisch im Wohnzimmer, wo sie seit dem Tod von Matthias Besteck, Kaffeemaschine und weitere Küchenutensilien deponiert hatte. Soweit es ihr möglich war, vermied sie den Gang in die Küche, auch wenn eigentlich nichts mehr an den schrecklichen Vorfall erinnerte.

Sie kochte sich einen starken Kaffee. Während sie an dem belebenden Getränk nippte und ihre Gedanken ordnen wollte, klingelte das Telefon.

»Ja?«, fragte sie sorgenvoll.

»Meywald hier. Frau Dassow?«, brüllte es durch den Hörer.

»Ja«, sagte sie leise.

»Wo ist Matze?«, donnerte die nervöse Stimme.

Birte liefen die Tränen über das Gesicht. »Ich weiß es doch auch nicht«, stöhnte sie in den Hörer. Meywald hatte sie auf der Suche nach Matthias bereits gestern, früh morgens, geweckt.

»Was, was, was«, donnerte die Stimme weiter, »Matze ist jetzt seit einer Woche nicht zu Hause? Hat er sich mal gemeldet? Wir haben einen dicken Fisch an der Angel ... Moment mal ... was ist das jetzt für eine Scheiße?«, brüllte Meywald zu irgendjemandem in seinem Büro, wandte sich dann wieder Birte zu. »Frau Dassow?«

»Ich weiß es nicht«, weinte sie.

»Was, was, was ... Sie wissen es nicht? Dann muss schleunigst ... Polizei her, äh ... Vermisstenanzeige ... Suchaktion ... so was«, brüllte Meywald.

»Hören Sie, Herr Meywald. Das mach ich schon, das brauchen Sie nicht ...«, rief sie so laut sie konnte.

Meywalds Stimme beruhigte sich etwas, wurde aber schärfer im Tonfall. »Ich sag Ihnen was, Frau Dassow. Ich kenne einen Herrn bei der Kriminalpolizei Göttingen, der ist im Schützenverein. Wenn Sie nicht auf der Stelle, äh ... also jetzt sofort, zu den Bullen marschieren, schicke ich Ihnen die Leute direkt ins Haus, verstanden?«

»Ich bin schon auf dem Weg«, sagte Birte hastig, aber Ernst Meywald hatte bereits aufgelegt.

Sie musste sich entscheiden. Jetzt!

Was war ihr geblieben?

Sie hatte Matze umgebracht und Evi verloren, für immer.

Ihre beiden Töchter schienen auch kein großes Interesse an ihr zu haben, als ob sie etwas ahnten. Jessica hatte sich nicht einmal für die Geschenke bedankt. Aber ihren Papa hätten sie gern um sich gehabt. Immer dieses *Papa, Papa, Papa*. Obwohl der Scheißkerl so gut wie nie zu Hause war oder gerade deshalb.

Sie spürte eine quälende Eifersucht auf ihren Mann und einen abgrundtiefen Hass auf diese andere Frau, die ihm wohl den Kopf verdreht haben musste. Was mochte diese Frau an sich haben, was sie nicht hatte? Nur eins war sicher: Dieses Miststück würde ihren Matze nicht mehr bekommen.

Wenn ihre Schwiegermutter und die Kinder erfahren würden, dass sie ihn getötet hatte, würde man sie hassen bis an ihr Lebensende.

Und dann nervten alle, dass sie zur Polizei gehen sollte. Allen voran dieser aufgeblasene Speditionstyp und ihre penetrante Schwiegermutter.

Birte erhob sich und ging langsam die Treppe hoch. Aus dem Schlafzimmer holte sie die kleine Trittleiter und schob sie ins Badezimmer. Aus dem obersten Fach des Spiegelschranks entnahm sie ein Röhrchen mit starken Schlaftabletten. Einen Moment lang dachte sie daran, sich ins Bett zu legen und einzuschlafen, für immer. Sollte sie oder sollte sie nicht? Sie zögerte, betrachtete sich im Spiegel und starrte lange auf das prall gefüllte Röhrchen. Sie schraubte den Deckel ab und ließ zwei, drei Tabletten in die Handfläche gleiten. Es schien so einfach, sich dem Druck zu entziehen, einfach nur den Inhalt mit Wasser herunterspülen und sich zu Bett legen.

Nein!

Ganz allmählich reifte in ihr ein Gedanke, zunächst nur bruchstückhaft, dann nahm alles Gestalt an.

Schnell ließ sie die Tabletten in das Röhrchen zurückgleiten, stellte es an seinen Platz zurück und brachte die Trittleiter wieder zurück.

Im Bad entkleidete sie sich und ging unter die Dusche. Dann föhnte und stylte sie ihre Haare, schminkte sich, bis sie sich selbst richtig schick fand. Was sollte sie anziehen? Sie wählte einen möglichst kurzen Rock, eine durchsichtige Bluse und legte das beste Parfum auf.

»Ich werde es euch allen zeigen«, sagte sie zu sich selbst und übte vor ihrem großen Schlafzimmerspiegel dieses tiefgründige und erotische Lächeln, mit dem sie ihre Männer, natürlich auch Matze, herumbekommen hatte.

Gegen 16.00 Uhr saß sie in ihrem kleinen Pkw, fuhr in die City und parkte auf einem der Stellplätze vor der riesigen Polizeidirektion.

Im Empfangsbereich saß ein blasser, junger Mann. Birte lächelte charmant und registrierte kurz das Namensschild, auf dem in großen Lettern PM Grunner stand.

»Kann ich behilflich sein?«, fragte Herr Grunner verschüchtert.

»Ja. Sagen Sie, was bedeutet PM, Herr Grunner?«, erwiderte Birte so selbstsicher wie möglich. Alles kam auf ihren Auftritt an, den sie ein wenig an diesem jungen Schnösel ausprobieren konnte.

»Das heißt Polizeimeister. Interessiert Sie der Polizeidienst? Ich kann Ihnen gern eine Broschüre geben, möchten Sie eine?« Der junge Mann sprang von seinem Stuhl auf, verfärbte sich etwas und starrte Birte von oben bis unten an. Sie genoss einen Augenblick lang die gierigen Blicke hinter dieser Milchbubenfassade.

»Nein, herzlichen Dank. Ich möchte jemanden aus der Mordkommission sprechen.«

»Hm, welche Mordkommission meinen Sie denn?«

»Welche Mordkommission? Ich weiß nicht. Irgendjemanden, der mit Morden zu tun hat, dachte ich.«

»Ach so! Wen darf ich melden?«

»Mein Name ist Dassow.«

»Moment.«

Herr Grunner telefonierte einige Nummern durch. Dann kam er strahlend zu ihr zurück. »Sie werden gleich abgeholt, bitte haben Sie etwas Geduld.«

»Herzlichen Dank, Herr Grunner«, säuselte Birte und drehte sich um.

Es dauerte nicht lange und ein großer Lockenkopf kam die Treppe heruntergelaufen. »Ich bin Tobias Heuward. Sie wollen zur Kriminalpolizei?«

»Ja.«

»Was haben Sie denn auf dem Herzen, schöne Frau?«, fragte Tobias mit seinem unnachahmlichen Charme Damen gegenüber.

»Haben Sie mit Morden zu tun?«

»Ja, die sind mein Spezialgebiet«, antwortete Tobias mit frechem Grinsen.

Birte bedeutete ihm, sich zu ihr hinunterzubeugen, und sprach leise, damit das Milchgesicht nichts verstehen konnte. »Ich möchte mich selbst anzeigen in einer Mordsache.«

Ihr Gegenüber starrte sie an. »Äh, wie jetzt? … Kommen Sie … Sie bitte mit«, stotterte er und fasste intuitiv nach seiner Dienstwaffe, die er aber nicht dabeihatte.

Der junge Mann führte sie in der ersten Etage in einen weiß gestrichenen, kahlen Raum. Birte hatte zunächst das erreicht, was sie wollte. Er schien leicht durcheinander zu sein. »Bitte nehmen Sie schon mal Platz. Ich … ich hole Verstärkung, sorry, also einen Kollegen dazu.«

Birte atmete mehrmals tief durch und wählte dann einen Platz, von dem aus sie nicht von der Sonne geblendet wurde. Jetzt hieß es, selbstsicher aufzutreten, ein Zurück gab es nun nicht mehr.

Es dauerte einige Zeit, bis drei Herren den Raum betraten – der junge Mann, der sie abgeholt hatte, ein älterer Herr, der sehr besonnen wirkte, und ein Polizist in Uniform, der an der Tür stehen blieb.

»Kriminalhauptkommissar Leitner«, sagte der ältere Herr kurz angebunden, »meinen Kollegen kennen Sie ja schon.«

Leitner setzte sich neben Tobias, Birte gegenüber. Sie starrte unterdessen etwas irritiert auf den bewaffneten Polizisten, was Leitner sofort bemerkte. »Ist Vorschrift«, grummelte er und rang sich ein Lächeln ab, »wir wollen gleich zur Sache kommen, haben wenig Zeit. Ist das richtig, dass Sie sich in einem Mordfall selbst anzeigen wollen?« Er zog ein kleines Notizheft aus seiner Jacke.

Birte versuchte, ihr tiefgründiges Lächeln aufzusetzen. »So ist es, Herr Leitner.«

»Eine Frage vorweg. Tragen Sie eine Waffe bei sich? Gestatten Sie uns einen kurzen Blick in Ihre Handtasche?«

Damit hatte Birte nicht gerechnet. Sie errötete leicht, während der Polizist zu ihr herüberkam und darauf wartete, dass sie ihm die Tasche herüberschob. »Warum sollte ich eine Waffe tragen?«, fragte sie beleidigt, ließ aber den Polizisten gewähren, der nach einigen gekonnten Handgriffen die Tasche zurückschob, den Kopf schüttelte und zurück zur Tür schlenderte.

Leitner zog ein kleines Diktiergerät aus seiner Tasche. »Das Gespräch zeichnen wir auf«, sagte er ohne weitere Rückfrage, schaltete das Gerät ein und diktierte Datum, Uhrzeit und die Namen der anwesenden Beamten. »Dann darf ich Sie um Ihren Namen bitten. Können Sie sich ausweisen?«

Birte nickte und wühlte mit leicht zittrigen Fingern nach ihrer Brieftasche. Nachdem sie sich wieder gefangen hatte, stand sie auf und reichte Leitner ihren Personalausweis hinüber. »Mein Name ist Dassow, Birte Dassow.«

Leitner machte sich erste Notizen und schaute sie dann mit einem durchdringenden Blick an. Irgendetwas in seinem Gesichtsausdruck gefiel Birte nicht, es fiel ihr nicht leicht, ihr aufgesetztes Selbstbewusstsein weiterzuspielen. Mit dem jungen Burschen, diesem Heuward, hätte sie ein leichtes Spiel gehabt. Dieser ältere Mann dagegen hatte etwas Bohrendes, Kaltes an sich.

»Frau Dassow, was genau wollen Sie uns mitteilen?«

Birte rutschte kurz auf ihrem Stuhl hin und her. »Ja, also, das ist folgendermaßen: Ich hatte bis vor Kurzem eine Freundin, die nach einem heftigen Streit meinen Mann umgebracht hat.«

Die beiden Kommissare schauten sich kurz an. »Willst du weitermachen, Tobias?«, fragte der Ältere.

»Nee, mach du, Max.«

Der ältere Mann nickte. »Wann war das, Frau Dassow?«

»Am … am Montag, den 22. Juni.«

»Uhrzeit?«

»Ich weiß es nicht mehr … gegen Mittag.«

Leitners Blicke durchdrangen die Frau, Birte hatte das Gefühl, dass dieser Leitner sie gleich abführen würde.

»Ihre Freundin hat also Ihren Mann umgebracht. Heute ist Mittwoch, der 1. Juli. Können Sie mir bitte erklären, warum Sie erst jetzt, eineinhalb Wochen später, zu uns kommen?«, fragte Leitner unwirsch.

Birte zuckte zusammen. Es war an der Zeit, etwas hilflos zu wirken. Durch ihre Anspannung wurden ihre Augen leicht glasig, sie suchte umständlich in ihrer Handtasche nach einem Taschentuch. »Aber … das ist … das ist doch der Grund, … warum ich mich selber … anzeigen will. Selbstanzeige heißt das doch, oder?«, stotterte sie.

Leitner schüttelte den Kopf und wirkte geradezu böse. »Und warum erst jetzt?«

»Ich habe es nicht fertiggebracht. Ich bin … vollkommen zerstört … am Boden … Ich … ich habe meinen Mann so geliebt, und dieses Scheißweib … hat mein … mein Leben zerstört.«

Birte weinte, und die beiden Kommissare ließen ihr Zeit, viel Zeit. Birte bemerkte, dass beide mit verschränkten Armen dasaßen und keine Miene verzogen. Irgendetwas stimmte hier nicht, aber sie musste ihr Spiel fortsetzen und sich konzentrieren. Sie erwartete weitere Fragen, aber die Herren saßen einfach nur da.

Plötzlich grinste Tobias Heuward sie an. »Heißt Ihr Mann zufällig Matthias mit Vornamen?«

»Was? Woher … woher wissen Sie …?«, fragte Birte entgeistert.

Leitner, der wieder ruhiger schien, räusperte sich. »Wir stellen hier die Fragen. Aber diesen Punkt möchten wir Ihnen gern erläutern: Uns liegen drei Vermisstenanzeigen bezüglich Ihres Mannes vor: eine vom

Arbeitgeber Ihres Mannes, einer Spedition Meywald, eine zweite von Norbert Oberfeld, einem Freund Ihres Mannes. Eine weitere kam von einer Dame, mit der Ihr Mann eine intime Beziehung hatte, das konnten wir bereits überprüfen. Wussten Sie das?«

Birte musste jetzt höllisch aufpassen, was sie sagte. Obwohl sie sich fast zu Tode erschrocken hatte, musste sie genau in diesem Augenblick überzeugend wirken. »Wir haben eine besonders schöne, aber auch liberale Ehe geführt. Verstehen Sie, ich hatte ja auch ein Verhältnis.«

»Zu wem?«, wollte Tobias wissen.

Was bildete sich dieser junge Bursche ein! »Ich weiß nicht, ob Sie das etwas angeht! Sie fragen das doch aus purer Neugierde.«

Leitner ging wieder dazwischen. »Frau Dassow, Sie berichten uns, dass Ihr Mann umgebracht wurde. Es muss Ihnen doch klar sein, dass wir hier alles fragen müssen. Jedes Detail kann für die Aufklärung wichtig sein. Also, zu wem hatten Sie ein Verhältnis?«

Birte beruhigte sich wieder. »Zu Evi«, sagte sie kleinlaut.

»Zu der Frau, die Ihren Mann umgebracht hat?«

»Ja.«

»Wie heißt Ihre Freundin richtig?«

»Exfreundin, bitteschön. Evi Suderbach.«

»Und wo wohnt diese Frau?«

»Das weiß ich nicht so genau. Evi war schon immer ein Hansdampf in allen Gassen, viel mit dem Motorrad unterwegs. Mal da, mal dort, wozu …«

»Mit dem Motorrad?«, fragte Tobias aufgeregt dazwischen.

»Ja. Sie ist schon immer Motorrad gefahren, war oft monatelang im Ausland. Übrigens hat sie in Kolumbien auch einen Mann umgebracht, konnte aber vor der Polizei fliehen.«

Leitner stutzte. »Woher haben Sie diese Information?«

»Sie hat es mir, ich glaube im April dieses Jahres, gestanden.« Sie benutzte extra das Wort *gestanden*, um ihre Aussage noch glaubhafter wirken zu lassen.

»Hatten Sie persönlich denn keine Angst vor der Frau?«, fragte Tobias mit sorgenvollem Gesichtsausdruck.

Birte hatte das Gefühl, dass wenigstens dieser junge Heuward ihr Glauben schenken wollte, zumindest schien er beeindruckt. Sie durfte jetzt nicht nachlassen. Sie musste den Mord an ihrem Mann auf Evi abwälzen, die wahrscheinlich schon längst über alle Berge war. Selbst wenn man sie fassen sollte, stand Aussage gegen Aussage, und die Sache in Kolumbien war ein weiteres Indiz, das gegen Evi sprach.

»Nein, in der Vergangenheit brauchte ich vor Evi keine Angst haben, zu mir war sie immer sehr liebevoll und zärtlich. Wissen Sie, ich glaube, dass sie Männer nicht ausstehen kann, sie einfach hasst.« Birte machte eine kurze Pause und brach dann erneut in Tränen aus. »Und jetzt … hat dieses Weibsstück … mir meinen lieben Mann … jetzt habe ich Angst … vor … Sie wissen ja nicht, wie das …«, stammelte sie und brach ab, um mit zittrigen Händen ihrer Handtasche ein zweites Taschentuch zu entnehmen.

Die beiden Männer ließen ihr Zeit, sich zu beruhigen. Dann übernahm Leitner wieder die Gesprächsführung. »Frau Dassow, sind Sie in der Lage, weiterzumachen?«

»Ja«, hauchte sie.

»Dann schildern Sie uns alles genau. Jedes Detail, wann ist was passiert? So exakt wie möglich.«

Birte schnäuzte sich die Nase.

Dann erzählte sie ihre Geschichte.

Evi und Matthias hatten in der Küche, die fertig präpariert zum Tapezieren und Streichen war, einen furchtbaren Streit gehabt. Sie selbst war zu dieser Zeit in der ersten Etage gewesen, im Badezimmer. Nein, sie wusste nicht genau, worum es ging. Dann hörte sie plötzlich einen schrecklichen Schrei ihres Mannes. Sie rannte herunter und sah ihren Mann blutüberströmt in der Küche liegen. Evi zwang sie, ruhig zu bleiben. Sie drohte damit, auch Birte umzubringen, wenn sie versuchen sollte, die Polizei zu informieren oder wegzulaufen. Nachdem Evi ihre Pläne erläutert hatte, wurde Birte von ihr in ihrem eigenen Schlafzimmer eingeschlossen.

Zuvor hatte Evi sich Mehl, Kleidung, Handschuhe und Mülltüten aus dem Abstellraum besorgt, um die Leiche aus der Küche über den Durchgang zur Garage zu zerren. Nein, Blutspuren sollte es nirgendwo geben, da die Küche vollständig mit Plastikfolie ausgelegt war, in die Evi Matthias eingewickelt hatte. Das austretende Blut wollte sie mit dem Mehl eindicken.

Da sie den schweren Mann nicht in den Wagen bekam, hatte sie ihn mit der Motorsäge in Einzelteile zersägt, was Birte im Schlafzimmer, trotz mehrerer Kissen auf dem Kopf, mit anhören musste. Wie ihr dabei zumute war, brauchte sie ja wohl nicht zu erwähnen. »Oder können Sie sich vorstellen, dass man Ihre Frauen zersägt?«

Da die beiden bedrückt schwiegen, sprach sie weiter.

Evi hatte alle Spuren sorgfältig beseitigt, sie hatte viel Zeit, da Birtes Töchter zu diesem Zeitpunkt bei ihrer Großmutter waren. Nein, in ihrem Haus wohnte sonst niemand.

Als die Dämmerung eingesetzt hatte, zwang Evi sie, den großen Wagen mit ihrem toten Mann zu fahren, während sie auf dem Motorrad folgte. Sie hatten verabredet, an Tankstellen zu halten und Kanister mit Benzin mitzunehmen. Die Kanister hatte Evi besorgt. Sie, Birte, musste im Wagen bleiben, den sie immer an der Seite parkte, wo nicht so viel Licht hinfiel und sie auch keine Kamera erfassen konnte. Evi war ebenfalls nicht zu erkennen, da sie ihren Motorradhelm aufließ.

Immer, wenn Evi auf der Fahrt etwas wollte, fuhr sie kurz vor den Wagen und winkte Birte an die Seite, um anzuhalten. Auf diese Weise hatten sie sich der Motorsäge entledigt, die Evi von einer Brücke aus auf einen langsam fahrenden Güterzug geworfen hatte. Die Kette der Motorsäge hatte sie zuvor abmontiert und auf einen entgegengesetzt fahrenden Güterzug geworfen. Genauso hatte Evi noch weitere Sachen entsorgt. Zum Beispiel Schraubendreher und die Mordwaffe, ein Küchenmesser, das ursprünglich zum Tapetenschneiden bereitlag. Auch dabei musste Birte immer im Fahrzeug bleiben, nein, sie konnte nicht genau erkennen, was Evi weggeworfen hatte. Aber dies gehörte alles zu ihrem Plan. Zu welchem Zeitpunkt diese Sachen entsorgt wurden, wusste sie nicht mehr, aber es war bereits dunkel.

Sie fuhren von Göttingen aus auf der Bundesstraße B 3, mit weiten Abstechern, Richtung Norden. Vor Alfeld, in der Nähe von Varrigsen, fuhren sie auf das Gelände eines verlassenen und einsam liegenden Bauernhofes. Birte, die selbst nicht Motorrad fahren konnte, musste an der Maschine warten.

In der Nacht hatte Evi den Wagen in eine Lagerhalle hineingefahren, das Benzin ausgeschüttet und die Halle von der Toreinfahrt aus in Brand gesetzt und verschlossen. Danach fuhren die beiden schnell nach Friedland zurück, und Evi verschwand, wohl für immer.

Nein, Evi hatte vermutlich nirgends eine Spur hinterlassen, sie trug während der ganzen Zeit Latexhandschuhe.

Nicht einmal auf dem Klingelknopf an der Haustür. Denn mit einem miesen Trick musste Birte an ihrer eigenen Tür klingeln, um Evis Fingerabdrücke zu verwischen.

Die beiden Ermittler hatten Birte aufmerksam zugehört und sie nur mit wenigen Fragen unterbrochen. Ihr war aufgefallen, dass dieser junge Heuward gelegentlich wohlwollend genickt hatte, irgendwie zufrieden wirkte und sich sehr viel aufschrieb.

Birte wartete jetzt auf eine Resonanz der Beamten, hatte zwischendurch immer wieder geweint und war der Auffassung, alles sehr gut und überzeugend dargestellt zu haben. Trotz ihrer wieder einsetzenden Kopfschmerzen wollte und musste sie dies jetzt zu Ende führen.

»Eine schreckliche Geschichte, die Sie da berichten.« Leitner strich sich durch den Dreitagebart.

Pause.

Tobias Heuward setzte nach. »Eine Frage, Frau Dassow. Warum haben Sie keine Fluchtpläne geschmiedet, um diese Evi loszuwerden? Zwei Beispiele: Warum sind Sie nicht einfach an einer der Tankstellen abgehauen, während Frau Suderbach den Sprit bezahlte? Wären Sie danach auffällig schnell gefahren, wären Sie mit Sicherheit von einer Polizeistreife angehalten worden und hätten alles erzählt. Evi hätte dann nur noch flüchten können und wäre innerhalb kürzester Zeit geschnappt worden. Oder warum sind Sie während der Fahrt nicht einfach mal richtig auf die Bremse gestiegen? Ihre Evi wäre derart auf die Schnauze gefallen, und dann hätten Sie auch nur noch Vollgas zu geben brauchen, ebenfalls mit dem Ziel, dass unsere Kollegen Sie irgendwann stoppen?«

Birte fing bitterlich zu weinen an, dieses Mal war es echt, ihre Nerven lagen blank. Sie dachte an früher, als sie und Matze mit den Kindern eine glückliche Zeit erlebt hatten. Was hatte sie bloß getan? Sie versuchte sich zu beruhigen und antwortete schluchzend: »Ich hatte Angst vor Evi … mein Mann … zersägt … im Auto, … ich war außerstande, … können Sie das denn nicht verstehen?« Sie konnte nicht mehr, die Beamten schienen mit ihrer Antwort zufrieden zu sein.

Sie wühlte in ihrer Handtasche nach einem weiteren Tuch, ihr Lippenstift fiel auf dem Boden auseinander, und ihre Kopfschmerzen gingen in ein monotones Pochen über. Nachdem sie die beiden Teile des Lippenstiftes wieder aufgehoben hatte, wandte sich dieser Leitner an sie. Sein Blick hatte sich verfinstert, wirkte aber immer noch emotionslos. »Wie heißen Ihre Kinder, und wie alt sind sie?«

Was war das denn für eine Frage, Birte musste sich konzentrieren. »Jessica und Celina. Jessica ist gerade elf geworden, und die Kleine ist sieben, siebeneinhalb.«

»Und wo sind die beiden jetzt?«, fragte der Mann weiter.

»Bei meiner Schwiegermutter, sie bleiben dort noch den ganzen Monat, ich … ich könnte das jetzt nicht.«

»Weiß jemand aus Ihrer Familie, dass Ihr Mann tot ist?«

»Nein, n… noch nicht.«

Leitner machte sich Notizen. Und dann trat wieder eine für Birte unerträgliche Pause ein. Ihr Kopf raste, ihre Schläfen schienen zu explodieren, und sie sah einige dicke, schwarze Punkte an ihren Augen vorbeiflimmern. »Darf ich fragen, was Sie jetzt unternehmen werden?«

Dieser Heuward wollte offensichtlich antworten, zog es aber vor, dies seinem Kollegen zu überlassen, als dieser eine entsprechende Handbewegung machte.

»Dürfen Sie, ganz einfach«, sagte Leitner leise, »wir werden jetzt einen internationalen Haftbefehl gegen Ihre Exfreundin veranlassen, sobald wir hier fertig sind und die Adresse ermittelt haben.« Er schüttelte den Kopf. »Haben Sie wenigstens ein Foto von Frau Suderbach?«

»Nein.«

»Zu Hause?«

»Ich habe kein Bild von ihr, nur alte Klassenfotos.«

Ärgerlich schob ihr Leitner Stift und Papier herüber. »Dann geben Sie uns jetzt Daten zur Person: Alter, Haarfarbe, Hobbys, alles, was Ihnen einfällt.«

Birte schrieb. Als sie fertig war, schob sie die Utensilien langsam zurück. Ihr Kopf hämmerte wie eine alte Dampfmaschine.

»Eine Zeichnung von der Frau fertigen wir später an.«

Die schwarzen Punkte vor ihren Augen nahmen zu. »Kann ich jetzt … jetzt gehen?«, fragte sie benommen.

Der junge Mann nickte wohlwollend.

»Nein«, sagte Leitner laut und vernehmlich.

»Wie… wieso nein?«

»Meinen Sie, Sie können uns eine solche Geschichte auftischen und einfach wieder nach Hause gehen, als ob nichts gewesen wäre? Frau Birte Dassow, ich nehme Sie hiermit vorläufig fest, wegen Verschleppung eines Tötungsdelikts und wegen Beteiligung an der Vernichtung von Beweismaterial. Flucht- und Verdunkelungsgefahr scheint mir gegeben. Wir werden gleich mit der Staatsanwaltschaft klären, ob wir Sie dem Haftrichter vorführen, um Sie in Untersuchungshaft zu nehmen. Können Sie uns freundlicherweise Ihre Haustürschlüssel überlassen? Ansonsten müssten wir einen Schlüsseldienst beauftragen und Ihre Haustür aufbrechen, was dann alle Ihre Nachbarn mitbekommen würden.«

Birte vermutete einen Trick. Trotzdem, vollkommen verwirrt, kramte sie in ihrer Handtasche nach ihren Schlüsseln und warf diese mit lautem Geklapper auf den Tisch. »Aber ich … habe doch nichts verbrochen. Ich leide scheußlich unter Migräne.«

»Wenn Sie ein Medikament brauchen, dann erhalten Sie es in Ihrer Zelle. Kollege, kannst du sie mit Tobias abführen?«

Während der Polizist nickte und bereits auf sie zuging, stammelte sie entsetzt: »Was … was heißt das jetzt?«

Tobias wandte sich an Birte. »Sie kommen jetzt in eine unserer netten Zellen. Im besten Fall sind Sie morgen wieder auf freiem Fuß, müssen sich aber ab dann zu unserer Verfügung halten. Abhauen und Urlaub is nicht. Wir werden jetzt Ihr Haus durchsuchen, es ist schließlich der Tatort, verstehen Sie? Außerdem machen wir einen Speicheltest und nehmen Ihre Fingerabdrücke. Sollte der Haftrichter Untersuchungshaft befürworten, sitzen Sie halt noch ein paar Tage länger bei uns … Eine Frage noch: Wie kräftig ist eigentlich Ihre Evi?«

Dieser unsagbar dämliche Bengel, was war das nur für ein großkotziges Arschloch. »Das ist nicht mehr meine Evi, haben Sie verstanden?«, schrie Birte. »Evi ist fast so groß wie … wie mein geliebter Matze, ich will … Anwalt!«

»Den bekommen Sie, trotzdem bleiben Sie über Nacht bei uns«, antwortete Leitner trocken.

Birtes schwarze Punkte tanzten vor ihren Augen und vermehrten sich derart, dass sie kaum noch etwas erkennen konnte. Sie dachte an ihre Kinder, die sie verabscheuen würden, sie dachte an den Hass ihrer Schwiegermutter, der sie den einzigen Sohn genommen hatte; sie dachte, nein, sie wusste, dass ihr bisheriges Leben zu Ende war.

Sie hatte einen Fehler gemacht, sie hätte doch nicht zu diesen schrecklichen Kripoleuten gehen dürfen. Sie hätte abhauen sollen, wie Evi. Aber wohin? Zu wem?

Sie verbrachte eine extreme, nahezu schlaflose Nacht in einer nüchternen Zelle. Was hatte sie nur getan?

Kapitel 29

2015
Göttingen

Jochen Torheim stand an der Tür zu seinem modern eingerichteten Büro und begrüßte alle Teilnehmer persönlich: Frau Domscheid aus der Polizeidirektion Frankfurt am Main, Doktor Wagenrodt, Sven Landers, Hans Wespers, Herrn Mueller, Tobias Heuward und Max Leitner, die alle pünktlich zum Termin erschienen.

»Bitte nehmen Sie Platz und bedienen Sie sich.« Torheim machte eine überschwängliche Handbewegung in Richtung seiner großen Besprechungsecke, wo Gläser und Tassen, Kaffee, Tee, Wasser und Kekse bereitstanden.

»Mein Kollege, Herr Leitner, hatte sich diese Runde gewünscht und organisiert, damit alle Beteiligten auf dem gleichen Stand sind. Ich habe Sie nun noch näher vorzustellen.« Mit großem Aufwand machte er alle miteinander bekannt. »Wir arbeiten hier nach strengen Prinzipien, in Sachen Effizienz und Durchsatzgeschwindigkeit. Unsere Bürger sind sicher, die Aufklärungsquote ist gegenüber dem Bundesdurchschnitt überdurchschnittlich und qualitativ nicht zu …«

»Können wir jetzt anfangen?«, fiel ihm Leitner ins Wort. Er hatte Tobias beobachtet, der sich auf seinem Stuhl zurückgelehnt hatte und nach dem Konsum eines Kekses an die Decke starrte.

Irritiert brach Torheim seine wohlgeformten Worte ab. »Natürlich, Herr Leitner. Sehen Sie, das ist Effizienz! Es geht jetzt selbstverständlich erst mal um die Praxis.« Er schaute zu Frau Domscheid. »Wer zu meinen neuen Konzepten mehr wissen will, kann sich nach der Sitzung an mich wenden. Jetzt haben Sie das Wort, Herr Leitner.« Er strahlte selbstbewusst in die Runde und überprüfte den Sitz seiner Krawatte.

Leitner lächelte Frau Domscheid an. »Danke, dass Sie den Weg aus Frankfurt auf sich genommen haben.« Die Runde klopfte Beifall.

»Da unsere Psychologen kurzfristig nicht verfügbar waren, habe ich Doktor Wagenrodt auf dem kurzen Dienstweg um Hilfe gebeten, obwohl er längst im Ruhestand ist.«

Der lange, dürre, schwarz gekleidete Mann nickte freundlich in die Runde und erntete kräftigen Beifall. Leitner ließ es zu, schaute instinktiv auf Wagenrodts Socken, die nicht geringelt waren, und wartete geduldig, bis er weitersprechen konnte. »Ich hatte Ihnen allen den Ermittlungsstand gefaxt, es ist der Stand von vor etwa zwei, drei Wochen. Wir brauchen also nur Aktuelles zu diskutieren, vielleicht ergeben sich neue Anhaltspunkte für die weitere Arbeit.« Er schaute zu Landers. »Können Sie anfangen? Aber bitte so kurz wie möglich.«

Landers nickte artig. »Ja, kann ich machen. Ich beginne gleich mit der Leiche aus der abgebrannten Halle:

Wir konnten den Toten eindeutig als Matthias Dassow identifizieren. Ein DNA-Abgleich aus Haarrückständen einer Bürste aus dem Haus der Dassows und der Körper-DNA ist positiv.«

»Seit wann wissen Sie das?«, fragte Tobias.

»Seit heute Morgen, warum?«

»Es ist einfach super. Dann kann ich mich endlich um die verwandtschaftlichen Beziehungen kümmern.«

Frau Domscheid machte sich bemerkbar. »Kann ich denn jetzt Frau Conny Neumann in Frankfurt über den Tod ihres Freundes berichten?«

Leitner nickte. »Das können Sie.« Dann zeigte er auf Landers, der weitersprechen sollte.

»Ferner konnten wir mit einem Kfz-Sachverständigen den genauen Fahrzeugtyp ermitteln, alles spricht dafür, dass es sich um den Privatwagen des Toten handelt.« Landers hielt inne, sein auf dem Tisch ausgestreckter und angehobener Zeigefinger deutete aber an, dass er noch nicht fertig war. Angespannt setzte er seine Rede fort. »Kurios ist die Tatsache, dass wir bei den Dassows keinerlei Blutspuren finden konnten, weder am Tatort, also nach Aussagen der Ehefrau in der Küche, noch am Ort der Verstümmelung, in der Garage. Aber dies hatten Sie mir ja erläutert: Frau Dassow wollte die Küche renovieren, die zu diesem Zweck vollständig mit Folie ausgelegt war. Und in der Garage muss äußerst sorgfältig gearbeitet worden sein; dass Mehl zum Eindicken des Blutes genutzt wurde, ist ebenfalls bewiesen. Letzter Punkt: Auf Bitten von Herrn … Herrn Heuward haben wir in einer Versuchsanordnung das Verschleppen der Leiche aus der Küche zur Garage nachgestellt. Hieraus ergibt sich, dass nur eine kräftige, große Person dazu imstande gewesen sein konnte. Fazit: Wir kommen zu dem Schluss, dass sich unsere Erkenntnisse mit den Aussagen von Frau Dassow decken.«

»Sind denn Küche und Garage die ersten Tatorte?«, hakte Leitner nach.

»Dazu kann ich was sagen«, meldete sich Tobias zu Wort, »Herr Landers hat eben was vergessen. Die Spurensicherung hatte im Schlafzimmer eine Auftragsbestätigung im Seitenfach eines Koffers gefunden. Als ich die Vermisstenanzeigen von beiden Vertragsparteien hatte, habe ich mit einer Frau Blume telefoniert. Sie bestätigte, dass Herr Dassow am Montag, 22. Juni, angerufen hatte und am Folgetag ins Büro kommen wollte. Die Auftragsbestätigung im Koffer beweist, dass er bei sich zu Hause angekommen ist und dort auch sicher getötet wurde!«

Leitner nickte. »Frau Dassow ist seit dem 3. Juli wieder auf freiem Fuß, hat aber die Auflage, das Göttinger Umland nicht zu verlassen. Doktor Wagenrodt, mich würde interessieren, wie Sie Frau Dassow einschätzen. Wird sie den Verlust ihres Mannes verkraften? Ist sie suizidgefährdet?«

Der Angesprochene räusperte sich kurz. Da den meisten Anwesenden bekannt war, dass er immer mit extrem leiser Stimme zu sprechen pflegte, trat eine fast beunruhigende Stille ein, da sich kaum jemand zu bewegen wagte.

»Da muss ich etwas ausholen, Herr Leitner«, piepste Doktor Wagenrodt mit fast tonloser Stimme, »ich hatte Frau Dassow am 2. Juli in ihrer Zelle aufgesucht. Tatsächlich konnte ich mit ihr ein etwa dreistündiges Gespräch führen, danach hat sie zugemacht, sich vollkommen verschlossen. Frau Dassow neigt allem Anschein nach zu Depressionen und Phasen der Antriebslosigkeit. Dazu kommen möglicherweise Übersteigerungen und Fehlinterpretationen von Alltagserlebnissen. Dies könnten erste Signale, also sogenannte negative und positive Symptome von Schizophrenie, sein. Dazu kommen, ihren Aussagen zufolge, neuerdings Anzeichen akustischer Halluzinationen, die …«

»Was sind akustische Hallus?«, fragte Tobias frech dazwischen und fing sich einen bitterbösen Blick von Wagenrodt ein, der es nicht gewohnt war, unterbrochen zu werden.

»Ich bin mit meinen Ausführungen noch nicht am Ende, junger Mann«, piepste er unwirsch zurück. »Frau Dassow hört seit Kurzem monotone Stimmen, die plötzlich auftauchen, sich verstärken und wieder verschwinden. Die Wortlaute empfindet sie als penetrante Wiederholungen.«

Der dürre Doktor Wagenrodt musste plötzlich niesen, umständlich kramte er aus seiner schwarzen Jacke ein gebügeltes Stofftaschentuch hervor, faltete es auseinander und prustete einmal kräftig hinein.

Niemand wagte sich zu bewegen oder zu grinsen.

Auch nicht, als er sein Taschentuch genauso vorsichtig wieder zusammenfaltete und auf dem Tisch ablegte.

»Was mir wirklich Sorge bereitet, ist eine bestimmte Aussage von Frau Dassow bezüglich ihrer Kinder. Beide Mädchen lehnte sie jeweils in der Spätphase der Schwangerschaft ab, wollte sie nicht gebären und nicht haben. Dies könnte eine sogenannte Spätschizophrenie auslösen, die hauptsächlich bei Frauen mittleren Alters auftritt. Um nun Ihre eingangs gestellte Frage zu beantworten: Frau Dassow ist suizidgefährdet, speziell dann, wenn sie an Spätschizophrenie leiden sollte. Schizophrenie lässt sich allerdings frühestens nach einer ein- bis zweimonatigen psychiatrischen Betreuung diagnostizieren, damit unterliegen meine Ausführungen einem generellen Vorbehalt. Was ich sicher sagen kann, ist, dass Frau Dassow dringend in Behandlung müsste.« Wagenrodt nickte in die Runde zum Zeichen, dass sein Vortrag beendet war. Dann entdeckte er sein Taschentuch auf dem Tisch und ließ es genauso umständlich wieder verschwinden, wie er es hervorgekramt hatte.

Eine Pause trat ein. Tobias hob den Zeigefinger. »Doktor Wagenrodt, erst mal sorry, dass ich Sie unterbrochen habe.«

»Ich nehme Ihre Entschuldigung an.«

»Können Sie sich vorstellen, dass Frau Dassow sich diese unglaubliche Geschichte ausgedacht hat und uns an der Nase herumführen will?«

Doktor Wagenrodt schaute ihn nachdenklich an. »Ich kann dies natürlich nicht ganz ausschließen, junger Mann, ich sprach ja von Übersteigerungen im Alltagsempfinden. Aber depressive Menschen sind nicht plötzlich kreativ, es sei denn, dass sie ihr Leben lang nichts anderes getan haben, dann setzen sie ihren Schaffensprozess einfach nur fort. Als Beispiel sei hier der Ihnen allen bekannte Vincent van Gogh angeführt. Frau Dassow dagegen ist Hausfrau mit zwei kleinen Kindern, als solche verfügt sie sicher über Improvisationstalent, hat sich nach eigener Aussage aber nie kreativ oder künstlerisch betätigt. Die detaillierten Abläufe zur Beseitigung der Leiche, die Frau Dassow Ihnen geschildert hat, entspringen nicht der Fantasie einer verzweifelten und kraftlosen Seele. Sie wird Ihnen einfach nur das wiedergegeben haben, was sie tatsächlich durchleben musste.«

Plötzlich schaltete sich Jochen Torheim ein: »Es läuft doch alles auf Frau Evi Suderbach als Täterin hinaus. Sie soll, den Beschreibungen nach, eine rastlose Persönlichkeit sein, viel mit dem Motorrad und im Ausland unterwegs. Was ist mit einem internationalen Haftbefehl, Herr Leitner?«

»Gute Idee, längst erledigt«, antwortete Leitner spöttisch, was Torheim veranlasste, sich wieder vorsichtig auf seinem Stuhl zurückzulehnen.

»Kommen wir zur Leiche im Odenwald. Frau Domscheid?«

»Ja, wo soll ich anfangen? Unsere Suchaktion war ein voller Erfolg, Herr Leitner, ich war selbst anwesend und bin …«

»Olivenkerne!«, rief Tobias aufgedreht dazwischen, »Wie viele haben Sie …?«

Frau Domscheid winkte ab und lächelte ihn gütig an. »Keine, obwohl danach gesucht wurde.«

»Mist.« Tobias schaute so traurig und enttäuscht in die Runde, dass einige der Anwesenden auflachen mussten.

Sie sprach weiter. »Wir haben ganz in der Nähe des Leichenfundortes ein Stofftaschentuch mit den eingestickten Initialen *RR* und Blutreste entdeckt. Das Taschentuch lag gut geschützt in einer Buschgruppe, sodass das Blut durch den jahrelangen Niederschlag nicht vollständig ausgewaschen wurde. Die Initialen, ein weiterer Knochenfund, nämlich die rechte Hand des Opfers, und ein DNA-Abgleich mit einem gewissen Dr. Rune lassen nun keinen Zweifel mehr zu: Der Tote ist Rocco Rune, was wir dem Vater nach weit über zehn Jahren endlich haben mitteilen können.«

»Sekunde mal«, meldete sich Kommissar Mueller zu Wort, »sagten Sie gerade Rocco Rune?«

»Genau, Rocco Rune.«

Kommissar Mueller und Hans Wespers schauten sich an. »Moment.« Mueller wühlte kurz in einer Akte. »Zack, zack, hier ist es schon. Rocco Rune ist seit Ende April 2003 flüchtig. Eine Personenverwechslung ist bei dem Namen wohl auszuschließen.«

»Woher wissen Sie das so genau?«, fragte Frau Domscheid.

Hauptkommissar Wespers schaltete sich ein. »Wir hatten Rocco Rune in den Jahren 2002 und 2003 wegen seiner Drogengeschäfte observiert. Er agierte im Großraum Göttingen, deshalb haben Sie das in Hessen vielleicht nicht registrieren können. Mindestens zwei Tote gehen auf sein Konto, wir wollten ihn rankriegen wegen fahrlässiger Tötung. Ende April 2003 haben wir ihn verloren. Anfang 2003 stießen wir allerdings auf einen gewissen Torsten Tonnwald, mit dem sich Rune in einer Göttinger Kneipe eine Weile lang traf. Wir haben den Mann ins Visier genommen und ihn als Drogenkurier enttarnen können. Als Rune verschwunden war, haben wir diesen Tonnwald bei einer großen Übergabeaktion, kurz vor Weihnachten, gestellt. Ich wollte diesen unauffälligen Kerl als V-Mann gewinnen, aber der verschwand dann ebenfalls. Über dessen Aussagen sind wir allerdings auf eine ganz heiße Spur gestoßen. Was ich jetzt sage, darf diesen Raum nicht verlassen, sonst komme ich in Teufels Küche.« Wespers vergewisserte sich, dass alle zustimmend nickten. »Seit Langem ist eine bundesweite Razzia in Planung, bei der wir einen Verbrecherring ausheben wollen. Mehr darf ich jetzt nicht sagen, und Sie, meine Dame und meine Herren, vergessen das am besten gleich wieder.«

Selbst Torheim nickte ein zweites Mal andächtig.

Frau Domscheid war noch nicht zufrieden und wandte sich an Herrn Mueller. »Können Sie mir Ihre Akte faxen?«

»Kein Problem, das werden wir zackig erledigen, die Kopien sind wahrscheinlich eher im Büro als Sie selbst.«

Frau Domscheid bedankte sich, schaute dann aber zu Leitner. »Es war sehr interessant, Sie kennenlernen zu dürfen. Ich hatte im Vorfeld schon viel Gutes von Ihnen gehört. Ich hoffe, dass wir uns wiedersehen, und wünsche Ihnen in Ihrem Naturparkfall auch den Erfolg, den wir letztlich aufgrund Ihrer Anfrage und Ihres hartnäckigen Einsatzes bezüglich der Odenwaldleiche haben durften. Ohne Sie hätte der Vater von Rocco Rune wohl für immer in Ungewissheit leben müssen.«

Leitner nickte nur freundlich. »Es bleibt aber ein Problem übrig«, sagte er in die Runde.

»Und welches?«, fragte Jochen Torheim vorsichtig.

»Der Fall auf dem Bauernhof scheint mir geklärt zu sein. Die beiden anderen Sachen sind wohl Morde aus einer Hand. Bisher haben wir jede Menge Indizien, aber keinen Täter. Wir müssen dran bleiben, ich will diesen Verbrecher haben!«

Die Runde löste sich auf. Jochen Torheim schaltete einen Video-Clip ein und redete auf Hauptkommissarin Domscheid ein. Dass sie ihm mächtig Kontra gab, konnte Leitner noch auf dem Flur hören.

Kapitel 30

2015
Friedland

Mit zittrigen Händen schlürfte sie ihren mittlerweile kalt gewordenen Tee. Ein paar Tränen der Verzweiflung liefen ihr über die Wangen, doch sie versuchte, dagegen anzukämpfen. Sie musste jetzt ihre letzten Kraftreserven zusammennehmen und nachdenken, denn eines schien sicher: Es machte keinen Sinn mehr, einen Tag nach dem anderen vergehen zu lassen, stundenlang herumzuhängen, sich vom Fernsehen berieseln zu lassen, ständig nur zu jammern. Sie musste etwas unternehmen.

Plötzlich kam ihr die Kripo wieder in den Sinn. Irgendetwas kam da noch auf sie zu, möglicherweise eine Verurteilung wegen dieser Verschleppung von Beweismaterial oder wie das hieß. Und mit ihren Kindern kam sie ohnehin nicht mehr zurecht, nicht in diesem Haus und auch sonst nicht.

Sollte sie die Presse einschalten?

Sie stellte sich vor, die ganze Geschichte zu erzählen, in allen Einzelheiten. Dann wüsste es einige Tage später ganz Deutschland: Evi Suderbach, die eiskalte Mörderin, die eine glückliche Ehe zerstört und zwei kleine Mädchen zu Halbwaisen gemacht hatte … Wäre das für sie vorteilhaft? Sie sah sich schon auf der ersten Seite von Zeitschriften und Illustrierten, könnte ganze Serien anbieten, ordentlich Geld dafür verlangen und wäre über Nacht berühmt. Endlich raus aus dieser Anonymität, diesem langweiligen Nichts-Sein, diesem immer gleichen Hausfrauen- und Kindermädchentrott.

Sie bekam Angst bei diesen Gedanken. »Nein«, schrie sie erregt in das Wohnzimmer und fühlte sich augenblicklich wohler. Nein, das würde sie nicht durchstehen, dafür war sie zu schüchtern und zurückhaltend, ein Mauerblümchen in dieser Welt, eine Rolle, die ihr das Schicksal zugedacht hatte und die sie, wohl oder übel, weiterspielen musste. Einen Moment lang hasste sie sich selbst und dann ihre Eltern, die die kleine, zarte Birte als unfreies und unauffälliges Mädchen erzogen hatten. Artig musste sie sein, dies war das Hauptkriterium ihrer kindlichen Existenz gewesen. Wenn sie doch bloß ein wenig mehr Power, Stolz oder Selbstbewusstsein hätte! Nur ein wenig sein wie Evi, die sie schon immer beneidet hatte. Oder wie diese verdammt gut aussehende Lady, die Matze einfach angemacht hatte und dann auch noch erhobenen Hauptes von dannen gezogen war. Scheißweib.

Birte merkte, dass sie vom Thema abkam. Sie musste etwas unternehmen, nur was? Sie wischte sich eine Träne aus dem Gesicht, rieb sich über ihre spröde, trockene Haut.

Langsam erhob sie sich und stapfte die Treppe hoch, jeder Schritt nach oben fiel ihr schwer.

Aus dem Schlafzimmer nahm sie sich die kleine Trittleiter und griff im Bad wieder nach dem Röhrchen. Zum wiederholten Mal ließ sie ein paar Schlaftabletten in ihre Hand gleiten, schob sie aber gleich zurück. Eine innere Stimme sagte ihr, dass es dafür möglicherweise schon zu spät war. Die verrücktspielenden Leute in ihrem Umfeld, allen voran ihre Schwiegermutter und dieser hektische Meywald, würden Alarm schlagen, wenn sie nicht ans Telefon ging. Sie würden die Polizei verständigen, die dann die Tür aufbrechen und sie aus ihrem ewigen Schlaf zurückholen könnte. Nein, so ging das nicht.

Sie gab sich einen Ruck, schlich mit der verschlossenen Tablettenrolle ins Schlafzimmer und schnappte sich einen Koffer, den sie auf das Bett warf. Jetzt war es Zeit: Unterwäsche, ein paar Kleider, Jeanshosen, leichte Jacken, Schuhe und einiges mehr waren schnell verstaut. Aus dem Badezimmer holte sie Handtücher, ihre Schminksachen, Föhn und Hygieneartikel. Nach wenigen Minuten war der Koffer gefüllt und verschlossen.

Mit letzter Kraft wuchtete sie das schwere Ungeheuer die Treppe hinunter. Noch nie in ihrem Leben hatte sie einen Reisekoffer geschleppt, immer hatten das ihre Männer für sie erledigt.

Männer! Sie konnte auch allein für sich sorgen. Nie wieder würde sie sich auf einen Kerl einlassen! Sie konnte ihre Sachen selbst regeln, alles allein entscheiden und auch tragen. Wie zum Beispiel diesen sauschweren Koffer, lächelte sie befriedigt in sich hinein.

Die Haustür öffnete sie zunächst nur einen Spalt weit. Schaute vorsichtig hinaus, ob irgendwelche Nachbarn unterwegs waren oder ob Polizei in der Nähe war. Sie wartete ein vorbeifahrendes Auto ab, dann war alles ruhig. Sie atmete tief durch, griff den Koffer, lief zu ihrem vor dem Haus geparkten Kleinwagen und stemmte das schwere Ungetüm in einem wahren Kraftakt auf die Rücksitzbank. Danach rannte sie, schwer atmend, zurück ins Haus, packte noch einige Kleinigkeiten in einer Plastiktüte zusammen. Das Telefon klingelte, aber sie ignorierte es.

Wenige Minuten später war sie, verkleidet mit Sonnenbrille und Perücke, unterwegs zum nächsten Geldautomaten, dem sie den maximalen Betrag in Höhe von zweitausend Euro entnahm.

Dann fuhr sie Richtung Autobahn. Kurz vor der Auffahrt Richtung Süden stoppte sie, fuhr auf den Seitenstreifen und schaltete das Warnblinklicht ein.

Ihre Gedanken wurden plötzlich überlagert von einer männlichen Stimme, die warm und herzlich klang. Diese wiederholte immer das Gleiche, monoton in einem rhythmischen Gleichklang, erst ganz leise, dann immer lauter: »Du-musst-dich-von-dei-nen-Kin-dern-ver-ab-schie-den-du-musst-dich-von-dei-nen-Kin-dern …« Dann erkannte sie die Stimme, die von Mal zu Mal eindringlicher und vorwurfsvoller wurde. Sie zuckte zusammen, es war Matzes Stimme, aber das konnte nicht sein, Matze war doch tot!

»Halt die Klappe, Matze!«, schrie sie gegen die Stimme an. Sie startete den Motor, die Stimme wurde brüllend laut. Sie schüttelte sich, rollte ein paar Meter Richtung Autobahn, Richtung Freiheit, würgte den Motor ab, startete neu, es dauerte, die Stimme überschlug sich, war nicht mehr zu ertragen, hämmerte in ihrem Schädel. Warnblinkleuchten aus. Drehen. Sie raste nach Göttingen zurück. Die Stimme verstummte.

Direkt vor dem vierstöckigen Haus, in dem ihre Schwiegermutter wohnte, war ein Parkplatz frei, aber sie parkte ihren Wagen sicherheitshalber in einer Seitenstraße.

Das Haus war tagsüber nicht verschlossen, sie aber konnte die früher leichtgängige Tür erst öffnen, als sie sich mit ihrem ausgemergelten Körper mit aller Kraft dagegen lehnte. Sie überlegte kurz, ob sie umkehren sollte, schleppte sich dann aber weiter hinauf, weil sie vor dieser schrecklichen Stimme Angst hatte. Ihre Schwiegermutter widerte sie an, im Geiste sah sie diesen alles besser wissenden Hausdrachen schon vor sich. Was sollte sie bloß sagen?

Aber eigentlich war jetzt alles ganz egal.

Nach kurzem Zögern drückte sie auf den Klingelknopf; ein Glockendreiklang ertönte, den sie noch nie so laut empfunden hatte.

»Wer ist da?«, fragte eine zarte Stimme.

»Mama ist hier, mach bitte auf«, antwortete sie so nett wie möglich.

Celina öffnete die Tür und lächelte sie müde an. »Hallo Mama. Wo ist Papa?«

»Das erzähle ich dir gleich. Jetzt lass mich erst einmal rein. Ist Oma nicht da?«

»Oma Liese keuft ein.«

»Das heißt *kauft* ein, Celina. Gewöhn dir das bitte nicht erst an. Ist sie schon lange weg?«

»Nein, erst kurz. Mama? … Jessica ärgert mich immer.«

Was für ein Glück, die Alte war nicht da. Sie ließ Celina nach einem kurzen Streicheln über ihre schmalen Schultern stehen und begrüßte Jessica, die auf der Wohnzimmercouch herumlungerte. Sie versuchte es mit einem Küsschen auf die Wange und fasste ihr durch die langen Haare. Jessica wich dem Kuss aus, schaute nur kurz hoch und tippte seelenruhig auf ihrem Handy weiter. »Hallo. Bitte lass meine Haare in Ruhe, ich kann das nicht ab.«

Birte durfte sich jetzt nicht aufregen. »Was machst du da gerade, Jessica?«, fragte sie belanglos.

»Interessiert dich das wirklich?«, entgegnete Jessica, ohne sie eines Blickes zu würdigen. »Davon hast du doch null Ahnung.«

»Nun erzähl schon.«

Jessica unterbrach das Tippen, richtete sich langsam auf, schaute ihre Mutter lange an und schüttelte ihren Kopf. »Ich lade gerade ein paar Apps runter. Wie siehst du überhaupt aus? Du bist ja völlig fertig. Papa würde sich die Apps bestimmt genau angucken.«

Birte erschrak über die harten Worte ihrer Tochter. Sie musste wohl so aussehen, wie sie sich fühlte – wie ein zerzaustes, ausgesetztes Tier.

»Deswegen seid ihr doch so lange bei Oma. Ich bin krank, hatte euch Oma das nicht …«

»Und was hast du?«, funkte die Große dazwischen. Dabei bearbeitete sie ihr Handy weiter.

»Das weiß ich selber noch nicht genau. Es hat irgendetwas mit dem Kopf zu tun, verstehst du? Deswegen muss ich ein paar Tage nach Hamburg in eine Klinik«, log sie.

»Verstehe«, maulte Jessica, »und was ist nun mit Papa, wann kommt der zurück? Kann Papa in der Zeit nicht auf uns aufpassen, wenn du weg bist?«

Celina, die sich mit ihren Teddys beschäftigte, aber das Gespräch der beiden aufmerksam verfolgte, meldete sich sofort zu Wort. »Ja! Wann kommt Papa? … Papa, Papa, Papa!«, rief sie aufgeregt und tanzte mit drei ihrer kleinen Stofftiere durch das Wohnzimmer.

Birte konnte nicht mehr. Sie ging in die geräumige Küche ihrer Schwiegermutter und setzte sich an den großen Esstisch. »Jetzt kommt mal beide sofort zu mir«, rief sie in strengem Ton in das Wohnzimmer, »ich muss euch was erzählen, von eurem Papa. Und, Jessica, lass bitte dein Handy für einen Moment mal in der Stube.«

Widerspruchslos kamen die beiden nacheinander in die Küche geschlichen, Celina mit einem ihrer Lieblingsteddys und Jessica mit ihrem Handy.

»Papa kann nicht kommen.«

»Was?«, entfuhr es beiden Mädchen gleichzeitig.

Jetzt musste es raus. »Also, Papa ist nicht mehr da.«

»Ich wusste es«, schnaufte Jessica. Sie setzte sich aufrecht hin und starrte auf ihr Handy, während Celina ihren Teddy festhielt und mit großen Kulleraugen fragte: »Wo ist er denn?«

Birte errötete. »Also … Pa… Papa ist im Himmel.«

Jessica verzog das Gesicht, wie von Schmerz geplagt, und tippte auf ihrem Handy, obwohl ihre Augen ganz glasig wurden.

»Und warum?«, fragte Celina weiter.

Birte wusste nicht, was sie sagen sollte, sie konnte doch nicht mit der brutalen Geschichte herausrücken, dass Evi …

»Papa ist jetzt beim lieben Gott«, schoss es aus ihr heraus, wobei es ihr heiß und kalt den Rücken herunterlief.

»So'n Quatsch hast du schon mal erzählt, bei unserem ersten Vater«, schrie Jessica, warf ihr Handy auf den Tisch, rannte in das Wohnzimmer und begrub sich schluchzend auf der Couch unter einem Kissen.

Celina weinte eigenartigerweise nicht. Sie stand von ihrem Platz auf und verschränkte die Arme. Ihre Augen funkelten böse zu ihrer Mutter hinüber. »Mama, ich brauche keine zwei Engel-Papas im Himmel. Sag dem lieben Gott, dass ich jetzt sofort meinen Papa wiederhaben will!«, rief sie ihrer Mutter empört entgegen.

»Das ... ge... geht nicht, Celina«, stotterte Birte und spürte ihre Tränen, ihr knallrotes Gesicht, ihre Lieblosigkeit und Härte ihren Kindern gegenüber. Was hatte sie angerichtet, ein Irrenhaus, ein Inferno?

»Dann will ich dich auch nicht mehr«, brüllte die Kleine und rannte zu ihrer älteren Schwester, die sich beruhigt hatte und Celina fest in die Arme schloss. Celina schrie immer wieder nach ihrem Vater; sie, Birte, hatte nicht nur Evi verloren, sondern längst auch die Kinder.

Birte schaute auf die Uhr und wartete noch ein, zwei Minuten, die ihr wie eine Ewigkeit erschienen, dann erhob sie sich mühsam und ging in die Stube.

»Hört jetzt mal zu! Eure Mutter ist krank, ich muss sofort ins Krankenhaus nach Hamburg. Jessica, kannst du künftig ein bisschen mehr auf deine Schwester aufpassen? Antworte!«

»Das mache ich doch schon die ganze Zeit«, zickte Jessica zurück, »dann fahr jetzt endlich.« Ihre ältere Tochter war leichenblass geworden, ihr Gesicht wirkte versteinert und abwesend.

»Also dann ... tschüss«, sagte Birte verzweifelt.

»Tschüss«, antwortete Jessica kurz und trocken, während sie ihre Schwester streichelte, die vor Schluchzen kaum noch Luft bekam.

Birte verließ die Wohnung, rannte die Treppen hinunter zu ihrem Auto. Bloß jetzt nicht der Schwiegermutter begegnen! Blitzschnell setzte sie Perücke und Sonnenbrille auf, startete den Motor, würgte ihn ab, startete noch einmal.

Auf der Autobahn A 7 Richtung Frankfurt schaute sie immer wieder in den Rückspiegel und beobachtete die Fahrzeuge, die sie überholten. Insgeheim ging sie davon aus, dass man ihr die Geschichte mit dem Krankenhaus abkaufen würde, denn gerade ihre Schwiegermutter war es, die in den letzten Telefonaten immer wieder davon gesprochen hatte, dass Birte sich in psychiatrische Behandlung begeben sollte. Auch die Polizei würde sie nicht sofort vermissen. Die Beamten hatten sicherlich andere Sachen zu tun, als sich ständig um die arme Birte zu kümmern.

Noch heute wollte sie über alle Berge sein, sich irgendwo verstecken.

Sie fühlte wieder diese lähmende Ohnmacht in sich, Entscheidungen zu treffen. Wo wollte sie eigentlich hinfahren? Nach Bayern, Baden-Württemberg, ins Saarland, nach Österreich, in die Schweiz, nach Italien, Griechenland, Frankreich, Spanien? Musste sie nicht sicherheitshalber den Wagen wechseln? Mit der Bahn weiterfahren? Das war wohl das Beste, aber was sollte sie mit ihrem Wagen machen?

Während Birte, beschäftigt mit ihren wirren Gedankengängen, auf die vor ihr liegende Strecke starrte, spürte sie etwas neben sich. Etwas, was nicht vorbei wollte. Sie schaute geradeaus. Nicht zur Seite blicken! Weiterfahren. Der Wagen fuhr zur Hälfte an ihr vorbei.

Oh Gott, Polizei!

Der Wagen überholte sie und fuhr eine Weile vor ihr her.

»Einfach weiterfahren, Birte«, murmelte sie standhaft, »einfach weiterfahren.«

Plötzlich sah sie in der Heckscheibe des Streifenwagens eine Leuchtschrift, die sie zum Folgen aufforderte, der Beifahrer winkte sie mit einer Kelle auf einen Behelfsparkplatz. Sie brauchte sich nicht aufzuregen, sie hatte sich nichts vorzuwerfen, ihre Papiere waren in Ordnung, sie war frei, eine freie Bürgerin in einem freien Land.

In der Mitte der Parkbucht stoppte das Polizeiauto. Nervös kurbelte sie die Scheibe herunter.

Die beiden Polizisten kamen langsam auf sie zu.

»Ihre Papiere, Personalausweis und Fahrzeugschein, bitte«, forderte einer der beiden sie auf.

Birte durchwühlte ihre Handtasche und reichte dem Mann die gewünschten Unterlagen.

»Frau Dassow?«

»Ja?«

»Bitte steigen Sie aus und stellen Sie den Motor ab.«

Der Sprecher nickte seinem Kollegen zu, der zum Streifenwagen zurückeilte, und begleitete Birte zu einer Bank.

Der andere Polizist schaltete das Blaulicht ein und schien sich angeregt über Funk zu unterhalten, doch was er sagte, konnte sie nicht verstehen.

»Was ist denn los?«, fragte sie vorsichtig.

Der Mann schien etwas verunsichert zu sein, schaute abwechselnd zu ihr und zu seinem Kollegen. »Abwarten.«

Der andere Mann kam zurück. »Wir warten hier auf die Kollegen.«

»Was soll das denn? Ich muss weiter«, sagte sie verärgert.

»Etwas Geduld, Frau Dassow«, entgegnete der Mann neben ihr mürrisch.

Die Zeit verging, die beiden Polizisten hatten sich zwischen Birte und ihrem Wagen postiert und vertieften sich in ein intensives Gespräch. Dabei wurde sie das Gefühl nicht los, dass die beiden trotzdem all ihre noch so kleinen Bewegungen genau registrierten. Sie blieb sitzen, bloß unauffällig bleiben, es würde bald weitergehen.

Das Warten wurde unerträglich.

Ein dunkel lackierter Wagen sauste heran, ebenfalls mit Blaulicht. Mit quietschenden Reifen kam das Auto neben ihrem Wagen zum Stillstand.

Sie traute ihren Augen nicht: Aus dem Wagen sprangen dieser widerliche Heuward und der ältere Mann.

»Danke Kollegen, wir übernehmen jetzt«, sagte Tobias zu den beiden Polizisten und wandte sich dann, leicht schmunzelnd, an Birte: »Fasching ist noch nicht, Frau Dassow. Können Sie bitte mal Sonnenbrille und Perücke abnehmen? Herrn Leitner und mich kennen Sie ja.«

»Sie wissen ja gar nicht, warum ich das trage, Sie eingebildeter Rotzlöffel«, rief Birte empört, kam aber seiner Aufforderung nach.

»Vorsichtig, oder soll ich Sie wegen Beamtenbeleidigung belangen? So sehen Sie wirklich besser aus, die Perücke steht Ihnen überhaupt nicht«, lachte Tobias.

»Was wollen Sie denn jetzt schon wieder von mir? Können Sie mich nicht endlich in Ruhe lassen?«, schrie sie.

»Leider nicht. Sie hatten die Auflage, Göttingen nicht zu verlassen. Den Koffer auf der Rücksitzbank fahren Sie doch nicht zum Spaß durch die Gegend?«

»Ja, Sie haben … Ich habe einen Fehler gemacht und hätte nicht so weit fahren sollen, Verzeihung.«

»Nicht wegen Ihrer Flucht sind wir hier.«

»Weshalb denn? Haben Sie Frau Suderbach endlich gefasst? Soll ich jetzt gegen diese Mörderin aussagen, die meinen geliebten Mann …?«

»Auch nicht«, schnitt Heuward ihr das Wort ab, »aber ich erkläre es Ihnen gern, obwohl wir die Fragen stellen und nicht Sie! Erstens: Die Ehe mit Ihrem Mann war keineswegs so liberal und liebevoll, wie Sie es uns dargestellt haben. Dafür haben wir mehrere Zeugen. Zweitens: Ihre Aussage, die Sie bei uns gemacht haben, hat einen Schönheitsfehler.«

»Einen Schönheitsfehler?«, fragte sie wütend nach, »seit wann werden Zeugen wegen eines Schönheitsfehlers belästigt?«

»Weil Sie Ihre Geschichte falsch herum erzählt haben: Ihre Evi Suderbach hat Ihnen bei der Beseitigung der Leiche geholfen, und Sie haben Ihren Ehemann getötet.«

»Stimmt doch überhaupt nicht, woher wollen Sie das wissen?«, brüllte Birte außer sich und sah wieder schwarze Punkte in ihrem Gesichtsfeld auftreten. Ihr Kopf pochte.

»Von Ihrer Frau Suderbach persönlich. Sie ist zwar auf der Flucht, hat uns aber aus Rotterdam ein richtig nettes Paket geschickt. Nachdem sie ihr eigenes Fahndungsfoto entdeckt hatte, wusste Evi, dass Sie, Frau Dassow, die Geschichte verdreht dargestellt haben. Ihre clevere Exfreundin beschrieb uns eine deckungsgleiche Aussage, nur eben andersherum: Sie sind nicht Zeugin, sondern die Tatverdächtige.«

»Und Sie glauben diesen Unsinn?«

Ohne darauf zu antworten, sprach Tobias weiter. »Drittens: Sie haben Frau Suderbach ein wenig unterschätzt.«

»Was soll das heißen?«, fragte Birte störrisch.

»Sie hat uns den alles entscheidenden Beweis und Ihre eigenen Fingerabdrücke gleich mitgeliefert. Einen schönen Gruß sollen wir Ihnen ausrichten: Und ob Sie sich noch an das kleine blaue Päckchen erinnern, welches Frau Suderbach aus Ihrem Haus zum Motorrad gebracht hatte, in dem sie angeblich Werkzeug verstaut hatte, was sie später noch gebrauchen wollte?«

»Ja, und?« Birte ahnte etwas.

»Es ist die Tatwaffe, ein Küchenmesser mit Ihren Fingerabdrücken und dem Blut Ihres Mannes. So etwas kann man nicht fälschen.« Er stockte und zeigte mit seinem langen Zeigefinger auf sie. »Frau Dassow, ich nehme Sie hiermit fest wegen des dringenden Verdachts, Ihren Ehegatten Matthias Dassow umgebracht zu haben, ferner wegen Verschleppung und Beseitigung von Beweismaterial, Widerstand gegen die Staatsgewalt und wegen Behinderung polizeilicher Arbeit. Über die Beamtenbeleidigung können wir noch verhandeln.« Tobias starrte sie befriedigt an, Birtes Gesicht verfärbte sich, ihr Kopf dröhnte, es gab nur noch eine Möglichkeit.

Sie rannte los, mehrere Lkws donnerten mit ohrenbetäubendem Lärm an der Parkbucht vorbei. Sie hörte einen der Männer etwas schreien, die schnellen Schritte und den näher kommenden Atem eines Beamten hinter sich. Sie konnte den Randstreifen der Autobahn schon sehen, nur noch um einen Baum herum, nur noch wenige Schritte, Erlösung.

Eine feste Hand ergriff ihren linken Arm, riss sie herum, dann stürzte sie rückwärts zu Boden, und Tobias Heuward warf sich auf sie. Fast berührten sich ihre Gesichter.

»Es ist aus«, schnaufte Tobias ihr entgegen und drehte sich blitzschnell zur Seite. Es klickte zweimal, und ihre Hände waren in den kalten Metallhandschellen eingeschnürt.

»Aua, Sie tun mir weh«, wimmerte Birte.

»Das bilden Sie sich nur ein, Frau Dassow, los jetzt, zum Wagen«, entgegnete Tobias mit gereizter Stimme und half ihr widerwillig hoch. Einer der Polizisten packte mit an, zu zweit zogen sie Birte an den Oberarmen schnell zu den Autos zurück.

»Sind Sie verletzt?«, fragte der Polizist.

»Nein, aber wollen Sie mir die Schulter ausrenken?«, schrie sie entgeistert zurück.

Nach der Verabschiedung der beiden Polizisten fuhren sie zur nächsten Autobahnausfahrt und dann zurück nach Göttingen. Man hatte Birte auf den Rücksitz gezwängt, links neben ihr saß dieser Leitner, der sie immer wieder aus den Augenwinkeln zu beobachten schien. Die Tür neben ihr sei verschlossen, hatte dieser junge Bengel ihr vom Vordersitz aus mitgeteilt, einen erneuten Fluchtversuch brauche sie also nicht zu unternehmen.

»Was wird jetzt mit meinem Auto? Und mit meinen Sachen?«, fragte sie irgendwann ihren Nachbarn, der noch kein Wort mit ihr gewechselt hatte.

»Wird abgeschleppt, Sachen sind im Kofferraum«, grummelte Leitner kurz angebunden zurück, er schien keine gute Laune zu haben.

»Eins müssen Sie mir noch verraten«, sagte Birte daraufhin laut in die Runde, obwohl ihr bei jedem Wort der Kopf polterte und die schwarzen Punkte vor ihren Augen tanzten, »wie haben Sie … haben Sie mich so schnell gefunden?«

»Gar nichts müssen wir, Fragen stellen wir«, erwiderte Leitner böse und warf ihr einen abschätzigen Blick zu.

Tobias hatte aufmerksam zugehört. »Das war eigentlich mein vierter Punkt: Sie haben auch Ihre Schwiegermutter unterschätzt! Sie hatte Ihren Kindern erzählt, dass sie einkaufen wollte, ist aber zu uns gekommen! Sie hatte die Nase voll von Ihren Hinhaltungen. Sie weiß jetzt alles, hatte eine kleine Herzattacke wegen Ihnen, Frau Dassow. Aber bleiben Sie cool: Es geht ihr jetzt deutlich besser, unterwegs hatten wir Kontakt mit dem Krankenhaus. Ihre Kinder, die gut versorgt sind, haben uns erzählt, dass Sie nach Hamburg unterwegs wären«, lachte Tobias, »ist ein alter Cowboytrick, auf den wir heutzutage nicht mehr hereinfallen, alles Weitere war reine Routine, verstehen Sie?«

Birte antwortete nicht und hatte auch den Rest seiner Worte nicht mehr richtig aufgenommen. Sie versank in tiefes Schweigen, in ein inneres schwarzes Loch, das einmal ihre Seele gewesen war, nichts außer Hass regte sich in ihr. Sie hasste ihre Eltern, ihre Männer, ihre Kinder, diese Kripospinner, ihre Schwiegermutter.

Sie hasste das ganze, sinnlose Leben.

»Konzentrier dich aufs Autofahren«, sagte Leitner zu seinem Vordermann und tippte ihm auf die Schulter.

»Ja, Chef«, meldete sich Tobias kleinlaut zu Wort, der die Laune seines Vorgesetzten seit der Rückfahrt wohl genau zu deuten wusste: Fast wäre es schiefgegangen, Tobias hatte wieder einmal viel zu viel geredet.

Kapitel 31

2015
Frankfurt/Main

Sie spürte, dass sie dieses ewige Warten auf eine Nachricht von Matthias sehr viel Kraft kostete. Sie arbeitete nicht mehr so lange, machte nur noch wenige Termine, brauchte für das Diktat eines einfachen Schreibens dreimal so lange wie sonst. Das Zuhören fiel ihr schwer, sie schrieb sich alles umständlich mit, was sie sonst im Kopf behielt.

Sie saß wieder in ihrem kleinen Büro. Ein Blick auf ihren Terminkalender verriet ihr, dass sie heute keine weiteren Gespräche mehr führen musste.

Sie erhob sich aus ihrem bequemen Bürosessel und ging ein paar Schritte auf und ab.

Plötzlich klingelte das Telefon; fast wäre sie mit ihren Pumps umgeknickt, so schnell rannte sie zu ihrem Schreibtisch zurück, und meldete sich.

Die Zentrale avisierte ihr eine Frau Domscheid.

Conny Neumann bat die ihr unbekannte Frau an ihren Besprechungstisch. »Möchten Sie einen Kaffee oder ein Wasser?«

»Nein, herzlichen Dank.«

»Was kann ich für Sie tun?«

Frau Domscheid schaute sie mit ernster Miene an. »Ich glaube, dass Sie nichts für mich tun können«, antwortete sie schwermütig und hielt ihr den Ausweis entgegen, »ich bin Kriminalhauptkommissarin in der Polizeidirektion Frankfurt. Ich habe Ihnen eine traurige Mitteilung zu machen, Frau Neumann.«

»Was ist passiert, was mit Matthias?«

»Ihr Freund, Herr Matthias Dassow, ist tot.«

»Oh Gott, nein«, rief Conny. Die Tränen flossen ihr übers Gesicht. Frau Domscheid setzte sich neben sie, streichelte über ihre Schulter und reichte ihr Papiertaschentücher.

So saßen sie eine ganze Weile, vielleicht fünf Minuten oder länger, bis sich Conny wieder fing. »Wie ist das passiert?«

»Er ist umgebracht worden«, sagte Frau Domscheid zögerlich, »von seiner eigenen Frau.«

Conny dachte an Matthias' Vorhaben. Er wollte an dem Montag, nach ihrem herrlichen Wochenende, direkt zu seiner Frau fahren und ihr seine Scheidungsabsichten mitteilen. »Umgebracht … wegen mir?«

»Das wissen wir nicht, es ist auch unerheblich. Man kann sich vor einer Scheidung zwar streiten, auch heftig, aber niemand hat deshalb das Recht, den anderen zu töten.«

»Was soll ich jetzt bloß ohne ihn machen?«, jammerte Conny. »Er war ein so toller Mann, er war die Liebe meines Lebens, das habe ich sofort gewusst.«

»Das glaube ich Ihnen gern, Frau Neumann«, antwortete die Kommissarin vorsichtig.

Dann schwiegen beide wieder.

»Was ist mit der Beerdigung?«

»Die Leiche ist jetzt freigegeben, er wird, so hat er es in seinem Testament verfügt, anonym beerdigt. Behalten Sie ihn einfach so in Erinnerung, wie Sie ihn kennengelernt haben.«

Wieder betretenes Schweigen.

»Sitzt die Frau im Gefängnis?«, fragte Conny nach einer ganzen Weile.

»Ja, in Untersuchungshaft. Und sie sieht ihrer gerechten Strafe entgegen. Was diese armselige Frau angeht, würde ich Ihnen gern den Rat geben, sich nicht weiter damit zu beschäftigen. Sie würden sich nur unnötig belasten.«

Conny setzte sich wieder aufrecht hin. Jetzt, da sie wenigstens Gewissheit über Matthias' Schicksal hatte, ging es ihr besser. »Ganz im Gegenteil, Frau Domscheid. Ich darf Sie sogar bitten, mich als Zeugin aufzunehmen. Immerhin war ich wohl die letzte Frau, die Matthias geliebt und gern in seine Arme geschlossen hat.«

»Wollen Sie das wirklich? Es wäre für den Prozess nicht erforderlich.«

»Ich will unter Eid aussagen, was für ein guter Vater und Mann er gewesen ist, bevor von dieser Frau im Gerichtssaal nur Unwahrheiten herüberkommen.«

Frau Domscheid nickte. »Gut, Sie hören von mir in dieser Angelegenheit. Kann ich noch irgendetwas für Sie tun, Frau Neumann? Soll ich Sie vielleicht nach Haus fahren?«

»Nein, das brauchen Sie nicht. Ich fühle mich etwas besser, ich werde noch hierbleiben. Außerdem kommt meine Assistentin gleich zurück, die wird mir helfen, falls erforderlich.«

Die beiden verabschiedeten sich voneinander.

Conny fühlte eine tiefe Leere in sich, konnte aber nicht mehr weinen. Sie ging zur Toilette, korrigierte ihr Make-up und ordnete ihre Haare.

Sie kniete sich wieder in ihre Arbeit, als wäre nichts gewesen. Was sollte sie jetzt auch anderes tun?

Gegen 23.00 Uhr zog sich Conny langsam aus, legte ein Bild von Matthias neben sich ins Bett. Was hatte er in Stuttgart gesagt? Er könne schweigen wie ein Grab. Und nun würde er schweigen, für immer …

Sie küsste das Foto und weinte noch bis tief in die Nacht hinein.

Kapitel 32

2015
Goslar am Harz

Vier Monate später.

Alles war ruhig. Sein Magen schmerzte. Langes Warten, Herumsitzen und die eintönige Stille waren nichts für ihn. Trotz seiner jahrzehntelangen Erfahrung musste er sich eingestehen, dass er heute Abend etwas neben sich stand.

Seit drei Stunden saßen sie nun schon bei gedämpftem Licht und zugezogenen Übergardinen in diesem nüchtern eingerichteten Raum: Max Leitner, sein Freund Hans Wespers und ein gewisser Claude Zurbrügge vom Bundeskriminalamt.

Zurbrügge hatte sich als Spezialist für Videoüberwachung und Abhöraktionen vorgestellt. Ein kräftig gebauter und höflicher, aber wortkarger Zeitgenosse. Bekleidet mit einer zerschlissenen Jeanshose, einem schwarzen T-Shirt mit dem Emblem der *Toten Hosen* und Motorradstiefeln. Sein schulterlanges, welliges Haar war leicht ergraut, ebenso sein Vollbart. Trotz des schummrigen Lichts zeugte seine rötlich gefärbte Stirnglatze von zu viel Sonneneinwirkung.

Der Mann saß, abgewandt von Wespers und Leitner, an der gegenüberliegenden Wand an einem extra aufgestellten Bürotisch vor einer Kolonne von Monitoren und fummelte an einem Turm technischer Geräte herum, dessen monoton blinkende LED-Leuchten Leitner auf den Nerv gingen. Links neben diesem Equipment stand das Doppelbett, das Leitner und Wespers zur Seite geschoben hatten, um dem Langhaarigen mehr Platz zu verschaffen. Auf dem Bett lagen neben zahllosen Kabeln und Steckern die kugelsicheren Westen und Tragegurte mit den Dienstwaffen.

Die beiden Freunde saßen in zerschlissenen Sesseln an einem winzigen Biedermeiertischchen, auf dem neben einer leeren Vase ein kleiner Block und ein Kugelschreiber ihr Dasein fristeten. Die kleine Lampe hatten sie ausgeschaltet.

»Warum ist heute eigentlich dieser sympathische junge Mann, Herr Heuward, nicht dabei?«, fragte Hans Wespers plötzlich und schaute zu Leitner.

»Die Sache wäre mir zu heiß gewesen, er ist noch nicht lange genug dabei. Aber Tobias hat sich ohnehin ein paar Tage Urlaub genommen, er ist in Wiesbaden und braucht Ruhe.«

»Hat er Probleme?«

»Ja, mit seiner Freundin Frederike.«

Wespers nickte verständnisvoll, die beiden schwiegen wieder.

Leitner musste sich unbedingt etwas bewegen. Er stand auf, ging einige Schritte vor dem Doppelbett auf und ab und versuchte, seine Gedanken zu ordnen.

Vor drei Tagen hatte Hans angerufen und ihn um Teilnahme an der *Aktion Windhund* gebeten, da zwei seiner Leute ausgefallen waren. Zu allem Überfluss musste sein Freund sogar die Leitung der Aktion in Goslar übernehmen, da der dafür eingeteilte Mann aus dem Landeskriminalamt Hannover nicht kommen konnte.

Leitner hatte seinem Freund spontan zugesagt und erreichte das alte, etwas heruntergekommene Hotel gegen Mittag. Aus Sicherheitsgründen waren Hans, der BKA-Mann und weitere Kollegen des mobilen Einsatzkommandos bereits am Freitag eingezogen.

Wespers hatte ihn mit den Örtlichkeiten vertraut gemacht, hatte ihm Diensträume, Speisesaal, Keller und die Notausgänge gezeigt.

Der Einsatz in Goslar war seit Wochen penibel vorbereitet worden. Eine der anwesenden Polizistinnen, speziell geschult auf präzise Distanzschüsse, hatte seit Mittag die Rezeption besetzt. Sieben Zimmer und den Eingangsbereich hatte Claude Zurbrügge mit Mikrofonen und Minikameras präpariert. Für den Rest der Hotelzimmer existierte für die beiden Aktionstage eine Liste mit einer angeblichen Reisegruppe.

Nach den Erkenntnissen des BKA sollte in diesem Hotel eine große Menge an Drogen den Besitzer wechseln, dies ab etwa 22.00 Uhr. Man hatte herausgefunden, dass ein gewisser Alberto Kolidis beteiligt sein würde.

Leitner ging auf den an der Wand sitzenden Zurbrügge zu. »Stört Sie das, wenn ich mit meinem Kollegen rede?«

»Nö«, antwortete dieser, völlig abwesend, und schüttelte seine ergraute Haarpracht, ohne von seinen Geräten aufzublicken.

Leitner ging zu seinem Freund zurück und ließ sich wieder in den Sessel fallen. »Hans, ein paar Sachen hattest du mir noch nicht erzählt.«

Auch Wespers schien über eine Unterhaltung froh zu sein. »Was möchtest du wissen? Da die Sache angelaufen ist, habe ich auch nichts mehr zu verbergen.«

»Was genau verbirgt sich hinter der *Aktion Windhund*?«

»Ein Deckname für eine bundesweite Razzia, unter anderem im Drogenmilieu.«

»Es geht also nicht nur um Goslar?«

»Nein. Seit etwa fünf Jahren ist diese bundesweite Aktion in Planung. Es geht gegen einen sehr gut organisierten Verbrecherring mit der Bezeichnung *Albania*, den wir erst jetzt, in einer personalintensiven Maßnahme, zerschlagen können.«

»Wie geht das genau?«

»Sobald bei uns die Drogenübergabe anläuft, muss ich eine bestimmte Nummer anwählen, dann wird eine ganze Reihe von Personen in ganz Deutschland gleichzeitig festgenommen.«

»Also ist Goslar der Auslöser für den Zugriff?«

»Ja. Aber das ist eher zufällig.«

»Wer ist dieser Alberto Kolidis?«

»Wird in der Szene nur Ali genannt.«

»Und?«

»Wir haben Jahre gebraucht, um diesen Kerl gelegentlich observieren zu können. Er hat schreckliche Tätowierungen an den Händen und tritt wie ein Mafiaboss der Fünfzigerjahre auf. Er stammt aus dem Süden von Albanien. Hiervon kann auch der Name dieser Organisation, *Albania,* abgeleitet sein. Seine Großeltern gehörten der dort lebenden griechischen Minderheit an. Seine Mutter war Spanierin, von der sein Vorname Alberto stammen dürfte, denn ein solcher ist weder in Griechenland noch in Albanien gebräuchlich. Seine Eltern sind früh verstorben, erste Straftaten von Ali sind bereits im Alter von zehn Jahren aktenkundig, mit sechzehn hat er seine Großmutter getötet, das muss man sich mal vorstellen! Er spricht eine ganze Reihe von Sprachen und ist ein ausgebuffter Schlaufuchs.«

»Wieso?«

»Obwohl er bei uns seit vielen Jahren aktenkundig ist, wissen wir verhältnismäßig wenig von ihm. Er hat einen Scheinwohnsitz, kein Konto, zahlt wohl alles in bar. Er wechselt ständig seine Kartenhandys, telefoniert oft auch von öffentlichen Telefonzellen, ist immer in Bewegung, ein vollkommen unruhiger Geist. Er ist extrem vorsichtig, verhält sich geradezu wie ein scheues Tier.«

»Aber dieser Ali Kolidis muss doch irgendwelche Vorlieben oder Angewohnheiten haben?«

»Gott sei Dank kennen wir eine ganz genau: Wenn er in Pensionen oder Hotels keine Auswahl bei den Zimmern hat, reist er kommentarlos ab, wohl aus Sicherheitsgründen. Aber stell dir vor, wir wissen nicht einmal, was er gerne isst oder trinkt! Bisher konnte er sich jeder Observation nach kurzer Zeit erfolgreich entziehen – es ist, als ob er mit uns Spielchen treibt, wobei er immer zu gewinnen scheint. Der wechselt die Bundesländer und ausländischen Aufenthaltsorte fast so schnell wie ich meine Oberhemden«, lachte Wespers und steckte Leitner damit an. »Eins sage ich dir, Max. Irgendwann und irgendwo muss er seine Big Deals schließlich abwickeln, das ist sicher, vielleicht heute und hier.« Wespers machte eine Pause und nahm sich ein Mineralwasser aus einer kleinen Tasche, die sie unter dem Biedermeiertischchen deponiert hatten.

»Konntet ihr ihn nicht früher festnageln?«

»Leider nicht. Wir müssen uns strategisch und taktisch mit dem BKA abstimmen, was wir tun dürfen oder nicht. Die *Aktion Windhund* hat oberste Priorität, seit Jahren.«

»Durftet ihr denn überhaupt nichts unternehmen?«

»Doch. Die Strategie bestand bisher darin, dass wir den ein oder anderen Mittelsmann oder Zwischenhändler ausgeschaltet haben, um Ali nervös zu machen und ihn vielleicht zu Fehlern zu verleiten. Er muss bereits jetzt viel mehr selbst erledigen als in den Jahren zuvor. Jetzt haben wir endlich grünes Licht für Ali.«

»Bist du nervös?«

»Nein. Wir müssen ihn nur auf frischer Tat erwischen, alles andere bringt nichts. Er hat einen verdammt guten Anwalt.«

»Was ist, wenn er nicht kommt?«

Wespers lächelte mühsam. »Dann hätten wir Pech gehabt, *Aktion Windhund* müsste auf später verschoben werden, denn wir müssen sie alle gleichzeitig erwischen, ansonsten hätten wir mit Zitronen gehandelt.«

»Haben wir denn ausreichend Personal hier? Was ist mit dem Hotelpersonal? Und was ist mit Hotelgästen, sind die nicht in Gefahr?«

»Nein, Max. Die Sache ist akribisch vorbereitet. Das Hotel ist komplett von uns angemietet, außer uns ist niemand im Haus, in jeder Etage haben wir zwei Leute des mobilen Einsatzkommandos. Seit etwa einem Monat wissen wir von diesem Termin, hören seit dieser Zeit die Telefonate des Hauses mit. Vor knapp zwei Wochen hatte ein Helfer von Ali drei Zimmer reserviert. Wir spielen ihm sieben freie Zimmer vor, damit er eine kleine Auswahl hat und hoffentlich nicht gleich wieder abhaut. Die übrige Hotelbelegung wird durch drei angemietete Busse, die Eintragungen an der Rezeption und Lichtwechselschaltungen simuliert, da wir natürlich nicht alle Zimmer verkabeln konnten. Ferner haben wir draußen zwei weitere Posten, die jede Bewegung vor dem Haus registrieren und uns Alis Ankunft melden werden. Und wir haben den Besitzer und die Angestellten des Hotels gecheckt und uns versichert, dass Ali zu diesen keinen Kontakt hat. Mehr geht nicht.«

»Klingt überzeugend«, nickte Leitner.

Wespers blickte auf seine Uhr. »Aber jetzt muss ich mich kümmern, zieh dir deine Kugelweste an, Max, wir kommen jetzt in die Phase Gelb.«

»Was …?« Leitner brach ab, da Wespers aufsprang und nach dem Funkgerät griff. »Wolf an Alpha Null …«

»Alpha Null hört.«

Wespers funkte der Reihe nach sämtliche Posten durch, um die Verbindungen zu überprüfen.

»Wolf an alle. Phase Gelb«, sagte er in völlig ruhigem Ton, dann zog auch er seine kugelsichere Weste an.

Danach wurde es wieder ruhig.

21.43 Uhr.

Allmählich schien Wespers nervös zu werden, lief in dem kleinen Zimmer auf und ab. Dann ging er zum BKA-Mann. »Phase Gelb. Sind Sie so weit?«

»Yupp«, antwortete dieser, ohne von seinen Geräten aufzuschauen.

»Haben wir die Zimmer? Rezeption? Eingang?«

Der BKA-Mann nickte dreimal hintereinander.

21.45 Uhr. Die Zeit schien stehen zu bleiben. Leitners Magen schmerzte. Schnell griff er nach seiner Tasche, schnappte sich ein Wasser und spülte zwei seiner Tabletten hinunter.

21.47 Uhr. Das monotone Blinken der LED-Leuchten war nicht mehr zu ertragen, er setzte sich auf die Lehne seines Ohrensessels und drehte sich zur Tür.

21.48 Uhr. Leitner zuckte zusammen. Ein schrilles Pfeifen aus der Ecke. Er drehte sich um, sah Claude Zurbrügge aufspringen und am Turm herumfummeln.

»Das muss jetzt aber aufhören«, schimpfte Wespers.

»Jou«, nuschelte der Mann und drehte sich achselzuckend zu ihnen um: »Is ätzend komplex.«

21.50 Uhr. Auch Leitner hielt es nicht mehr auf dem Sessel, er erhob sich langsam, während Wespers seine Runden drehte, wie ein Gepard in einem zu engen Käfig.

21.51 Uhr.

21.52 Uhr.

21.53 Uhr.

»Alpha Null an Wolf.«

Wie gestochen sprang Wespers auf sein Funkgerät zu. »Wolf hört.«

»Alpha Null. Objekt nähert sich Eingang.«

»Wie weit noch?«

»Zehn Schritte … fünf … gleich am Ziel.«

»Wolf an alle. Phase Rot, kein Funkkontakt mehr. Gebe Zugriff oder Abbruch durch.«

Wespers ließ die Sprechtaste los, legte das Funkgerät vorsichtig auf das Bett zurück und winkte Leitner zu den Monitoren. »Es geht los.«

Der BKA-Mann zeigte auf einen der dunkel schimmernden Bildschirme.

Eine Person betrat den langen Flur zur Rezeption. Außer einem Hut war nichts Außergewöhnliches an ihr zu erkennen. Es war eine männliche Person, das schien sicher zu sein. Im Eingangsbereich blieb der Mann abrupt stehen und schaute zurück durch die wieder geschlossene Glastür.

»Ist das wirklich Ali?«, fragte Wespers erregt.

»Moment«, nuschelte der BKA-Mann.

Der Mann verharrte noch einen Augenblick lang an der Tür, drehte sich um und ging dann hastig über den dicken roten Teppich, der an drei kleinen Stufen endete, die zum wuchtigen Rezeptionstresen hinaufführten. Er schien nervös zu sein und schaute sich ständig um, als suche er etwas.

»Ist das Ali?«, wiederholte Wespers.

Der Mann im *Tote Hosen*-T-Shirt reagierte nicht sofort. Er starrte weiter auf seine Monitore, schaltete ein paar Bildschirme ein und wieder aus. »Bestätigt. Er isset.«

»Ali?«

»Yupp.«

»Yupp haben Sie schon mal verwendet. Heißt das *Ja*?«

Der Mann nickte.

»Scheiße, wieso hat der keine Klamotten dabei?« Dass Wespers fluchte, war ungewöhnlich. Beide starrten auf den Monitor, der Einsicht in den Rezeptionsbereich gewährte, aber Leitner konnte die Tätowierungen auf den Händen des Mannes nicht erkennen, dazu war ihm das Bild nicht groß genug.

Ali stand nun an der Rezeption und schien mit der Beamtin zu verhandeln. Diese war so gekleidet, wie es das Haus praktizierte: mit langärmeliger Bluse und einer weinroten Fliege. Alles musste so sein wie immer, falls Ali schon mal hier gewesen war. Dann endlich schien er sich für ein Zimmer entschieden zu haben, man konnte die Kollegin beobachten, wie sie sich zum Wandbrett mit den Zimmerschlüsseln umdrehte. Das Brett wurde von den Kameras nicht erfasst, da es in einer kleinen Ecke hing.

Der Mann schien immer noch unsicher zu sein, studierte Wände, Böden und Decken dieses alten, verwinkelten Gebäudes.

»Die siehste nich, mein Jung«, murmelte der BKA-Mann und grinste diebisch über das ganze Gesicht. »Da«, sagte er plötzlich und zeigte auf einen Monitor, »da kannste dat Tattoo sehen.«

»Stimmt«, strahlte Wespers, während sich Leitner wieder Sorgen wegen seiner Augen machte, »er geht … geht zum Fahrstuhl, … ja … nein, zur Treppe … aber in welche Etage? Es ist zu gefährlich, jetzt in der Rezeption anzurufen. Gott, ich hab vergessen, das zu besprechen!«

Der Langhaarige hob seinen linken Arm, um Wespers zu beruhigen. Mit geübten Fingern tippte er auf der vor ihm liegenden Tastatur und schaltete einen weiteren Monitor dazu, auf dem aber nichts zu erkennen war. »Gleich, guck da.« Er zeigte auf den leeren Bildschirm, auf dem plötzlich Bewegung war: Irgendetwas Weißes wurde direkt vor die Kamera geschoben. Mit schwarzer Schrift geschrieben, stand dort: 205, 206.

»Was ist das denn?«, staunte Wespers.

»Doll, wa?«, grinste der BKA-Mann. Er hatte eine Kamera unter dem großen Tresen installiert, vor die die Scharfschützin am Empfang einfach zwei Tischkärtchen mit den Zimmernummern geschoben hatte.

Wespers schien wie erlöst. »Hatten Sie das mit der Kollegin abgestimmt?«

Zurbrügge nickte einige Male kurz hintereinander und freute sich wie ein Schelm über diese kleine Showeinlage.

»Kompliment, dann brauchen wir ihn erst gar nicht mit den Kameras zu suchen.«

»Yupp«, entglitt es dem Meister der Monitore.

Tatsächlich bewegte sich Ali nach oben und schien verschwunden zu sein. Auf den lang gestreckten, spärlich beleuchteten Fluren konnten sie ihn nicht beobachten, für einige Augenblicke war der Mann für sie unsichtbar.

Dann, nach einer gefühlten Ewigkeit, tat sich wieder etwas auf einem der Bildschirme. Eine Tür öffnete sich, das wenige Licht vom Flur fiel ein, dann wurde es hell im Raum.

»In welchem Zimmer ist er denn nun?«, tuschelte Wespers, als ob er Sorge hätte, dass Ali ihn hören konnte.

»Zwo-Null-Fünf.«

»Woher wissen …?«

»Goethe überm Bett is Zwo-Null-Fünf«, unterbrach ihn der BKA-Mann, »Blume überm Bett is Zwo-Null-Sechs.«

»Sie haben hier irgendwo eine Liste, mit der Sie die Zimmer unterscheiden?«, bohrte Wespers nervös nach.

»Nö, is im Computer«, antwortete der Langhaarige und tippte sich auf seinen Schädel.

Unterdessen schaute Ali die Schrankwand durch, nahm das Goethebild von der Wand, kroch unter das Bett, begutachtete das Badezimmer, dann zog er die Fenstervorhänge zu. Aus seiner Anzugjacke kam ein Handy zum Vorschein. Was oder mit wem er sprach, war nicht zu verstehen, er nuschelte leise vor sich hin.

Der BKA-Mann deutete auf einen anderen Monitor, der den Eingangsbereich festhielt.

22.10 Uhr. Eine weitere Person öffnete die Glastür und kam schnell näher, ein großer, schlanker Mann, vollkommen in Schwarz gekleidet, mit ebensolchen langen Haaren, die bei jedem Schritt ein wenig zur Seite wippten. Er schleppte zwei kleinere Reisekoffer aus Hartschalenkunststoff, dazu eine blaue Tasche, die er sich über die rechte Schulter gehängt hatte. Die schwarze Einheitspracht, sein vollkommen ausgemergeltes, blasses Gesicht und das umgedrehte Christuskreuz auf der Stirn ließen ihn wie ein Gespenst erscheinen, wie eine wandelnde Leiche, der Tod in Person.

Leitner schüttelte sich. »Was ist das denn für eine Gestalt?«

»Wird Schorse genannt, der Lakai von Ali«, murmelte Wespers, »sein wichtigster Mann.«

Das Gespenst hielt sich nicht lange an der Rezeption auf und schritt schnell zum Aufzug. Nach einer Weile meldete er sich im Zimmer von Ali, der einen der beiden Koffer laut stöhnend auf das Bett wuchtete.

»Das sieht gut aus«, flüsterte Wespers vor sich hin.

Leitner packte die Neugierde. »Was wird das?«

»Wenn wir Glück haben, Stoff oder Geld. Irgendwer muss noch kommen, denn Ali wird wohl kaum mit Schorse dealen«, lachte Wespers. »Normalerweise würden die sich auf Autobahnparkplätzen oder sonst wo treffen, aber unser kleiner, tätowierter Mafiaboss scheint mir antriebslos zu werden, geradezu schlaff. Vielleicht müde von diesem ewigen Cowboy- und Indianerspiel.«

22.20 Uhr.

Wespers lief wieder unruhig umher.

Leitner fasste ihn an den Schultern: »Was ist, wenn niemand mehr kommt?«

Wespers schien ratlos. »Ich weiß es nicht, die Rezeption ist hier normalerweise bis 24.00 Uhr besetzt. Keine Ahnung, wann wir abbrechen sollen.«

22.21 Uhr.

»Können wir die beiden Kerle nicht so festsetzen?«

Wespers lachte kurz auf. »Nein, Max, wenn wir da reinstürmen und in den Koffern ist nur Wäsche, dann drohen uns selbst vom schlechtesten Wald- und Wiesenanwalt Anzeigen, Bußgelder oder Verfahren wegen nächtlicher Ruhestörung, Verletzung der Intimsphäre, Freiheitsberaubung oder Körperverletzung. Wir würden unseren Job riskieren. Nein, im Zweifel müssten wir diese beiden Gangster einfach wieder laufen lassen. Einen kleinen, süchtigen Dealer an der Straßenecke dagegen nicht. Das ist die Ungerechtigkeit: In anderen Staaten, selbst in einigen europäischen, würde man mit solchem Lumpenpack nicht so viel Aufhebens machen. Unser komplexes Rechtssystem schützt geradezu die großen Verbrecher, das kennst du aus der eigenen Praxis. Gleiches Recht für alle ist ein schöner Wunschtraum, aber keine Realität. Zudem haben wir fast nur Pflichten, diese Mörder und Verbrecher dagegen fast nur Rechte, man muss sie mit Samthandschuhen anfassen, und die wissen das ganz genau. Aber das bleibt hier im Raum.« Wespers tippte auf das *Tote Hosen*-T-Shirt, dessen Träger freundlich und zustimmend nickte.

»Bist ja richtig wütend«, staunte Leitner.

»Ja, bin ich auch! Mir hängen diese kostspieligen Versteckspielchen zum Hals raus, das Gute gegen das Böse, wobei das Böse das Gute oft genug an der Nase herumführt. Na, Schluss damit.« Wespers winkte ab, und Leitner schaute unwillkürlich wieder auf seine Uhr.

22.24 Uhr.

Auf den Monitoren war kaum Bewegung zu sehen, Ali warf seinen Hut aufs Bett, ließ sich in einen Sessel fallen und starrte vor sich hin. Schorse hatte sich längst ins Nebenzimmer verkrochen.

An der Glastür … nichts.

22.25 Uhr.

»Irgendwer muss jetzt noch kommen«, wimmerte Wespers fast verzweifelt, »oder sollte sich das BKA geirrt haben? Vielleicht wollen Ali und Schorse doch nur übernachten, sie belegen schließlich nur zwei Zim…«

»Da«, sagte der BKA-Mann.

Ein großer, glatzköpfiger Mann öffnete die Glastür, ging zielstrebig auf den Tresen zu und stellte einen Lederkoffer neben sich ab. Er trug einen auffällig hellen Anzug mit einem grünen Rollkragenpullover. Dazu elegantes Schuhwerk, das sündhaft teuer gewesen sein musste. Sein leicht ergrauter Vollbart wollte nicht recht zur Glatze und den listigen Augen passen.

Der Mann redete mit der Dame an der Rezeption, wenige Augenblicke später wandte er sich dem Fahrstuhl zu.

»Wer ist das?«, fragte Wespers, »noch nie gesehen.«

»Moment«, murmelte der Langhaarige, schaltete einen seitlich abgestellten Bildschirm an und tippte hektisch auf seiner Tastatur herum.

Leitner, der direkt neben dem grauen Ausgabegerät stand, konnte gerade noch erkennen, dass er eine Datei mit dem Namen *Albania* öffnete und sich durch ein Personenregister mit halbseitigen Fotos scrollte. Wespers und Leitner sahen ihm interessiert zu, ein Steckbrief nach dem anderen jagte an ihnen vorbei. Plötzlich stoppte der Mann, blätterte langsam zurück. »Dimitri Kus«, gab er von sich und überließ den beiden den Bildschirm.

»Milliardär«, zitierte Wespers aus dem Steckbrief neben dem Bild. »Russe, stammt aus Nowosibirsk, mit deutschem Pass, hat sein Vermögen mit illegalem Holzhandel, manipulierten Aktienspekulationen und Öl gemacht. Seit 2007 Kontakt zu *Albania* nachgewiesen, gehört zum Drogenring, osteuropäischer Frauen- und Kinderhandel möglich, aber noch nicht bewiesen. Gott, was für ein Mistkerl. Dann ist das wohl unser dritter Mann, oder?«

»Yupp.«

»Wieso kommt so ein Typ ohne Bewachung?«, murmelte Wespers mehr zu sich selbst.

»Sein Gorilla is weg vom Fenster«, erwiderte der BKA-Mann und deutete mit der rechten Hand eine kurze Schnittbewegung am Hals an.

Leitner bemerkte, dass Wespers zufrieden nickte.

Auch Dimitri Kus verschwand für einige Zeit von den Bildschirmen. Dann sahen sie Ali aus seinem Sessel springen und zur Tür eilen. Der Russe trat ein, warf seinen Lederkoffer ebenfalls auf das Bett. Kus schien wütend zu sein, packte den kleinen Ali am Kragen und schimpfte laut auf ihn ein.

Schorse, der dies im Nebenzimmer eigentlich hören musste, blieb ruhig auf seinem Bett liegen, auf das er sich zwischenzeitlich der Länge nach draufgeworfen hatte.

»Was quatschen die denn da?«, wollte Wespers wissen, der aufmerksam zuhörte, aber ebenso wie Leitner nichts verstand.

»Glaub, russisch.«

»Verstehen Sie das, Herr Zurbrügge?«

Der Angesprochene schüttelte den Kopf.

»Ist egal. Sie schneiden ja alles mit, wir können das später von Experten auswerten lassen. Sobald sie die Koffer öffnen, schlagen wir zu«, sagte Wespers siegessicher und schlug mit der Faust auf den Bürotisch. Er nahm sein Handy und sprach mit jemandem. »Das BKA veranlasst jetzt die bundesweiten Zugriffe«, lächelte er Leitner an.

22.34 Uhr.

Der Russe hatte Ali losgelassen und rannte wild gestikulierend im Zimmer 205 herum. Immer wieder drehte er sich zu dem kleinen Mann und beschimpfte ihn.

22.36 Uhr.

Plötzlich klappte das Bild in sich zusammen, der Glastüreingang verschwand, das Gespenst, die Rezeption, alles. Die Monitore waren schwarz.

»Tun Sie was, Mann!«, rief Wespers aufgeregt.

Der langhaarige BKA-Mann war sofort aufgesprungen und warf dabei seinen Stuhl um. Hektisch fummelte er an einigen Kabeln herum, starrte auf die LED-Leuchten, die teilweise ausgegangen oder in ein Dauerleuchten übergegangen waren. »Fuck«, fluchte er, während Leitner den Stuhl wieder aufhob.

»Was ist jetzt?«, rief Wespers erregt.

Der Mann antwortete nicht. Er setzte sich wieder hin, schüttelte seine gewaltige Haartracht hin und her, schien intensiv nachzudenken. Dann tippte er in rasender Geschwindigkeit auf seiner Tastatur herum und schaute immer wieder auf den seitlich stehenden Bildschirm, der noch funktionierte. Tippte, schaute, tippte, schaute ...

22.39 Uhr.

»Was ist jetzt, Mann?«, drängelte Wespers.

Der BKA-Mann schien die Frage wieder zu ignorieren, hackte, wie irre, auf den Tasten herum, schlug einmal seitlich gegen den Monitor, als wollte er ihn zu schnelleren Antworten animieren.

22.41 Uhr. Keine Bilder.

Dann war auf einmal Ruhe, der BKA-Mann tippte nicht mehr. Leitner konnte die untersten Zeilen auf dem Bildschirm einigermaßen lesen.

system-error in A1739-XX3D-PORT
err LAN340vp1
err operation 4s9309
dump47532809

»Fuck«, fluchte der Mann noch mal.

»Was ist jetzt?«, schimpfte Wespers zum dritten Mal, »unser Einsatz ist gefährdet! Und ich muss die Scheiße hier verantworten, nun reden Sie schon!«, brüllte er in einer Lautstärke, die Leitner noch nie von seinem Freund gehört hatte.

Der BKA-Mann wühlte in seinen Haaren. »Dat LAN is platt.«

»Was heißt das?«, rief Wespers in den Raum, schlug die Hände zusammen und schaute verzweifelt an die Decke.

»Local aria network. Is'n Kommunikationsproblem zwischen den Geräten. Aufgehängt, weg, tot«, antwortete der Mann, der wohl selten in längeren Sätzen rede.

Wespers beruhigte sich. »Können wir beide wenigstens noch kommunizieren?«

»Yupp.«

»Wie lange brauchen Sie?«

»Null Ahnung.«

»Reden wir über Minuten oder Stunden?«

»Ein echtes Problem. Lass mich machen.«

Der Langhaarige begann wieder zu tippen.

22.44 Uhr.

Ratlos schaute Wespers seinen Freund an. »Hilf mir, Max. Was soll ich jetzt machen?«

Leitner griff Wespers am Arm und zog ihn ein Stück von der Technik weg. »Lass den Mann seine Arbeit machen. Seit wie vielen Minuten haben wir kein Bild mehr?«

Wespers schaute irritiert auf seine Uhr. »Keine Ahnung.«

»Wie viele Minuten sind vergangen, seit sich Ali und der Russe getroffen haben?«

»Schätze, so fünf Minuten. Aber was soll das?«

»Das dürfte nicht ganz reichen. Wie lange dauern solche Geschäfte normalerweise, ich meine die Übergabe von Drogen gegen Geld?«, bohrte Leitner weiter.

»Kommt auf den Stoff an, Geschmacks- oder chemische Proben müssen gemacht werden, geht aber meistens schnell über die Bühne.«

»Dann schlag zu«, sagte Leitner trocken.

»Aber ich habe doch noch nicht gesehen, ob die überhaupt Stoff ...«

»Ganz einfach, Hans«, fiel ihm Leitner ins Wort, »der lange Schorse hat zwei Koffer und eine Tasche geschleppt, also zweimal Wäsche. Sie hatten drei Zimmer reserviert, der Russe ist aber ohne Schlüssel nach oben gegangen. Zwei Koffer liegen auf dem Bett, einer von Ali und einer vom Russen. Der Russe will wieder weg, ist wütend auf Ali, warum auch immer. Die Waren liegen auf dem Bett, also, jetzt gib …«

In diesem Moment fiel ein Schuss, Glas krachte zu Boden.

»Oh Gott«, schrie Wespers, stürzte auf sein Funkgerät zu. »Zugriff«, brüllte er, zog seine Dienstwaffe, rannte aus dem Zimmer, die Tür flog krachend hinter ihm zu.

Zwei, drei weitere Schüsse fielen, das Licht ging aus, die LEDs erloschen, die Festplatten im Technikturm ächzten einmal, und das Elektronikmonster hauchte sein künstliches Dasein aus.

»Fuck«, schimpfte es aus der Ecke.

»Was ist jetzt wieder?«, fragte Leitner ins Dunkel.

»Stromausfall, Sicherungskasten zerschossen oder so.«

»Haben Sie eine Waffe?«

»Nö.«

Leitner riss eine der Übergardinen auf, aber es fiel nur ein spärliches Licht vom nahezu finsteren Nachthimmel ein. Er tastete sich zum Bett, griff nach seiner Waffe und öffnete vorsichtig die Tür.

»Kommen Sie, schließen Sie sich hinter mir ein und gehen Sie dann von der Tür weg. Ein Neun-Millimeter-Kaliber kann Sie auch bei geschlossener Tür töten.«

Leitner betrat den Flur. Dabei fiel ihm auf, dass der fensterlose Gang nicht völlig dunkel war. Kleine, rötlich schimmernde Lämpchen an der Decke sorgten für eine Notbeleuchtung, trotzdem konnte er so gut wie nichts erkennen. Er schaute nach links, dann nach rechts, hinter ihm ging leise die Tür zu, und ein Knacken verriet ihm, dass sich Claude Zurbrügge eingeschlossen hatte.

In dem Schummerlicht wirkte der Flur noch länger, als er ohnehin schon war.

Leitner überlegte kurz, was er machen sollte. Heute Mittag hatten sie das Hotel inspiziert, links hinten war ein kleiner Treppenaufgang für Notfälle, rechts ging es zum Hauptaufgang mit den breiten Treppen und dem Fahrstuhl.

Leicht nach vorn gebeugt, mit der Schusswaffe in den ausgestreckten Armen, schritt er langsam den Gang hinunter, Richtung Fahrstuhl.

Seine Augen brannten von der spärlichen Beleuchtung, alles war dunkel, selbst der schallschluckende Flurteppich hatte eine dunkelrote Färbung, alle Türen waren dunkel, es wirkte auf ihn, als ob er sich durch ein heruntergekommenes Hinterhofbordell bewegte.

Ein Schuss, ein Schrei, Leitner zuckte zusammen, dann wieder Stille.

Er glaubte, den Eingang schon zu erkennen, da spürte er es. Er hörte nichts, aber er war sich ganz sicher. Hinter ihm war etwas. Ruckartig drehte er sich um, ein schwarzes Tier mit kalten Augen kam auf ihn zu. »Halt, Polizei!«, rief er, während das Ungeheuer immer näher kam. Es lief ihm kalt den Rücken herunter. Er wollte abdrücken, zielte.

»Runter«, brüllte Wespers von hinten, Leitner duckte sich, ein Gegenstand schoss von der Seite auf seinen Kopf zu, traf ihn an der Schädeldecke, er ging zu Boden, ein Schuss fiel, das Ungeheuer sackte schreiend zusammen.

»Alberto Kolidis, Sie sind verhaftet«, hörte Leitner seinen Freund sagen.

Wieder Stille, nur Ali wimmerte leise vor sich hin.

»Max?«

»Ja?«

»Ein Glück«, sagte Wespers erleichtert, »bist du verletzt?«

»Nein«, antwortete Leitner leise. Sein Herz raste, ihm war schwindelig zumute, er fasste sich an den Kopf, in den Fingern fühlte er etwas angenehm Warmes, schaute auf seine blutverschmierte Hand. Ein letzter Adrenalinschub gab ihm Kraft, weiterzusprechen. »Hans, der Schläger … ihr müsst das Ding … Landers …«

Weiter kam er nicht, der Flur fing an zu schwimmen, sein Atem stockte, sein Kopf sackte zu Boden, dann wurde es noch dunkler. Schwarz. Ganz schwarz.

Kapitel 33

2015
Göttingen

Die Tür flog auf, und Tobias Heuward schritt auf das Krankenbett von Leitner zu, die Arme verschränkt auf dem Rücken. »Guten Tag, Max. Der Herr Wespers hat mir alles erzählt. Die haben dich sofort mit dem Rettungshubschrauber hierher, ins Göttinger Universitätsklinikum, geflogen. Dein Freund muss dich echt mögen. Wie geht's dir?«

Leitner, noch im Kopfverband eingeschnürt, ließ sein Bett in Sitzposition hochfahren. »Gut.«

»Ich habe dir was mitgebracht.« Tobias stellte einen kleinen Kaktus auf den Beistelltisch.

»Was soll ich damit?«

»Ich dachte, das Ding ist pflegeleicht für zu Hause und passt hinreißend zu deinem Dreitagebart«, grinste Tobias.

»Bursche, du wirst dich wohl nie ändern«, erwiderte Leitner.

»Ich bin eben eine einfühlsame Persönlichkeit.« Tobias schob die Bettdecke zur Seite und setzte sich. »Ich war letzte Woche schon mal hier, durfte aber nicht zu dir. Was war los? Hab mir echt Sorgen gemacht.«

»Ich war vier Tage auf der Intensivstation, Verdacht auf Schädel-Hirn-Trauma. Hat sich aber erledigt. Ich hatte eine schwere Gehirnerschütterung. Werde wohl morgen entlassen.«

»Du warst zwei Wochen nicht da, es gibt Neuigkeiten im Naturparkfall.« Geschäftig zog er sein Notizbuch aus der Jackentasche.

»Stopp. Was ist mit Frederike?«

Tobias wühlte sich durch die Locken. »Ach so, das kannst du abhaken. Die geht wirklich in die USA zu einer dieser widerlichen Bodyfarms, Leichen im Wald zugucken, wie diese langsam von Ungeziefer vertilgt werden. Nee, ekelhaft, das ist doch nichts. Außerdem ist sie zu alt für mich.« Er wurde unruhig und klopfte mit dem Notizheft auf den Beinen herum. »Äh, kann ich jetzt?«

»Klar.«

»Ich konnte Folgendes ermitteln: Dieser Matthias Dassow war mit achtzehn Jahren schon einmal verheiratet. Er nahm den Nachnamen seiner ersten Frau an und hieß dann Matthias Tonnwald. Bereits ein halbes Jahr später stellten beide einen Scheidungsantrag. Wenige Monate später wurde ein Kind mit dem Namen Torsten aktenkundig. Unser Toter vom Bauernhof hieß also früher Matthias Tonnwald. Bei seiner zweiten Eheschließung mit Birte Dassow hatte er ihren Nachnamen angenommen. Die Mutter von Matthias kennen wir: Lieselotte Gärtner, die uns im Präsidium besucht hat, als Birte flüchtete. Sie hatte, auf ausdrücklichen Wunsch ihres Sohnes Matthias, nie Kontakt zu dessen erster Frau und auch nicht zu diesem Torsten Tonnwald. Die Leiche aus dem Bramwald muss dieser Torsten sein, da dessen Mutter früh verstorben war und alle anderen Tonnwalds schon damals in den ewigen Jagdgründen waren. Torsten Tonnwald ist der Drogenkurier, den auch dein Freund Wespers auf der Sitzung erwähnt hatte. Matthias hieß also erst Gärtner, dann, mit achtzehn, Tonnwald und später Dassow, alles klar, Chef?«

Leitner fasste sich an den Kopf. »Nicht so schnell, ich habe immer noch Kopfschmerzen.«

Tobias hielt inne. »Sorry, ich mach langsamer: Also … die Mutter von Torsten Tonnwald wollte wohl jeden weiteren Kontakt zu ihrem Exmann vermeiden, hatte als Vater ihres Kindes *Unbekannt* registrieren lassen. Torsten Tonnwald wurde von seiner Mutter allein großgezogen und wird folglich seinen Vater nie kennengelernt haben.«

»Fall gelöst?«, strahlte Leitner.

»Na klar. Wie war ich?«

»Nicht schlecht. Gib mal den Tee rüber.«

Tobias reichte ihm den Becher, und Leitner trank ihn aus, fragte dann nach Evi Suderbach.

»Frau Suderbach ist weiterhin flüchtig. Hatte rechtzeitig 100.000 Euro abgehoben, vor unserer Kontosperre. Aber das weißt du doch noch alles: Die Bankangestellten hatten uns erzählt, dass sie ins Ausland ziehen wollte. Wohin, hatte sie mit einem freundlichen Lächeln beantwortet.«

»Die kriegen wir nicht mehr.«

»Wieso nicht?«

»Dass sie die Mordwaffe behalten hatte, zeugt von hoher Intelligenz und vorausschauendem Handeln. Was ist mit Birte Dassow?«

Birte Dassow war inzwischen rechtskräftig verurteilt worden, nachdem zwei unabhängige psychologische Gutachten ihre volle Zurechnungsfähigkeit attestiert hatten und sie geständig war. Sie litt zwar gelegentlich unter depressiven Phasen, nicht aber an Schizophrenie. Volle Zurechnungsfähigkeit bedeutete aber auch volle Schuldfähigkeit. Der Richter hatte ein sehr hartes Urteil wegen Totschlags verhängt. Das Sorgerecht für die beiden Mädchen sollte auf die Großmutter übertragen werden.

»Die haben wir im Sack, die olle Schauspielerin«, strahlte Tobias. »Dazu noch was«, fügte er aufgeregt hinzu, »im Gerichtssaal trat diese Conny Neumann als Zeugin auf, du erinnerst dich sicherlich an ihre Vermisstenanzeige. Mensch, Max, die hätte ich sofort geheiratet, wenn sie jünger gewesen wäre, eine Megatraumfrau, sage ich dir!«

»Zum Heiraten gehören immer zwei.«

»Ist mir klar, aber so eine geile Frau … das ist der helle Wahnsinn!«

Sie schwiegen, und Tobias beruhigte sich. Dann fragte er vorsichtig: »Weißt du denn schon vom Ausgang eurer Aktion in Goslar?«

»Ja. Hans hat mich gestern informiert.«

Es wurden neben 1.000.000 Euro Bargeld unter anderem zwanzig Kilogramm reinsten Kokains und Partydrogen sichergestellt. Seitdem saßen Alberto Kolidis, Dimitri Kus und Schorse, die lebende Leiche, in Untersuchungshaft. Weitere dreißig Personen wurden ebenfalls festgenommen, *Aktion Windhund* sollte die *Albania* zerschlagen haben. Im Bundeskriminalamt war man sich nun sicher, dass die Fingerabdruckreste auf dem gefälschten Zweieurostück von diesem schwarzen Kerl mit dem umgekehrten Christuskreuz stammten.

Daraufhin hatten ihn Wespers und Mueller so lange bearbeitet, dass er jetzt bereit war, gegen Ali und weitere Mitglieder der *Albania* auszusagen. Schorse gestand, dass sie alle in die Falschgeldaffäre verwickelt waren und im großen Stil mit Drogen handelten.

Die Morde an Rocco Rune und Tonne hatte Ali mit einem hölzernen Baseballschläger mit jeweils einem gezielten und kräftigen Schlag gegen die Schläfe ausgeführt.

Beide, Rocco und Tonne, hatte Schorse noch telefonisch mit verstellter Stimme vorgewarnt, weil er dieses Morden satthatte, aber Ali war schneller.

Rocco hatte sich zunächst noch gewehrt, war aber chancenlos gewesen.

Tonne verfolgten sie während einer vorweihnachtlichen Busfahrt in den Naturpark Münden, bis tief in den verschneiten Wald hinein. Der betrunkene Tonne plapperte vor seiner Ermordung dummes Zeug, woraufhin Ali ihm eine Olive in den Mund stopfte, um ihn dann auszulöschen.

Schorse war bei allen Aktionen dabei, musste die Leichen vollständig entkleiden, die Sachen zurückschleppen und entsorgen. Es war für Ali ein Spaß, die Toten entblößt vor sich liegen zu sehen.

Bei Tonne fing Schorse an, auf dem Rückweg erste kleine Hinweise auszulegen, insgesamt fünf der zusammengesetzten, gefälschten Zweieurostücke mit seinen Fingerabdrücken. Direkt zur Kripo zu gehen, traute sich Schorse nicht, da Ali auch nicht davor zurückschreckte, Zeugen in Schutzprogrammen aufzuspüren und dann zu töten.

Nach Tonnes Ermordung musste Schorse neben der Kleidung dessen Rucksack, die auf dem Rückweg gefundenen Flaschen und seine Brille mitnehmen.

Rocco hatte, mitten im Odenwald, das Fluchtfahrzeug gegen einen Baum gesetzt. Zu zweit mussten Ali und Schorse den Wagen zunächst aus dem Schlamm befreien. Anschließend fuhr Schorse damit aus dem Wald heraus, konnte gerade noch rechtzeitig tanken und hatte das lädierte Auto bei einem Kumpel in Darmstadt mitsamt Roccos Sachen verschrotten lassen.

Das Mordmotiv für Ali Kolidis war in beiden Fällen Rache gewesen: Tonne hatte ein großes Geschäft platzen lassen, und Rocco Rune hatte Ali zwei Jahre lang betrogen, indem er gelieferte Drogen weiter streckte und die übrig gebliebenen Mengen auf eigene Rechnung verkauft hatte.

»Hast du was von Sven Landers gehört?«, fragte Tobias.

»Landers konnte mich noch nicht besuchen.«

»Und warum nicht? Selbst dein Lieblingschef, Jochen Torheim, ist doch gekommen? Hat er mir jedenfalls gesagt.«

»Stimmt. Aber Landers hat sich richtig ins Zeug gelegt.«

»Hä, was meinst du?«

»Er ist gerade beim LKA in Hannover. So schnell wurden wohl noch nie DNA-Analysen fertiggestellt.«

»Ich verstehe nur Bahnhof.«

»Sven Landers rief heute Morgen aus dem LKA an. Er hatte diesen Baseballschläger sofort nach Hannover gebracht und mit höchster Prioritätsstufe untersuchen lassen. Neben meiner eigenen wurde die DNA von Rocco Rune und diesem Torsten Tonnwald nachgewiesen, einige weitere sind noch in Überprüfung. Dieser Ali tötete wohl immer mit diesem Holzschläger.«

»Dann haben wir nicht nur Motive und Identitäten, sondern auch den Täter, das ist ja geil«, rief Tobias freudig in das Krankenzimmer. Er schaute auf die Uhr. »Ich muss jetzt los, Max«, nickte kurz, stand auf und verschwand.

Nachmittags klopfte es an der Tür. Jemand wartete nicht auf Antwort, kam vorsichtig herein.

Leitner drehte den Kopf langsam Richtung Tür.

»Hallo Max, ich bin es.« Vor ihm stand eine ausgesprochen elegant gekleidete Dame, mit einem Strauß roter Rosen in der Hand.

»Hallo Elke, was für eine Überraschung.« Er spürte wieder seine Magengegend. Aber dieses Mal war es kein Magendrücken, sondern eher ein sonderbares, aber angenehmes Kribbeln. Wie nannte man dieses Gefühl doch gleich?

ENDE

Dank

Zunächst bin ich meiner Frau Sandra dankbar für ihre schier unendliche Geduld, ohne diese wäre das Buch niemals Wirklichkeit geworden. Sie hat mir immer wieder Mut gemacht, weiterzuschreiben.

Bei meinem Freund Matthias Schulz bedanke ich mich für die umfangreichen Kritiken an den ersten Manuskripten.

Michael Muszinsky aus der Polizeidirektion Hannover danke ich für intensive Fachgespräche und die vielen Tipps zur Arbeit der Kriminalpolizei.

H. Dieter Neumann aus der Vereinigung der 42er Autoren bin ich für die schnelle Hilfe in ganz praktischen Fragen rund um das Schreiben zu Dank verpflichtet. Meine vielen E-Mails in dieser Angelegenheit hat er immer innerhalb eines Tages beantwortet, was nicht selbstverständlich ist.

Dem gesamten Verlagsteam gebührt Dank für die völlig unkomplizierte und freundliche Aufnahme als Debütant.

Dirk M. Staats

KBV KRIMINALROMAN

Volker Dützer

FREIER FALL

Taschenbuch, 384 Seiten
ISBN 978-3-95441-382-9
11,95 EURO

Absturz ins Bodenlose

Gerade als der Polizist Ben Funke sein Leben wieder in den Griff zu bekommen scheint, geschieht die Katastrophe: Als er am Morgen neben der Frau aufwacht, die ihm neue Hoffnung gegeben hat, ist diese tot – erschossen mit seiner eigenen Dienstwaffe. Funkes Erinnerung an die zurückliegenden Stunden ist restlos ausgelöscht, aber eines ist sicher: Niemals hätte er seine Geliebte getötet!

Auf eigene Faust begibt er sich auf die Suche nach dem Mörder. Auf die Hilfe von Profilerin Helen Stein kann er nicht hoffen, denn die Jagd nach einem Serientäter, auf dessen Konto sechs im Westerwald spurlos verschwundene junge Frauen gehen, fordert ihren vollen Einsatz. Funke ist gefangen in einem Albtraum. Gejagt, verletzt und ohne Aussicht, seine Unschuld beweisen zu können.

Der Westerwald: ein raues Land, wie gemacht für Morde!

KBV KRIMINALROMAN

Heike Rommel

ZWISCHEN SCHATTEN UND LICHT

Taschenbuch, 376 Seiten
ISBN 978-3-95441-389-8
10,95 EURO

Als er wieder zu sich kam, zitterte er vor Kälte.
Die Insel aus Licht war verschwunden.
Nur ein paar Sterne funkelten am Nachthimmel.
Aber die Sterne wussten nichts von ihm.

Die gefeierte Jazz-Sängerin Marleen Seismo kehrt mit ihrer Band für ein Konzert in die alte Heimat Bielefeld zurück. Im ausverkauften Bunker Ulmenwall müssen die Fans aber miterleben, wie Marleen mitten auf der Bühne zusammenbricht. Die erfolgreiche, von allen verehrte Künstlerin wurde heimtückisch vergiftet.

Kommissarin Nina Tschöke und ihre Kollegen vom KK11 können sich vor Verdächtigen und möglichen Motiven gar nicht retten. Schnell stellt sich heraus, dass Marleens Ehe zerrüttet, ihre Band zerstritten und ehemalige Freunde von Neid und Missgunst zerfressen sind.

Einer der Zeugen ist ausgerechnet Ninas geistig behinderter Bruder Kai, der seit dem Abend im Bunker seltsam verstört wirkt. Zu spät erkennt Nina, dass sie etwas Entscheidendes übersehen hat …